Das Buch

Der jungen Anwältin Libba Hope wird von ihrem Vorgesetzten ein kniffliger Auftrag zugeschoben: Sie soll den verruchten Damian Black dazu bringen, seinen heruntergekommenen Nachtclub zu verkaufen. Als Libba den Club betritt, wird sie Zeugin hemmungsloser Sexspiele – ein Anblick, der die schüchterne Anwältin stärker erregt, als sie erwartet hätte. Und sie muss entsetzt feststellen, dass Damian Black kein Mensch ist, sondern ein Werwolf. Sie ahnt nicht, dass im Club nicht Menschen ihre heißen Phantasien ausleben, sondern Vampire und Werwölfe. Doch zählt auch der mysteriöse Cedric zu ihnen, der selbst eine Rechnung mit Damian offen hat? An seiner Seite verliert sich Libba in einem Taumel der Lust und Gefahr …

Die Autorin

Emilia Jones, Jahrgang 1978, ist gelernte Rechtsanwalts- und Notarfachangestellte. Sie veröffentlichte bereits mehrere Kurzgeschichten in diversen Anthologien, Zeitschriften und als E-Books. Emilia Jones lebt in Gronau. Weitere Informationen unter: www.emilia-jones.de

Von Emilia Jones ist in unserem Hause bereits erschienen:

Club Noir

Emilia Jones

The Black Club

Erotischer Roman

Ullstein

Besuchen Sie uns im Internet:
www.ullstein-taschenbuch.de

MIX
Papier aus verantwortungsvollen Quellen
FSC® C006701
FSC
www.fsc.org

Ungekürzte Ausgabe im Ullstein Taschenbuch
1. Auflage November 2011
2. Auflage 2011

Titel der Originalausgabe: *The Black Club, London*
Umschlaggestaltung: ZERO Werbeagentur, München
Titelabbildung: Getty Images
Satz: Pinkuin Satz und Datentechnik, Berlin
Gesetzt aus der Janson
Papier: Pamo Super von Arctic Paper Mochenwangen GmbH
Druck und Bindearbeiten: CPI – Ebner & Spiegel, Ulm
Printed in Germany
ISBN 978-3-548-28354-8

Nach London

Cedric war müde von seinem ewigen Dasein und den Erinnerungen der Vergangenheit, die ihn jetzt auf grausame Weise einzuholen drohten. Er musste sich eingestehen, dass er sich in den vergangenen Jahren etwas vorgemacht hatte. In der Zeit seines Versteckspiels. Durch die ganze Welt war er gereist, bis er in London einen Ort zum Verweilen gefunden hatte. Doch viel zu kurz, um die Stadt tatsächlich kennenzulernen.

»Ich werde zurückgehen.«

»Nach London?« Andrew zeigte ein wenig verständnisvolles Lächeln. Ein Schatten zog über sein makelloses Gesicht und ließ die hohen Wangenknochen stark hervortreten. Seine Erscheinung war nicht weniger dunkel als die Cedrics, jedoch jünger und kräftiger.

Ein normaler Mensch würde in diesem Augenblick sagen, er wirkte gefährlich – und vermutlich würde derjenige sogar die Flucht ergreifen.

»Was hat London, das dir Brüssel nicht bieten kann?«

Cedric riss sich vom Ausblick auf die Stadt los und lehnte sich mit dem Rücken gegen die Balkonbrüstung. Ein kalter Windhauch streifte ihm um die Nase. Im großzügigen Wohnzimmer entdeckte er Jesse, Andrews

Geliebte und Gefährtin für die Ewigkeit. Cedric konnte ihre starken Gefühle füreinander spüren. Sie machten sich in ihm breit, vergifteten seine Gedanken. Sie versprühten ihre Liebe mit jeder Pore ihres Seins. Wie eine Dunstwolke hüllte es ihre Körper ein und reichte weit darüber hinaus.

Cedric fühlte sich nicht stark genug, um dagegen anzukommen. Es war ihm schier unmöglich, die Liebe der beiden zu ertragen.

Sie waren so glücklich, wie Cedric es bis ans Ende aller Zeiten nicht mehr werden würde. Verbittert wandte er sich ab.

»Einen Neuanfang«, sagte er schließlich mit rauer Stimme. »Das ist es, was London mir bieten kann.«

»Nun gut.« Andrew ließ ein tiefes Seufzen verlauten.

Er schien zu wissen, dass er Cedric nicht aufhalten konnte – und auch niemand sonst wäre in der Lage gewesen, dies zu tun.

»Dann heißt es wohl Abschied nehmen.«

»Ja, das heißt es.«

Cedric verließ den »Club Noir«, als besäße er keine übernatürlichen Kräfte, die ihn durch Raum und Zeit katapultieren konnten, indem er den Weg durch die Eingangstür nahm. Ein letztes Mal warf er einen Blick auf die verschlungenen Buchstaben oberhalb der Tür, die im Dunkel der Nacht beinahe verblassten.

Andrew sollte die Schrift erneuern lassen, überlegte Cedric. Er musste über diesen Gedanken lachen, als er sich von seinem alten Freund abwandte.

Innerhalb weniger Minuten hatte Cedric den Vampirclub hinter sich gelassen und erreichte den Grand' Place, den Mittelpunkt Brüssels, an dem sich das wahre Leben abspielte.

Er blieb stehen, als ein verliebtes Paar seinen Weg kreuzte. Eng umschlungen stiegen die beiden die Treppenstufen zum Eingang einer Bar hinauf und ließen nicht einmal voneinander ab, als der Mann die Tür öffnete. Wie eine perfekte Einheit schoben sie sich ins Innere. Cedric schaute weg. Er wollte dieses Paar nicht sehen, ebenso wenig wie er Andrew und Jesse weiterhin sehen wollte.

Liebe! Er schnaufte verächtlich. Einst hatte er sich diesem Gefühl hingegeben und wahrhaft geliebt. Doch diese Liebe war ihm auf brutale Weise entrissen worden, und alles, was übrig blieb, war ein tiefer Schmerz und der Schwur, sich niemals wieder einer solchen Schwäche hinzugeben.

Er ging weiter, bis er mit dem Dunkel der Nacht verschmolz und für das menschliche Auge unsichtbar wurde. Dann öffnete er die Arme, streckte seine imaginären Flügel zu den Seiten aus. Er spürte den kräftigen Antrieb, dem ihm die Schwingen verliehen. Sie ließen ihn langsam hinauf in die Lüfte gleiten. Erst nach einigen Metern setzte er zur Verwandlung an. Seine kräftige, große Gestalt schrumpfte zusammen, und er wurde zu einem pechschwarzen Vogel. Einer Krähe, aus deren gefährlich spitzem Schnabel ein ohrenbetäubendes Krächzen erklang und weit durch die Straßen hallte.

Für einen Moment hielten die Menschen in Brüssel aufgrund dieses grauenerweckenden Geräusches den Atem an und kehrten, den Laut vergessend, zu ihren alltäglichen Beschäftigungen zurück.

Andrews traurig in die Ferne gerichteter Blick und seine wehmütigen Gedanken über den Verlust seines besten Freundes und Mentors, der ihn nun für immer verließ, verfolgten Cedric bis zum Morgengrauen.

Der Wind glitt angenehm kühl durch das Federkleid der Krähe. Cedric flog schneller und schneller, bis es nichts mehr gab, was sich mit seiner Geschwindigkeit hätte messen können. In einem solchen Augenblick durchbrach er Raum und Zeit. Sein Körper sauste durch eine Art Tunnel und steuerte einem hellen Licht entgegen. Er spannte sämtliche Muskeln an und machte sich auf einen gewaltigen Sprung gefasst, in dem er aus der Vogelgestalt am Himmel fiel und als Mensch am Boden aufkam. Mitten im Zentrum von London.

Ein Ruck ging durch seinen Körper, wie ein Blitz, der mit einem einzigen Schlag sämtliche Energien aus ihm herauspeitschte. Ächzend richtete Cedric sich auf und stellte fest, wie seltsam verschwommen alles um ihn herum war.

Der Flug hatte ihn ein enormes Maß an Kraft gekostet. Zu viel für einen hungrigen Vampir, der seine letzte Mahlzeit vor zwei Tagen zu sich genommen hatte. Wie dumm von ihm, sich selbst zu quälen.

London war voll von Menschen. Auch nachts. Er würde keine Probleme haben, auf der Stelle ein williges Opfer zu finden, an dem er seinen Durst stillen konnte.

Als er den Kopf aufrichtete, um seine Umgebung zu durchforsten, legte er ein gefährliches Funkeln in seine Augen. Bereits nach wenigen Sekunden nahm er eine Witterung auf. Ein süßer, verführerischer Duft schlich sich in seine Nase. Traurigkeit lag ebenfalls darin, und je näher er kam, desto mehr spürte er auch eine Spur von Furcht.

»Du brauchst dich nicht zu fürchten.« Eine Aussage, mit der er die Fremde hatte beruhigen wollen. In Wahrheit redete er sich nur selbst gut zu. Die Gier nach ihrem pulsierenden Lebenssaft überfiel ihn mit voller Wucht, so dass er Schwierigkeiten hatte, die Kontrolle zu behalten.

Lächelnd brachte die Frau sich in Pose und zeigte Cedric ihre prallen Rundungen, schaffte es aber nicht, die perfekte Verführerin zu spielen. Als sie sich an der Hauswand abstützen wollte, rutschte sie ungeschickt ab und gab eine eher lächerliche Figur ab. Sie war so betrunken, dass ihre Alkoholfahne vermutlich jeden anderen Vampir in die Flucht geschlagen hätte. Cedric hingegen rümpfte nur die Nase. Sein Hunger war zu übermächtig, um sich davon beeindrucken zu lassen.

Das Mondlicht zauberte ein sanftes Schimmern auf ihre langen, seidigen Locken. Die blonde Schönheit kam ihm gerade recht. Ebenso wie er war sie auf der Suche. Das machte die Sache ungeheuer leicht.

»Ganz allein?«, hauchte Cedric mit rauer Stimme.

Sie senkte den Blick und errötete unter einem frivolen Lächeln, während sie damit beschäftigt war, eine ihrer Haarsträhnen um den Zeigefinger zu wickeln. Ihr üppiges Dekolleté hob und senkte sich schnell durch ihre flatternden Atemzüge. Cedrics Blick wanderte zu der verführerischen Spalte, die ihr freizügiges Oberteil offenbarte.

Vermutlich hätte sie auch jeden anderen Mann begleitet, aber das interessierte Cedric in diesem Moment wenig. Ihr Blut würde seinen Zweck erfüllen, und gegen ein wenig körperliche Leidenschaft hatte er auch nichts einzuwenden.

»Komm mit mir, meine Hübsche.«

Widerstandslos ließ sie sich an seine Brust pressen. Sie sollte nicht einmal bemerken, wie er sie in seinen Bann zog und plötzlich den Ort wechselte.

Als wäre sie aus einem Traum erwacht, sah die Blonde sich in ihrer neuen Umgebung, einem mit Kerzenschein erhellten Raum, um. »Entschuldige«, stammelte sie. »Ich hatte wohl einen Drink zu viel.«

Cedric erwiderte ihre Worte mit einem Kuss. Einem derart heftigen und besitzergreifenden Kuss, dass er deutlich spürte, wie die Knie der Blondine nachgaben. Ihr Körper wurde zu Wachs in seinen Händen. Gerade noch hatten ihre Füße den Boden berührt, im nächsten Moment lag er mit ihr ausgestreckt auf dem Bett. Der seidig-zarte Stoff ihrer Bluse schälte sich wie von selbst von ihrem Körper. Cedric schickte ein erregendes Prickeln über ihre Haut. Sie keuchte, konnte es scheinbar kaum erwarten, bis er, dessen Namen sie bislang nicht einmal wusste, endlich mit seinen Händen von ihr Besitz ergriff. Von ihren Brüsten, hinunter zu ihrer Taille, bis hin zu ihrem Venushügel, der unter seinen fordernden Berührungen zu pochen begann.

Keuchend drückte sie den Rücken durch. Sie bäumte sich auf. Gleichzeitig streckte sie ein Bein aus. Sie wollte es um Cedrics Oberkörper legen, um ihn näher an sich heranzuziehen. Es gelang ihr nicht. Ungeschickt fischte sie mit dem Fuß in der Luft herum.

Als sie ihn auch beim zweiten Versuch nicht ertasten konnte, richtete sie sich irritiert auf. Plötzlich griff er mit beiden Händen nach ihrem Gesicht. Er hielt sie fest und presste ihr erneut einen Kuss auf die Lippen. Ungeduldig drückte er sie zurück in die Kissen, bis jeder Widerstand von ihr darin versank. Im nächsten Moment ließ er sie seinen Mund überall auf ihrem Körper spüren. Er zeichnete Spuren auf ihre Haut, die trotz ihrer Feuchte ein Feuer in ihr auslösen sollten. Nie zuvor mochte sie solch ekstatische Lust empfunden haben.

Er leckte und knabberte an ihren Brustwarzen, bis sie hart wurden und sich ihm entgegenreckten. Heftig saugte er die Nippel in seinen Mund, bis die Blonde wollüstig aufstöhnte und die Beine unter ihm weit auseinanderspreizte, da sie es wohl gar nicht mehr erwarten konnte, ihn in sich zu spüren.

»Fick mich endlich«, forderte sie außer sich. Ihre Finger verkrallten sich in der Bettwäsche. Cedric wusste, dass es für sie kaum noch zu ertragen war, und als er schließlich mit einem heftigen Stoß in sie eindrang, entrang sich ihrer Kehle ein schriller Schrei. Sie ergab sich seinem Rhythmus und zuckte hemmungslos unter seinem wilden Ritt. Ihre kreischenden, monotonen Laute zeugten davon, wie sehr sie den Akt genoss.

Cedrics Lippen näherten sich ihrem Hals. Zunächst liebkoste er zärtlich die Haut, dann bohrten sich seine Fangzähne in sie. Die Blonde hielt inne. Sie versuchte ganz offensichtlich zu erfassen, was mit ihr geschah. Einige wenige Stöße genügten, um sie in einem berauschenden Orgasmus versinken zu lassen. Sie klammerte sich ein letztes Mal an seinen Körper, ehe sie das Bewusstsein verlor und einem glückseligen Schlummer verfiel.

Libbas Auftrag

»Mit diesem stinkenden Black führe ich keine Verhandlungen. Das kannst du gleich wieder vergessen.« Jason verzog das Gesicht zu einer angewiderten Fratze. Er schob die Akte, die vor ihm auf dem Tisch lag, von sich. Gleich darauf betrachtete er seine Finger, als fürchte er, von dem Papier Ausschlag zu bekommen.

»Es war keine Bitte, als ich mit diesem Auftrag zu dir gekommen bin.«

Russell Roxburgh blieb vor dem Schreibtisch stehen

und vergrub die Hände in den Hosentaschen. Das aufsässige Verhalten seines Sohnes beeindruckte ihn wenig. Er spürte seine Überlegenheit wie einen Rausch. Ein herrliches Gefühl, wie er jedes Mal in einer solchen Situation feststellte, und er wunderte sich, warum Jason nicht ebenso sein wollte.

Inständig wünschte er sich, sein widerspenstiger Sohn könne disziplinierter sein. Zu seinem Leidwesen war dieser ein regelrechter Tunichtgut, der seine Fälle lieber abschob, als sie selbst zu bearbeiten.

Russell legte einen strengen Ausdruck in sein breites, faltenloses Gesicht, als er seinen Spross betrachtete.

»Dir sollte klar sein, dass Highfield unser bester Mandant werden könnte, wenn es uns gelingt …«

»… diesem Black seinen Club abzuschwatzen«, vollendete Jason den Satz. »Ich weiß.« Er sprang vom Stuhl auf und trat fluchend gegen das nächste Tischbein, um seinem Unmut Ausdruck zu verleihen.

»Vater, ich kann da nicht hin. Erinnerst du dich etwa nicht an mein letztes Gespräch mit Black? Und da ging es nur um eine Beschwerde wegen Ruhestörung.«

Russell Roxburgh zeigte keine Regung, lächelte jedoch in sich hinein. Damian Black war der Erste, der seinem überheblichen Sohn eine Lektion erteilt hatte. Nicht nur, dass Jason seitdem eine feine Narbe quer über der rechten Augenbraue als Erinnerung trug. Auch eine Anzeige wegen Körperverletzung hatte Black erwirkt und war so weit gekommen, ein Schmerzensgeld in vierstelliger Höhe zu kassieren. Natürlich aus der Tasche von Russell, denn sein Sohn war auch mit seinen 32 Jahren längst nicht in der Lage, etwas anderes als Kosten zu verursachen.

»Du schuldest es mir«, stellte er fest. »Entweder gehst du selbst zu ihm und schwatzt ihm seinen Club ab – wie du es nennst –, oder du findest einen anderen Weg, das zu erledigen.«

Jason faltete die Hände vor seinem Mund, als wolle er ein stilles Gebet sprechen. Dann veränderte sich seine Miene, und bald machte es den Eindruck, als entwickelte sich in seinen Gedanken ein teuflischer Plan.

»Einen anderen Weg«, sinnierte er.

Russell wandte seinem Sohn den Rücken zu. Er beschloss, dass ihm der Weg egal war, Hauptsache, die Angelegenheit wurde gelöst.

Libba Hope war neu in der Kanzlei. Genauer gesagt war es ihre erste Anstellung als Anwältin, nachdem sie ihr Studium beendet hatte. Seit einer Woche durchforstete sie die Akten mehrerer Nachbarschaftsstreitigkeiten. Offensichtlich die Aufgabe, die ihr Chef ihr am ehesten zutraute. Umso mehr überraschte es sie, als Jason Roxburgh sie rufen ließ, um mit ihr einen neuen Fall zu besprechen.

Zaghaft trat Libba an Jasons Schreibtisch heran. Zwar nahm sie sich jedes Mal vor, als selbstbewusste, emanzipierte Anwältin aufzutreten, doch genauso oft ging dieses Vorhaben gründlich in die Hose. Sie hatte sich selten so unsicher gefühlt wie in diesem Moment, in dem Jason Roxburgh lässig in seinem Bürostuhl versunken saß und sie in unfassbar abschätzender Weise musterte.

Libba musste zugeben, dass Jason trotz seines widerwärtigen Charakters sehr attraktiv war. Seine schlanke, hochgewachsene Gestalt steckte in einem feinen grauen Anzug. Die rubinrote Krawatte passte perfekt zu seinem dunkelbraunen Haar. Das fiel ihm in kurzen Strähnen in die hohe Stirn und leuchtete stellenweise in einem rostigen Ton. Seine unsagbar blauen Augen rundeten das vollkommene Erscheinungsbild ab. Außerdem gab es da noch sein Lächeln, das mitunter extrem verführerisch wirkte.

Libba konnte sich lebhaft vorstellen, wie ihm die Frauen reihenweise verfielen.

Sie räusperte sich, ehe sie zum Sprechen ansetzte. »Sie wollten mit mir einen neuen Fall besprechen, Mr Roxburgh?« Wie kläglich sich ihre Stimme anhörte. Sie stellte alles andere als eine selbstbewusste Anwältin dar. Am liebsten wäre sie auf der Stelle im Boden versunken.

»Jep!« Jason brachte sich in eine aufrechte Sitzposition. Seine Hände begannen, zwischen den unordentlichen Papierbergen auf seinem Tisch zu graben, bis er gefunden hatte, wonach er suchte. Eine dicke graue Akte, auf der in großen Lettern »Highfield« geschrieben stand.

Highfield, den Namen hatte sie in einem Kanzleigespräch fallen gehört. Aber sie konnte ihn nicht gleich zuordnen.

Jason warf ihr die Akte über den Tisch hinweg zu. Sie wäre über die Kante gerutscht und zu Boden gefallen, hätte Libba nicht einen schnellen – und äußert undamenhaften – Schritt nach vorn gemacht, um sie aufzufangen.

»Sie sind doch neu hier und an einer Herausforderung interessiert?« Es war mehr eine Feststellung als eine Frage, und so fuhr Jason ohne Umschweife fort: »Dann ist dieser Fall genau das Richtige für Sie. Highfield will eine Häuserzeile in der River Street abreißen lassen, um ein Shopping-Center hochzuziehen. Und natürlich hat jedes dieser Häuser einen Besitzer, den wir überzeugen mussten zu verkaufen. Im vergangenen Monat haben wir es geschafft, die Besitzer von der Unterzeichnung der Kaufverträge zu überzeugen. Alle, bis auf einen.«

Libba konnte sich nicht helfen, der Gesichtsausdruck ihres Gegenübers hatte etwas geradezu Diabolisches an sich.

»Ein gewisser Damian Black verweigert jedes Angebot.«

»Wo liegt das Problem?«, fand sie endlich ihren Part in dem Gespräch. »Familie? Erinnerungen? Zu wenig Geld?« Die Fragen kamen ihr ungeschickt und unüberlegt über die Lippen. Sie wollte einfach etwas sagen und zum Fall beisteuern.

Jason wirkte belustigt. »Nuuuun.« Er dehnte das Wort wie Kaugummi. »Damian Black ist der Besitzer eines gutgehenden Nachtclubs in der River Street.«

»Oh.« Libba errötete.

Im Grunde war sie von schüchterner Natur und hatte bisher niemals Wert auf den Besuch eines Nachtclubs oder ähnlicher Lokalitäten gelegt. Trotz ihres Alters von 30 Jahren gehörte sie eher zu der Gattung schrulliger alter Jungfern.

Sie pflegte keinerlei Freundschaften, ging niemals aus und empfand diesen Umstand nicht einmal als besonders eigenartig. So war es schon immer gewesen. Also warum sollte gerade London an diesem Umstand etwas ändern? Es genügte ihr weiterhin, sich in ihre kleine Wohnung zurückziehen und die Nase in Bücher stecken zu können. Das war meist alles, was sie in ihrer Freizeit tat.

»Sie wissen, was Sie zu tun haben?«, riss Jason sie aus ihren Gedanken.

»Wie?« Irritiert starrte Libba ihn an.

Für einen Moment hatte sie den Faden verloren. Keine gute Taktik, um endlich einen richtigen Fall zugewiesen zu bekommen. Doch die Aussicht, mit einem Nachtclub-Besitzer in Verhandlungen treten zu müssen, beflügelte sie nicht gerade.

»Damian Black«, kam es zögernd über ihre Lippen. »Sie meinen, ich soll ihm ein neues Angebot machen? Mehr Geld?«

»Von mir aus.« Jason machte eine wegwerfende Handbewegung. »Geld ist für Highfield kein Problem. Überzeugen Sie diesen Black einfach, dass er verkauft.«

»Und wie stelle ich das an?«

»Das ist mir vollkommen egal. Hauptsache, Sie erledigen das.«

Er wies mit dem Zeigefinger auf die Akte und widmete sich dem nächsten Papierberg auf seinem Schreibtisch.

»Gut«, sagte Libba mehr zu sich als zu Jason Roxburgh, »ich gebe mein Bestes.«

»Das will ich doch hoffen. Und lassen Sie sich bloß nicht so viel Zeit für Ihr Bestes. Highfield will das Ding Ende nächsten Monats hochziehen.«

»Sicher.« Libba musste tief durchatmen, als sie vor dem Büro stand. Sie konnte sich nicht erklären, warum, aber sie hatte ganz und gar kein gutes Gefühl bei diesem Auftrag.

Zwei Tage hatte Libba versucht, Damian Black ans Telefon zu bekommen. Die einzige Person, die sie erreichte, war eine gewisse Molly. Offensichtlich die Sekretärin – oder wie auch immer ein Nachtclub-Besitzer seine Mitarbeiterin nannte. Bei dem Gedanken an die Kaugummi kauende und desinteressierte Stimme dieser Molly musste Libba den Kopf schütteln.

»Dann kommen Sie halt heute Abend vorbei. Er wird schon da sein und Ihnen einen Drink spendieren. Seien Sie nur nicht so zugeknöpft«, hatte sie in den Hörer geschmatzt.

Was für eine unmögliche Person.

Aber schließlich war Libba ihrem Vorschlag gefolgt. Es schien der einzige Weg zu sein, mit diesem Damian Black ins Gespräch zu kommen.

Da stand sie nun vor dem Nachtclub in der River

Street, in ihrem besten Kostüm. Grau-schwarz kariert. Eine bordeauxfarbene Aktenmappe klemmte unter ihrem Arm. Die schulterlangen braunen Haare hatte sie zu einem Knoten auf dem Hinterkopf festgesteckt. Mehr schlecht als recht, denn Libba war vollkommen ungeschickt in solchen Dingen. Sie gehörte nicht zu den Frauen, die sich gerne hübsch machten. Daher war ihre äußere Erscheinung schlicht und bürokratisch, wie es ihr für eine Anwältin angemessen erschien.

Sie straffte die Schultern. »Na, dann mal los.«

Eine Wolke diverser intensiver Gerüche strömte ihr aus dem Club entgegen. Es überwältigte sie, so dass sie am liebsten rückwärts hinausgestolpert wäre. Ihr Pflichtgefühl zwang sie allerdings zum Bleiben. Sie musste diesen Job erledigen – und das möglichst schnell.

Libba bemühte sich, das flaue Gefühl im Magen zu unterdrücken. Doch alles, was sie um sich herum entdeckte, verunsicherte sie noch mehr.

Da gab es die Stoffbahnen aus schwarzem Samt, die überall an den Wänden hingen. Ihr Anfang fand sich an goldenen Ringen an der hohen Decke und ihr Ende in einem kleinen Stoffberg am Boden. In diese Stoffberge bohrten sich die Füße von goldenen, zwölfarmigen Leuchtern mit schwarzen Kerzen, die ein unheimliches Licht verströmten. Über den gesamten Flur lagen rote Rosenblätter auf dem schwarzen Teppich verteilt. Alles erinnerte sie an obskure Messen – *ungewöhnlich und unheimlich*.

Als sich ein Frösteln in ihre Nackengegend schlich, wurde Libba bewusst, dass sie allein war. Zwar vernahm sie das Dröhnen einer Musikanlage, jedoch schien diese weit entfernt.

Sie setzte ihre Erkundungstour fort. Der Flur erstreckte sich zu beiden Seiten in die Länge. Wohin die Wege führten, konnte sie nicht erkennen, denn sie verliefen nicht gerade, sondern in einem Bogen. Libba atmete tief durch und entschied sich für die rechte Seite.

Tatsächlich wurde die Musik lauter, je weiter sie voranging. Sie meinte, Stimmen zu hören, und sie entdeckte voller Erleichterung eine Tür, die allem Anschein nach in den Club führte.

Dann hielt sie inne. Sie hätte nicht sagen können, was sie dazu brachte, aber einen Moment lauschte sie einfach nur. Da war dieses eigenartige Wispern. Rau, fast kratzig, und doch mit einem verlockenden Unterton. Was er sagte – oder war es eine Sie? –, verstand Libba nicht. Vermutlich eine andere Sprache.

Als sie es endlich wagte, den Kopf zur Seite zu drehen, blickte sie durch ein Fenster, direkt vor ihr in der Wand, im Inneren des Hauses. Wie merkwürdig. Sie blinzelte. Nein, sagte sie zu sich selbst, sie bildete sich diese Scheibe nicht ein. Es war ein richtiges Fenster, das sie vom Flur aus in den nächsten Raum hineinblicken ließ.

Libba trat einen Schritt vor, und ihre Hände gerieten in Versuchung, sich gegen das Glas zu pressen. Sie hielt sich zurück, krallte sich an ihrer Aktenmappe fest, so dass ihre Fingernägel wohl für immer Abdrücke in dem Leder hinterließen.

In dem Raum herrschte Dunkelheit. Gerade als sich Libba abwenden wollte, flammte Kerzenlicht auf. Es erhellte den Raum Stück um Stück. Schließlich tauchten die Schemen eines Körpers aus dem Dunklen auf. Die ausgeprägten Rundungen einer Frau waren zu erkennen. Sie war nackt.

Libba biss sich auf die Unterlippe, während Schamesröte in ihr Gesicht schlich. Das wäre der richtige Zeitpunkt, um sich von der Szenerie abzuwenden und weiterzugehen. Sie konnte nicht. Ein starker innerer Drang zwang sie zum Bleiben.

Eine zweite Frau tauchte neben der ersten auf. Auch diese war nackt, abgesehen von einer langen Perlenkette um den Hals. Das Schmuckstück fiel über ihre enormen Brüste und schaukelte bei jeder Bewegung zu ihrer rasierten Scham hin und wieder zurück. Hin und wieder zurück. Fasziniert beobachtete Libba, wie die Frau mit Daumen und Zeigefinger den Perlenstrang hinabfuhr. Unten angekommen, nahm sie eine der glänzenden Kugeln und tauchte sie in ihre Spalte ein.

Libba zuckte zusammen und griff sich an die Kehle. Sie verspürte Heiserkeit und das heftige Verlangen, etwas trinken zu müssen. Doch sie verharrte – sah zu, was als Nächstes geschah.

Ein kräftig gebauter Mann von dunkler Hautfarbe näherte sich der Frau mit Perlenkette. Seine glänzenden schwarzen Haare reichten ihm bis knapp über den Po. Ein äußerst knackiges Hinterteil, wie Libba feststellte. Ihr wurde heiß. Als der Mann sich halb in ihre Richtung drehte und sie einen Blick auf sein erstaunlich großes und aufgerichtetes Glied werfen konnte, glaubte sie endgültig, es würde ihre Kehle zuschnüren. Sie schnappte nach Luft. Eine ähnliche Hitzewallung hatte sie niemals zuvor verspürt. Zu allem Überfluss begann es, in ihrem Unterleib zu pochen. Ein heftiges Gefühl von Lust breitete sich aus. Sie konnte nicht fassen, dass sie dabei war, sich an dem Gesehenen aufzugeilen. Obwohl sie entsetzt von ihrem Verhalten war, wandte sie sich nicht ab.

Der Mann schnappte sich die Frau mit der Perlenkette, als wäre er ein Löwe auf der Jagd, die Beute in seinen Fängen. Er umschlang sie mit beiden Händen. Seine

Berührungen wirkten keineswegs zärtlich. Es sah grob aus, wie er nach ihren Brüsten griff, sie quetschte und drückte und sich von hinten an ihrem Körper rieb. Die Frau stöhnte ekstatisch auf und streckte die Hände nach der anderen Frau aus, offensichtlich nach ihren Handgriffen verlangend.

Libba riss die Augen auf, als sie sah, wie die andere ihre Hände nach der mit der Perlenkette ausstreckte, sie um die Hüfte fasste und vom Boden hochhob.

Aus dem Dunkel tauchte plötzlich ein Tisch auf. Die Frau mit der Kette ließ ihren Oberkörper von ihren beiden Gespielen darauf ablegen. Ihre Brüste pressten sich auf die Tischplatte, während ihre Arme schlaff zu den Seiten herabhingen. Schon im nächsten Moment drang der Mann von hinten in sie ein. Er nahm sie mit schnellen, heftigen Stößen. Ihr schien diese Behandlung nach wie vor zu gefallen. Sie keuchte derart stark, dass es Libba heiß-kalt den Rücken hinunterlief. Schließlich beendete der Mann das Liebesspiel mit seinem Orgasmus. Sein Körper versteifte sich, und er warf seinen Kopf in den Nacken. Aus seiner Kehle drang ein unmenschlicher Laut. Außerdem meinte Libba, eine Reihe viel zu langer und spitzer Zähne zu erblicken, was sie letztendlich dazu brachte, sich loszureißen. Taumelnd bewegte sie sich von dem Fenster fort auf die Tür zu. Sie hatte beinahe das Gefühl, am Liebesspiel beteiligt gewesen zu sein. Allein durch ihre stille Anwesenheit war das womöglich sogar der Fall.

Libba stolperte mitten in das Clubgeschehen. Eine wahre Meute hatte sich versammelt, die sich feiernd und tanzend durch das Halbdunkel schob. Hier gab es keinen Mangel an schönen Frauen und attraktiven Männern. Sie alle wirkten perfekt in der ebenso perfekten Kulisse, so dass Libba sich fehl am Platz fühlte. Dies war nicht das richtige Umfeld für eine bürokratisch anmutende Anwältin.

»Na, Mädchen, hast du dich verlaufen?«, wurde sie von einer Blondine in hautengem schwarzen Overall angesprochen.

»Nein.« Libba wollte sich ihre Unsicherheit nicht anmerken lassen, doch die Frau lachte sie bereits aus.

»Ich bin auf der Suche nach Damian Black.«

»Oh«, spottete die Blondine, »da bist du nicht die Einzige. Stell dich hinten an, Mädchen.«

Libba kniff die Augen zu schmalen Schlitzen zusammen. In ihren beklommenen Zustand schlich sich ein Funke von Wut.

»Hören Sie mal, ich bin kein Flittchen, das Damian Black an die Wäsche will. Ich habe etwas Geschäftliches mit ihm zu besprechen. Es wäre sehr freundlich, wenn Sie mir verraten könnten, wo ich ihn finde.«

»Geschäftlich. Hm? So siehst du auch aus.« Wieder dieses Lachen, das Libbas Nerven strapazierte. Doch schon warf die Frau ihre blonden Haare mit einer lockeren Handbewegung zurück und hakte sich bei Libba unter.

»Dann komm mal mit. Ich bring dich zu Damians Büro. Da ist er nämlich die meiste Zeit und beschafft sich sein ganz persönliches Vergnügen. Die wenigsten hier wissen, wo sein Büro ist. Aber ich weiß es. Ich bin eine von seinen Lieblingen.«

Ihre Erzählungen klangen wie die eines Schulmädchens, das stolz war, seine Hausaufgaben ordentlich erledigt zu haben. Die Frau tat ihr leid.

Wenigstens brachte sie Libba tatsächlich zu dem Büro von Damian Black.

Libba hatte einen gutaussehenden Mann erwartet. Ein dunkelhäutiges Prachtexemplar, wie sie es vor wenigen Minuten durch die Scheibe im Flur beobachten konnte.

Sie musste sich eingestehen, dass sie nicht nur vielleicht, sondern ganz bestimmt mit einem solchen Mann gerechnet hatte. In dem finsteren Büro, halb verborgen hinter einem alten Schreibtisch, lauerte jedoch das genaue Gegenteil.

Auf einem schwarzen Schild stand in weißen Buchstaben »DAMIAN BLACK« geschrieben, darunter »Manager«. Anstelle eines Computers stand eine alte Underwood-Schreibmaschine auf dem Tisch. Daneben brannte eine Kerze in einem grauen, kugelförmigen Gefäß. Sie flackerte und warf beängstigende Schatten auf das Gesicht des Mannes, der in seinem Bürostuhl versunken zu schlafen schien.

»Mr Black?« Libbas Stimme klang leise und vorsichtig, so dass sie sich selbst kaum hörte. Sogleich wollte sie sich räuspern und erneut zum Sprechen ansetzen. Ein eigenartiges Knurren hielt sie davon ab.

»Warum stören Sie mich?«

Der Mann hinter dem Schreibtisch richtete sich in seinem Bürostuhl auf. Er beugte sich nach vorne, so weit, dass sein Gesicht in den Schein der Kerze glitt. Tiefe Furchen zeichneten seine Haut. Einige von ihnen wirkten wie frische Narben. Als wären sie noch mit einer Blutkruste überzogen.

Seine Augen zeigten eine tiefe Dunkelheit.

Die langen Haare fielen ihm in verklebten Zotteln über die Schultern. Auch der Rest seiner Erscheinung machte einen abgerissenen und ungepflegten Eindruck.

Libba zwang sich zu einem Lächeln. Innerlich erschauderte sie.

»Sind Sie Damian Black?«

»Können Sie lesen?«

Libba legte den Kopf zur Seite. »Natürlich.«

»Was steht wohl da drauf?« Mit einer seiner pranken-artigen Hände hob er das schwarze Schild mit seinem Namen in die Höhe.

»Damian Black«, sagte Libba ernüchtert. »Natürlich. Verzeihen Sie.«

»Und – warum stören Sie mich nun?«

»Ich komme von Roxburgh & Partner …« Weiter kam sie nicht. Damian Black unterbrach sie, indem er laut und schmerzvoll aufheulte. Er warf das Schild mit seinem Namen in die nächste Ecke, sprang auf die Füße und hämmerte im nächsten Augenblick wild auf seine Schreibtischplatte ein.

Libba war viel zu überrascht, als dass sie zurückgewichen wäre. Sie versteifte sich und starrte ihn wortlos an.

»Meine Antwort ist: nein. Nein! Nein! Und noch mal nein!« Er fletschte die Zähne. Speichel flog aus seinem Mund, rann über sein Kinn und tropfte auf den Schreibtisch. Angewidert schüttelte sich Libba.

»Wie viel wollen Sie für Ihren Club haben?«, fragte sie. »Wir bieten Ihnen das Doppelte des gewöhnlichen Preises.«

»Und wenn Sie mir das Zehnfache bieten«, fauchte Damian Black, »ich werde nicht verkaufen. Verstehen Sie das? Und jetzt verschwinden Sie aus meinem Büro!«

Libba spürte, dass er etwas hinter ihr herwarf. Es verfehlte sie, und für eine ganze Weile blickte sie sich auch nicht mehr um.

Flucht – das war ihr einziger Gedanke.

Cedric vergnügte sich zwei weitere Nächte mit der Blondine. In der dritten stellte er fest, dass ihn ihre jugendliche Naivität langweilte. Ihre Schönheit und ihr frisches Blut hatten ihm für einen kurzen Zeitraum gefallen. Nun wurde er ihrer überdrüssig und schickte sich an, sie zu verlassen.

»Gib mir mehr von deiner Liebe«, bettelte sie wie eine Drogensüchtige. »Immer mehr … Fick mich und fick mich und fick mich …« Heulend warf sie sich auf dem Bett zur Seite.

Cedric empfand Mitleid für das schwache, einfältige Mädchen, das nicht aus seiner Haut herauskonnte.

»Dann muss ich dich wohl vergessen lassen«, sagte er. Behutsam drehte er sie um. Sogleich klammerte sie sich an ihn, als hätte sie die geringste Chance, ihn zu halten.

Er legte ihr eine Hand auf die Stirn. Wärme breitete sich darunter aus und durchströmte den Körper der Blondine, bis sie in einen schwerelosen Zustand verfiel. Sie schloss die Augen und empfing in ihren Träumen die Erinnerungen, die Cedric ihr vermittelte. Mit einem glücklichen Lächeln auf den Lippen sank sie in die Kissen. Am nächsten Morgen würde sie erwachen und nichts mehr von ihrem leidenschaftlichen Liebhaber wissen.

Cedric bezahlte das Hotelzimmer für eine Woche im Voraus und verließ den Ort. Die Blondine würde später glauben, sie hätte die Übernachtungen von ihren letzten Ersparnissen bezahlt. Aber das spielte keine Rolle.

Draußen, auf den Straßen Londons, wurde Cedric von seiner alten Freundin, der Nacht, umfangen. Er fühlte sich wohl in der Dunkelheit. Mehrmals tauchte er in sie ein, verschmolz mit ihr, so dass er für niemanden sichtbar war.

Er hatte zuvor keinen Gedanken daran verschwendet, wie sich sein Dasein in London gestalten würde. Hier gab es keinen Kontakt zu anderen Vampiren oder einen Club, in den er sich zurückziehen konnte. Hier hatte er nie jemand anderen als sich selbst gesucht. Daher beschloss er, seine Fühler auszustrecken. Er würde sie aufspüren, die Kreaturen der Nacht, die in London zu Hause waren.

Cedric suchte lange und fand nur wenige und meist sehr verschwommene Impulse, die er verfolgen konnte. Der stärkste führte ihn in die River Street, wo er auf eine Reihe verlassener Häuser stieß. Große Schilder zeugten davon, dass hier in nächster Zukunft ein Shopping-Center entstehen sollte.

Lediglich in einem Teil eines hohen, verfallen wirkenden Gebäudes schien Leben zu pulsieren. Eine vertraute Form von Leben. Sie war anders als die vampirische Aura, die Cedric bekannt war.

Nichtsdestotrotz bewegte er sich auf das Haus zu. Bevor er sich Zutritt verschaffte, verweilte er in seiner Bewegung. Er machte einen Schritt zur Seite.

Seine Vorahnung bestätigte sich nur wenige Sekunden später. Die Tür wurde aufgestoßen, und eine Frau in dunklem Kostüm stürmte auf die Straße. Sie vermittelte einen aufgewühlten und desorientierten Eindruck. Zuerst lief sie einige Schritte, hielt dann inne, um nach Luft zu schnappen. Als sich ihre Atmung scheinbar normalisiert hatte, fuhr sie zusammen und machte sich aus dem Staub.

Eine naive Frau, der sämtliche ungewöhnlichen Dinge fremd waren, entschied Cedric.

Er hatte die Tür mit einer Hand offen gehalten und trat in den Eingangsflur. Der Stil der Ausstattung erinnerte ihn an den Brüsseler »Club Noir«. Ein Treffpunkt für Vampire. Ein Ort, den er lange Zeit seine Heimat genannt hatte. In diesem Londoner Gebäude musste es ebenfalls einen Zusammenschluss nächtlicher Kreaturen geben. Die Anzeichen dafür waren allzu deutlich.

Ein langer Flur führte Cedric zu einer weiteren Tür, die ihn schließlich in das Geschehen des Clubs brachte. Es waren gewöhnliche Menschen, zwischen die er geriet. Sie trugen schwarze Kleidung, vornehmlich in Lack und Leder, und aus ihren puderweißen Gesichtern starrten sie mit düster geschminkten Augen. Die Szene ließ sich lediglich ansatzweise mit dem »Club Noir« vergleichen. Hier ging es wesentlich skurriler zu.

Cedric fragte sich, wer einen solchen Laden betrieb. Vor allem, wo sich die Vampire versteckten, die er zu erspüren glaubte. Früher oder später würde er es herausfinden. Das war sein erklärtes Ziel, doch bis dahin verhielt er sich wie ein gewöhnlicher Gast. Er ging an die Bar und bestellte einen Rotwein.

»Wer hat dich eingeladen?«, wurde er von der Seite angesprochen. Ein junger Vampir war wie aus dem Nichts neben ihm aufgetaucht.

Cedric war bewusst, dass seine Anwesenheit nicht unbemerkt geblieben wäre, daher betrachtete er den Fremden ruhig. Er war von kleiner, schmaler Gestalt, und die blassblonden Haare fielen ihm in dünnen Strähnen auf die Schultern. Über seine Nase und die Wangen breitete sich eine Vielzahl an Sommersprossen aus. Am ungewöhnlichsten waren seine Augen. Groß und hell strahlten sie keinen Funken der Finsternis aus, die einem Vampir innewohnen sollte. Einem solchen Vampir war Cedric nie begegnet.

»Sind hier nur geladene Gäste willkommen?«

»Es weiß also niemand von deiner Anwesenheit?« Je mehr sich die Augen des Fremden weiteten, um so lächerlicher sahen sie aus. Er war schlichtweg keine Person, die man ernst nehmen konnte.

»Ich wüsste nicht, warum.«

»Das ist sehr dumm von dir.«

»Wie süß«, frotzelte Cedric, »aber ich denke, ich kann gut auf deinen Rat verzichten.«

Was bildete sich dieser Jüngling ein? Wusste er nicht, dass er einem der ältesten und mächtigsten Vampire gegenüberstand?

»Dein Sarkasmus wird dir schon vergehen. Wenn dich Damian erst mal in die Finger kriegt … dann wird er …«

Cedric unterbrach ihn wirsch: »Ah, dann ist Damian euer Boss?« Dieses Geplapper war schlichtweg nicht auszuhalten.

»Schhhhht … nicht so laut.« Eigenartigerweise zitterte der Fremde, und erst als er sich offenbar nach möglichen ungebetenen Zuhörern umgesehen hatte, wandte er sich Cedric ruhiger zu. Dieses Mal beugte er sich vor und sprach im Flüsterton.

»Du bist neu hier und kennst dich anscheinend nicht aus«, stellte er fest. »Du tätest gut daran, meine Warnung anzunehmen. Damian ist kein Vampir, das solltest du wissen, und du solltest dich davor fürchten. Es gibt in London nicht mehr viele von uns. Die anderen haben die Macht übernommen.«

»Die anderen?« Cedric zog die Augenbrauen zusammen. »Was meinst du damit?«

Der Fremde schwieg. Stattdessen hielt er sich eine Hand vor die Brust und machte ein Zeichen, das Cedric vergessen geglaubt hatte. Das Untier. – Der Werwolf.

Schwer atmend erreichte Libba ihre Wohnung. Diese kurze Begegnung mit Damian Black hatte sie an ihre Grenzen getrieben. Sie schaffte es kaum, den Türschlüssel ins Schloss zu stecken und sich Einlass zu verschaffen. Als es ihr endlich gelang, verlor sie keine Zeit, hinter sich alles wieder zu verriegeln.

Vermutlich bildete sie sich nur ein, dass Damian Black sie den ganzen Weg über verfolgt hatte. Allerdings wollte sie lieber sichergehen und warf einen Blick durch den Spion auf den Flur.

Nichts.

Dann fiel ihr etwas Entscheidendes ein. Sogleich wirbelte sie herum und kontrollierte, ob alle Fenster in ihrer Wohnung geschlossen waren.

Natürlich fand sie keines, das offen stand, und seufzte erleichtert auf. Sie sank in ihren Lesesessel, verschränkte die Arme und dachte über das Geschehene nach. Vor ihren Augen hatte Damian Black sein Äußeres verändert. Den bedrohlichen Schatten über seinem Gesicht mochte sie sich eingebildet haben, nicht aber die Reißzähne. Ganz zu schweigen von den Krallen, die aus seinen Fingern gewachsen waren.

Zuletzt erinnerte sie sich an seine geschwollene Brust und die geplatzten Nähte seines dreckigen Hemdes. Erschrocken hatte sie aufgeschrien. Er hatte gelacht, wobei der Sabber immer weiter aus seinem Mundwinkel gelaufen war.

Was hätte sie anderes tun sollen, als Hals über Kopf zu fliehen? Es schüttelte sie bei dem Gedanken, eine Minute länger als notwendig in der Gesellschaft dieses ... sie schluckte ... *dieses Monsters* ... zu verbringen.

Vom ersten Augenblick an hatte er sie angewidert. Wenn sie an sein abscheuliches Gesicht dachte, an das Knurren und ... Sie schüttelte den Kopf. Wie sollte sie mit so jemandem eine vernünftige Verkaufsverhandlung führen?

Libba begann, sich mit beiden Händen die Schläfen zu massieren. Sie fragte sich, ob das alles tatsächlich geschehen war. Sie konnte – nein, sie wollte – das ganz einfach nicht glauben.

Komm schon, reiß dich zusammen. So etwas gibt es doch gar nicht, ermahnte sie sich.

Kein Mensch hatte derart gewaltige Reißzähne, wie sie es bei Damian Black zu sehen geglaubt hatte. Und erst recht keine Krallen, die aus den Fingern wuchsen. Was für ein Unsinn!

Sie schloss die Augen und kuschelte sich in ihren Sessel. Es musste doch Angenehmeres geben, an das sie denken konnte. Als ob der Club sie nicht loslassen wollte, war es der sexy Dunkelhäutige, der ihr als Erstes in den Sinn kam. Die Szene hatte sich in ihr Gedächtnis eingebrannt. Es erschien ihr unsagbar anstößig, wie das Beobachtete sie verfolgte und erregte. Auf der anderen Seite erinnerte es sie schmerzlich an ihre Bedürfnisse. Wann hatte sie sich das letzte Mal mit einem Mann vergnügt? Sie wusste es nicht mehr.

Hitze erfasste sie, als sie sich vorstellte, wie sie selbst nackt dem Mann gegenüberstand. Es musste ein prickelndes Gefühl sein, die lange Perlenkette um den Hals zu tragen. Wie sich die glatten Kugeln an ihren harten Brustwarzen rieben und wie sie mit einer von ihnen ihre eigene Perle rieb, bis sie die heiße Feuchte der Lust zwischen ihren Schenkeln spüren konnte.

Im Halbschlaf zog Libba die Beine eng an ihren Oberkörper. Es war ihr peinlich, sich solch frivole Dinge auszumalen. Solange jedoch niemand davon wusste, ergab sie sich bereitwillig dieser Phantasie und schloss die Augen.

Der Dunkelhäutige tauchte hinter ihr auf. Sie erschauderte, noch bevor er sie berührte. Seine Hände fuhren von ihrem Nacken über ihre Schultern und ihre Arme hinab. Er nahm die Perle, mit der sie sich rieb, und tauchte damit in ihre Feuchte. Hinein und wieder hinaus. Hinein und wieder hinaus. Bis es Libba schwindelig wurde. Ihre Knie gaben nach. Sie wäre gefallen, hätte er sie nicht mit seinen starken Armen aufgefangen. Er hielt sie so fest, dass es ihr den Atem raubte. Dennoch genoss sie seine rauen Berührungen. Sie stöhnte auf unter dem stetig ansteigenden Druck, mit dem seine Finger sie rieben, bis sie schließlich glaubte zu kommen.

In diesem Augenblick hörte er auf. Er wollte sie offensichtlich quälen, indem er ihren Höhepunkt hinauszögerte. Grob drehte er sie zu sich herum. Ihr Busen presste sich gegen seine muskulöse Brust. Libba streckte sich ihm entgegen, sie wollte seine Lippen auf den ihren spüren. Von seinem wilden, männlichen Geschmack kosten. Aber er verweigerte ihr den Kuss. Er sah sie nur an.

Etwas stieß gegen ihren Po. Eine Tischkante, vermutete Libba, und wollte sich umsehen. Der Dunkelhäutige hatte sie jedoch im Griff, so dass sie in ihrer Beweglichkeit auf ein Minimum eingeschränkt war. Schneller, als es ihr bewusst wurde, hatte er sie auf den Tisch gesetzt und war mit einem heftigen Stoß in sie eingedrungen.

Libba schnappte nach Luft. Sie wusste nicht, ob sie die Situation genießen oder sich wehren sollte. Da begann er, sich in ihr zu bewegen. Erst langsam, dann so ungestüm, dass der Akt sie wie in einem Rausch gefangen hielt. Sie konnte ihm nicht entfliehen, und sie wollte es auch nicht. Nach dieser Art von Leidenschaft sehnte sie sich schon viel zu lange. Wie betäubt empfing sie seine Stöße, bis sich eine Explosion der Lust in ihrem Unterleib zusammenbraute.

Kurz nachdem ihr Körper unter dem Orgasmus zu zucken begann, entspannte sich Libba in ihrem Sessel und versank in einem tiefen, befriedigten Schlaf.

»Glaubst du wirklich, ich lasse mich von irgendwelchen albernen Handverrenkungen beeindrucken?« Cedric bedachte den Fremden mit einem verächtlichen Blick. »Es ist mir egal, ob es hier Werwölfe gibt oder nicht.«

Dem Jungvampir hatte es allem Anschein nach die Sprache verschlagen. Mit offenem Mund starrte er Cedric an.

»Was willst du von mir? Dass ich vor Angst zittere und dich anflehe, mich nicht zu töten? Welch Ironie wäre das, mich von einem Milchgesicht wie dir in die Flucht schlagen zu lassen.«

»N… nein«, stotterte der. Die Anspannung schien plötzlich von ihm abzufallen. Er ließ die Schultern hängen, machte einen krummen Rücken und nahm allgemein eine lässige Haltung ein. Cedric erkannte in ihm eine verschwendete Jugend. Er mochte gerade 16 Jahre alt gewesen sein, als er zum Vampir wurde.

»Ich heiße übrigens Paul«, stellte er sich vor.

»Ah, du hast also doch Manieren.« Cedric nickte ihm wohlwollend zu. »Cedric.«

Damit herrschte für eine Weile Stille. Während Cedric von seinem Rotwein trank und sich aufmerksam im Club umsah, blieb Paul neben ihm stehen und nahm eine unentschlossene Position ein. Hin und wieder kratzte er sich im Nacken oder fuhr sich mit dem Zeigefinger über die Nasenspitze. Er rang um Aufmerksamkeit, aber Cedric ließ sich nicht darauf ein.

»Und …«, wagte er endlich einen erneuten Vorstoß, »du bist … ich meine … die Werwölfe machen dir wirklich keine Angst?«

Seine großen, fragenden Augen amüsierten Cedric. Er hatte alle Mühe, ernst zu bleiben. »Junge, ich habe schon Jahrhunderte vor deiner Zeit gegen Werwölfe gekämpft. Ich habe sie mit Silberpfählen aufgespießt und über dem Feuer geröstet.«

Paul zuckte zurück. »Damian wird sich bestimmt nicht so einfach aufspießen lassen.«

»Das habe ich auch nicht mit ihm vor.«

»Aber was willst du dann hier?«

»Reden.« Es war eine derart schlichte Antwort, dass Cedric kaum glauben konnte, was er da sagte. »Wenn du erst mal so viele Jahrhunderte wie ich überlebst, dann wird dir vielleicht klar, dass ein Kampf nicht immer die beste Lösung ist.«

»Er wird dir nicht zuhören«, sagte Paul. Wieder fuhr er sich mit dem Zeigefinger über die Nasenspitze. »Ich hatte gehofft ...« Er verstummte. Aus seinem Verhalten sprach nicht mehr als Unsicherheit und vielleicht ein Funke von Angst. Cedric konnte es nicht genau zuordnen.

»Nun, wir werden sehen, ob euer Mr Black mir zuhört. Sag mir nur, wo ich ihn finde.«

Gehorsam wies Paul ihm den Weg zu Damians Büro. Es lag im hinteren Teil des Gebäudes. Cedric schmunzelte über diese Tatsache, denn er hatte sich damals in Brüssel ein ähnliches Versteck für seine Räume ausgesucht.

»Hier ist es.« Paul blieb stehen und zeigte aus einiger Entfernung auf die Tür. »Dann viel Glück.«

»Ich brauche kein Glück.« Cedric war schon mehr als einem Werwolf begegnet. Keiner hatte ihn je einschüchtern können. Das würde auch jetzt nicht passieren. Was sollte an diesem Damian Black so besonders sein?

Cedric war in das Büro eingetreten und näherte sich in vampirischer Geschwindigkeit dem schäbigen Schreibtisch, hinter dem er den Werwolf vermutete. Tatsächlich erhob sich an dieser Stelle jemand in die Höhe.

»Ich werde heute Abend bedeutend zu oft gestört«, zürnte eine kraftvolle Stimme.

»Verzeihung, ich habe wohl verpasst, mir einen Termin geben zu lassen.« Cedric stützte sich mit beiden Händen auf die Kante des Tisches und beugte sich vor, um einen genaueren Blick auf Damian Black werfen zu können.

»Da ist wohl jemandem entgangen, dass ich nicht gerade ein humorvolles Gemüt habe …«

Der Werwolf schlug die Krallen ins Holz, direkt neben Cedrics Hände. Er blieb vollkommen ungerührt, bis er eine Frau hinter dem Schreibtisch auftauchen sah. Wimmernd verkroch sie sich in die erstbeste Ecke des Zimmers und versuchte so gut wie möglich, ihr Gesicht zu verstecken.

Soweit Cedric erkannte, war sie jung und hübsch und gewiss naiv genug, um auf jede Versprechung hereinzufallen. Fetzen von Kleidungsstücken hingen an ihrem Körper. Auf Cedric wirkte die Situation nicht ungewöhnlich, denn auch Vampire hatten Gespielinnen. Lediglich die klaffende Wunde an ihrer Schulter entsetzte ihn. Sie musste unter wahnsinnigen Schmerzen leiden. Sie beschwerte sich nicht, lehnte sich einfach mit dem Rücken gegen die Wand und versuchte, mit einem der Stofffetzen das Blut abzutupfen.

»Das ist widerwärtig.«

»Ohhoo«, höhnte der Werwolf und entblößte seine spitzen, gelben Zähne. »Anklagen tut er mich also auch noch. Was bildet er sich ein, wer er ist?« Er ignorierte sein Gegenüber ganz offensichtlich mit Absicht.

»Ich bin gekommen, um Freundschaft zu schließen.«

»Ich soll Freundschaft schließen? Mit einem Vampir?« Damian Black spuckte auf die Schreibtischoberfläche. »Dreckspack!«

Cedric ließ von der Kante ab und trat einen Schritt zurück.

»Ich sehe schon, es besteht kein Interesse an einer Freundschaft. Oder überhaupt an irgendetwas sonst …«

»Nein, und jetzt verschwinde, bevor ich dich in Stücke zerreiße«, brüllte der Werwolf, und der Speichel flog nur so über seine Lippen.

Angewidert wandte Cedric sich ab. Er verspürte das intensive Bedürfnis, der verletzten Frau zu helfen. Aber er wusste auch, dass er sich hier in einem unbekannten Revier aufhielt. Der Versuch, sie zu retten, könnte ihn ins Verderben stürzen. Dieses Risiko wollte er nicht eingehen.

Noch nicht.

Kreaturen der Nacht

Minutenlang schüttelte Jason Roxburgh den Kopf. Libba saß ihm gegenüber und wusste nicht mehr, wo sie hinschauen sollte. Die Situation war ihr dermaßen unangenehm, dass sie am liebsten im Boden versunken wäre.

»Miss Hope«, setzte er nach einem unendlich scheinenden Moment an, »Sie haben sich ohne Verhandlung fortjagen lassen?«

Die Röte brannte wie Feuer auf ihren Wangen. Jason brachte sie dazu, sich wie ein dummes kleines Kind zu fühlen. Aber wie hätte sie diesem Damian Black anders begegnen sollen?

»Ich weiß, das klingt verrückt …« Libba erschrak über ihre flapsige Wortwahl und das Zittern ihrer Stimme. Diese Ausdrucksweise ähnelte ihr gar nicht. Sie musste sich zusammenreißen.

Tief durchatmen, beruhigte sie sich. Dann sprach sie weiter: »Mr Black ist nicht nur ein sehr unhöflicher Mensch. Er ist … er ist so etwas … wie ein …«, sie stockte und rang darum, das Wort über die Lippen zu lassen, »ein Monster.«

»Ein Monster?«

Jason Roxburgh musste sie für übergeschnappt halten. Im ersten Augenblick machte es den Anschein, als wolle er laut loslachen. Er blieb jedoch ernst und nickte.

»Ich gebe zu, Mr Black ist ein äußerst unangenehmer Zeitgenosse.«

Libbas Miene hellte sich auf. Nicht zu fassen, dass er ihr zustimmte.

»Dann wissen Sie, wie er ist? Sie wissen von seinen gewaltigen Zähnen und diesen Krallen an seinen Fingern?« Sie redete sich in Rage, glaubte, ihn auf ihrer Seite zu haben, und wurde in ihrer Hoffnung jäh enttäuscht.

»Also, Miss Hope, übertreiben Sie nicht. Wir sind hier in keinem Horrorfilm.«

»Oh.«

»Egal wie scheußlich Damian Black Ihnen erscheinen mag, es ändert nichts daran, dass er vom Verkauf überzeugt werden muss. Highfield ist wichtiger als jeder Ekel, den Sie anscheinend so inbrünstig empfinden. Wir können es uns nicht leisten, deswegen einen Mandanten zu verlieren. Wenn Sie weiterhin bei uns arbeiten möchten, dann sollten Sie sich etwas einfallen lassen.«

»Aber, Mr Roxburgh, ich weiß nicht …«

»Dann denken Sie nach, Miss Hope«, unterbrach er sie unwirsch. »Sie sind eine Frau – wenn auch nicht gerade die attraktivste, die ich kenne«, er musterte sie mit abschätzendem Blick, »aber selbst Sie werden Ihre Reize haben, die Sie in irgendeiner Weise zum Einsatz bringen können.«

Libba hätte nicht geglaubt, dass ihr Gesicht eine noch tiefere Röte annehmen konnte. Sie schnappte hörbar nach Luft. Gerade wollte sie ihm eine passende Antwort geben, da betrat ein offensichtlich äußerst unzufriedener Russell Roxburgh den Raum.

»Oh, Dad«, sagte Jason mit gespielter Fröhlichkeit, »gut, dass du vorbeischaust. Miss Hope macht sehr interessante Fortschritte in der Highfield-Sache.«

Russell hob eine Augenbraue. Seine Miene ließ keinen Zweifel daran, dass er weder von der Aussage seines Sohnes noch von den Fähigkeiten ihrer neuen Anwältin überzeugt war. Er blieb neben dem Schreibtisch stehen, die Hände, wie üblich, in den Hosentaschen vergraben.

»Ich hatte gerade einen Anruf von Peter Field.« Der Klang seiner Stimme hätte kaum finsterer sein können. Libba wusste, dass es sich bei Peter Field um den Juniorchef von Highfield handelte. Sie hatte die Akte studiert.

»Offenbar erhielt Mr Field heute am frühen Morgen eine Drohung von Mr Black – diesem verfluchten Nachtclub-Besitzer. Ich möchte, dass Sie sich darum kümmern.« Er heftete seinen Blick auf Libba. »Schaffen Sie mir diesen Black aus dem Weg. Völlig gleich, wie Sie das anstellen. Aber Sie sollten es schnell erledigen. Peter Field ist kein geduldiger Mensch – und ich bin es auch nicht.«

»Ich … ich soll …?« Libba schluckte. »Meinen Sie das wörtlich? Mr Roxburgh …«

Russell legte den Kopf schief.

»Sie stottern, Miss Hope. Daran sollten Sie arbeiten.« Mit diesen Worten wandte er sich ab und wollte den

Raum verlassen. Er hielt inne, als er das dreckige, schadenfrohe Lachen von Jason vernahm.

»Und du, mein Sohn, werd endlich erwachsen!«

Kurz darauf war Libba in ihrem kleinen Büro. Die Highfield-Akte lag aufgeschlagen auf dem Tisch. Es spielte keine Rolle, wie oft sie die Seiten vor- und zurückblätterte. Sie fand beim besten Willen keinen Rat, was sie anstellen sollte, um den Verkauf über die Bühne zu bringen.

Damian Black würde sich nicht so einfach überzeugen lassen, schon gar nicht aufgrund ihrer nicht vorhandenen weiblichen Reize, wie Jason Roxburgh es so unflätig ausgedrückt hatte. Erschwerend kam hinzu, dass Libba sich vor ihm fürchtete. Ja, sie musste sich sogar eingestehen, eine Wahnsinnsangst vor einer neuen Begegnung zu haben. Wer konnte ahnen, wozu ein solches Monstrum von Mensch fähig wäre?

Ihre Finger trommelten auf der Tischoberfläche. Irgendetwas musste sie tun. Andernfalls könnte sie ihre Sachen packen und ihre erste Anstellung nach dem harten Studium verlieren. Sie hatte Monate und Jahre gekämpft, um ihren Eltern zu beweisen, dass sie mehr konnte als Kuchen backen und Kaffee ausschenken.

Seit Libba denken konnte, besaß ihre Familie dieses Café in einem kleinen, verschlafenen Nest mitten in Englands Nirgendwo. Tag für Tag gab es dort das gleiche Kaffee- und Kuchenangebot. Die gleichen Gäste und die gleichen Geschichten aus früheren Zeiten. Libba hatte das alles zum Hals herausgehangen. Wie eine Besessene war sie losgezogen, um sich eine Karriere in der bunten Metropole London aufzubauen.

Sie erinnerte sich, wie Russell Roxburgh sie während des Vorstellungsgespräches für ihren Ehrgeiz gelobt hatte – und tief in ihrem Inneren musste dieser noch immer stecken. Er würde ihr helfen, mit Damian Black fertig zu werden.

Was hatte sie sich dabei gedacht? Hilflos verloren stand Libba in dem angesagten Londoner Gothic Shop »Darklight Clothes«.

Dabei hatte sie sich zuvor noch so entspannt und ihrer Sache sicher gefühlt. Hieß es nicht, man solle sich mit seinen Feinden verbünden, wenn man sie nicht besiegen kann? Genau das war ihr Plan gewesen – der einzig gute, der ihr hatte einfallen wollen.

Sie hatte die U-Bahn zum Oxford Circus genommen und war weiter in die Carnaby Street gelaufen, wo sich der Laden befand.

Die verdreckten Schaufenster machten kaum etwas her, und auch der Eingang war nicht gerade kundenfreundlich gestaltet. An der Tür hing ein Totenkopfschild mit der Aufschrift »Keep out!«. Sie hätte lieber darauf hören und draußen bleiben sollen.

Nun stand sie auf einem Plüschteppich in einem pinkschwarzen Schachbrettmuster. Wie ein niemals endender Läufer zog sich der Teppich zwischen der Vielzahl an Drehständern entlang. Sie waren vollgestopft mit schwarzer Kleidung. Vereinzelt blitzten Rüschen und Spitzen hervor, selten etwas Farbiges.

Der Wandschmuck des Ladens bestand aus T-Shirts mit anstößigen Sprüchen. In den Ecken hingen große Teddybären mit Ledermasken von den Decken. Sie schienen zu grinsen.

Libba schauderte es bei dem Anblick.

Am hinteren Ende des weitläufigen Innenraumes führte eine Treppe hinauf. Auf einem Schild stand in großen roten Lettern »Peepshow« geschrieben.

Libba hatte genug gesehen. Es musste noch einen anderen Plan geben.

Sie wollte sich abwenden und fluchtartig den Shop verlassen, da stellte sich ihr eine Verkäuferin zur Seite. Sie war sehr groß und von extrem schlanker Gestalt. Ein schwarzes, enggeschnürtes Korsett vermittelte den Eindruck, als würde es der Frau sämtliche Luft abschnüren. Zu Libbas Überraschung sprach sie jedoch in einem ruhigen und angenehmen Tonfall.

»Darf ich Ihnen etwas Passendes heraussuchen?«

»Nein.« Libba schüttelte den Kopf. Unbeholfen machte sie einen Schritt zurück. »Nein, es ist schon gut. Ich glaube nicht, dass etwas für mich dabei ist.«

»Warum sind Sie sich so sicher?« Auf dem blassen, schmalen Gesicht der Frau machte sich ein freundliches Lächeln breit. Ihre Augen waren unglaublich groß und leuchteten in einem hellen Blau. Es gelang ihr mühelos, Libba in ihren Bann zu ziehen. »Ich könnte Ihnen auf Anhieb drei Teile heraussuchen, die wunderbar zu Ihnen passen würden.«

»Meinen Sie wirklich?« Libba hörte ihre Stimme in ihrem Kopf widerhallen. Es war eine unwirklich scheinende Situation, in der sie sich befand. Nun legte die Frau auch noch eine Hand auf ihre Schulter und drückte sie sanft, als würde sie genau verstehen, was in Libba vorging.

»Ich meine es nicht nur. Ich weiß, dass es so ist.«

Mit geschickten Handgriffen holte sie besagte drei Teile hervor und führte Libba zu einer der Umkleidekabinen.

»Sie werden sich nicht wiedererkennen.«

Diese Hilflosigkeit. Langsam schälte Libba sich aus ihrem Kostüm. Es war ihr unangenehm. Dieser Laden. Diese Kleidung. Vor allem ihr ungeschicktes Verhalten.

Sie brauchte eine halbe Ewigkeit, um sich das Korsett umzulegen und die Ösen an der Vorderseite zu schließen. Dazu hatte die Verkäuferin ihr ein spitzenbesetztes Jackett gegeben, das vorne lediglich mit einem Knopf geschlossen wurde und in einer Art Schleppe über ihren Po bis zu den Kniekehlen fiel. Nachdem Libba ebenfalls in die schwarze Lackhose geschlüpft war, trat sie aus der Kabine und betrachtete sich mit der Verkäuferin im Spiegel.

Tatsächlich erkannte sie sich nicht wieder. Das Outfit verlieh ihren ausgeprägten weiblichen Rundungen einen gewissen Reiz. Vor allem ihr üppiger Busen kam deutlich zur Geltung.

»Was meinen Sie?«, fragte die Verkäuferin.

»Es ist besser, als ich dachte. Viel besser. Es ist unglaublich.« Sie fühlte sich sexy. Eine bislang unbekannte Erfahrung. »Ich nehme es.«

Libba war stolz auf ihr neues Outfit und hätte es am liebsten gleich anbehalten. Auf der anderen Seite wollte sie es nicht übertreiben. Am helllichten Tag im Gothic Style durch London laufen. Sicher wäre sie unter den vielen bunten Gestalten der Stadt kaum aufgefallen. Aber der Gedanke war so irrwitzig und passte nicht zu ihr. Sie musste lachen, als sie mit der Einkaufstüte in der Hand den Shop verließ. Eine eigenartige Form von Selbstbewusstsein machte sich in ihr breit. Sie wusste nicht, woher sie kam und ob es tatsächlich an der Kleidung lag. Sie beschloss, dieses Gefühl zu genießen.

»Damian Black«, sagte sie, »zieh dich warm an. Heute bekommst du Besuch von der neuen Libba.«

Den Abend konnte sie kaum erwarten. Wie durch eine gewaltige magnetische Kraft wurde sie von dem Club angezogen. Dieses Mal trug sie keine Aktentasche bei sich und keinen strengen Knoten in ihrem Haar. Auch ihr Gang war nicht so steif, sondern wesentlich runder. Sie spielte ihre Weiblichkeit aus, von dem Moment an, da sie zum zweiten Mal den Nachtclub betrat.

Cedric würde sich nicht von einem schmierigen Typ wie Damian Black in die Flucht schlagen lassen. Zwar hatte er den Club nach dem Gespräch am vergangenen Abend verlassen, das hinderte ihn allerdings nicht daran, zurückzukehren, um das Gebäude und seine Besucher genauer unter die Lupe zu nehmen.

Welch andere Verpflichtungen hatte er außerdem schon? Wenn er wollte, könnte er sich für sein Studium der Werwolfanhänger ein ganzes Jahrhundert Zeit nehmen. Es war unwichtig, wie lange er brauchte.

Entspannt hockte er in einer der Fensterbänke der verlassenen Häuserfront in der River Street. Es war ein Platz, von dem aus er einen guten Ausblick auf diejenigen hatte, die den Club betraten oder verließen.

Ihn jedoch würde niemand von ihnen so offensichtlich entdecken.

Nach einer Weile musste Cedric sich eingestehen, dass diese Art Beschäftigung in extreme Langeweile ausartete. Die Sonne war vor knapp zwei Stunden untergegangen, und seitdem hatte sich in der Straße so gut wie nichts getan.

Eine Gruppe von drei Frauen – allesamt aufreizend gekleidet – war in den Club gegangen. Sein bisheriges Highlight. Ihre Gedanken waren vernebelt von lustvollen Erwartungen und Phantasien, die ihn anwiderten.

Werwölfe oder Vampire erschienen nicht auf der Bildfläche. Vermutlich hausten sie in dem Gebäude und verließen es so gut wie nie. Cedric wollte seinen Posten aufgeben und sein Glück zu späterer Stunde erneut versuchen, als sich eine weitere Frau näherte.

Sie war allein und erfüllt von derartiger Panik, dass sich sein Beschützerinstinkt in einem schrillen Alarm einschaltete.

Was um alles auf der Welt hatte diese Frau hier verloren? War sie lebensmüde? Wollte sie ihrem Leben ein Ende bereiten, indem sie sich den Werwölfen zum Fraß vorwarf?

Cedric konnte sich nicht gegen den Impuls wehren, sich an ihre Fersen zu heften.

Obwohl der Abend jung war, hielt sich bereits eine Vielzahl an Gästen im Innenraum des Clubs auf. Die Musik dröhnte laut, und einige leichtbekleidete Damen tanzten angetrunken an Libba vorbei. Sie gackerten albern wie Hühner. Den anwesenden Männern schien es zu gefallen. Nicht selten warfen sie ihnen anzügliche Blicke zu.

Libba entschied, erst einmal einen Drink an der Bar zu nehmen. Inmitten des Geschehens wurde ihr nun doch etwas flau in der Magengegend. Erneut fragte sie sich, von welchem Teufel sie die ganze Zeit über eigentlich geritten wurde.

»Schöne Frau, was darf es sein?«, wurde sie von dem Barkeeper begrüßt.

»Ich nehme ein …« Libba spürte, wie ihr die Schamesröte in die Wangen kroch. Vor ihr stand der Dunkelhäutige vom Vorabend. Wie Blitze der Erregung zuckten die Bilder vor ihrem inneren Auge auf. Ihr wurde heiß und kalt zugleich. Die Kehle schnürte sich ihr zu.

»Ein?«, fragte er nach.

»Ähm …« Sie musste sich räuspern. »Was trinkt man hier denn so?«

Er schenkte ihr einen anzüglichen Blick, während

Libba sich dafür hätte verfluchen können, wie unbeholfen sie war.

»Im Allgemeinen trinkt man hier Rotwein. Wir haben sogar eine Hausmarke.« Ohne auf ihr Einverständnis zu warten, schenkte er ihr ein Glas ein und schob es zu ihr herüber.

»Probieren Sie«, forderte er mit einem einnehmenden Lächeln. »Sie werden sehen, dass auch Sie ihm nicht widerstehen können.«

Wie hypnotisiert ergriff Libba das Glas, brachte es an ihre Lippen und trank in kleinen, hastigen Schlucken. Die schwere Süße lähmte ihre Geschmacksnerven. Dieser Wein würde ihr einen Brummschädel bescheren, davon war Libba überzeugt. Sie musste sich zu einer freundlichen Miene zwingen, als sie das Glas abstellte.

Der Dunkelhäutige starrte sie an. Offenbar erwartete er einen Kommentar.

»Sehr intensiv«, sagte sie. Eine bessere Beschreibung wollte ihr nicht in den Sinn kommen.

»So intensiv wie das Feuer in Ihnen.« Er hatte sich noch vorne gebeugt, so dass sein Atem über ihre erhitzten Wangen streifte.

Verwirrt rückte Libba zur Seite. »Ich weiß nicht, was Sie meinen.«

»Glauben Sie, ich wüsste nicht, warum Sie hier sind? Sie suchen das Abenteuer. Leidenschaft ... Lust.« Seine Zunge schnalzte. Eine Hand streckte er aus, berührte ihr Gesicht. Wie weich und gepflegt sich seine Haut auf der ihren anfühlte. Libba war versucht, die Augen zu schließen und sich von seinen Berührungen mitreißen zu lassen. Doch die biedere Anwältin in ihr gewann die Oberhand. Ruckartig löste sie sich von ihm.

»Sie wissen gar nichts«, warf sie ihm an den Kopf. »Ich bin einzig und allein wegen Damian Black hier.«

»Oh, was sagt man dazu? Sie sind also gleich hinter dem Boss her?« Er verzog sein hübsches Gesicht zu einer grimmigen Fratze. »Hoffentlich wissen Sie, worauf Sie sich bei ihm einlassen.«

»Keine Sorge, ich bin ein großes Mädchen.« Libba drehte sich auf dem Absatz um und marschierte quer durch die Menschenmenge. Sie hatte keine Ahnung, ob sie Damian Black auf eigene Faust finden würde, aber das war ihr in diesem Moment gleich. Sie wollte einfach nur fort. Fort von dem Barkeeper, dessen Anblick ihr einen heißen Schauer nach dem nächsten bescherte, und von den ganzen anderen merkwürdigen Gestalten.

Sie kam in einen schmalen Flur und stieß die nächstbeste Tür auf. Ein Raum – nicht größer als eine Besenkammer – befand sich dahinter. Ihm schlossen sich ein zweiter und ein dritter Flur an. Danach verdunkelte sich die Umgebung. Die Lichtquellen versiegten. Erst da nahm Libba wahr, dass sich Fackeln an den Wänden befanden, deren Flammen kleiner wurden. Eine gespenstische Stille legte sich um sie.

Angst steckte ihr in den Knochen. Ihre Füße wagten sich nur unsicher voran, bis sie immer kleinere Schritte tat und sich bei jedem an der Wand entlangtastete. Plötzlich hörte sie ein Rascheln, als die Fackel direkt vor ihr erlosch.

Libba blickte sich um, konnte nur erahnen, was sich in der Dunkelheit verbergen mochte.

»Hallo?«, fragte sie vorsichtig. »Ist da jemand?«

Ähnliche Szenen hatte sie unzählige Male in Gruselfilmen gesehen und sie stets als albern und realitätsfremd empfunden. Nun wusste sie nicht, was sie anderes hätte fragen können.

Sollte sie einfach weitergehen und hoffen, dass der

Flur irgendwann ein Ende fand? Oder sollte sie lieber so schnell wie möglich den Rückweg antreten? Dabei fiel ihr auf, dass sie vollkommen die Orientierung verloren hatte und nicht mehr wusste, welches überhaupt der Rückweg war.

Verflucht sollte ihr neues Selbstbewusstsein sein. Wäre sie doch nicht in diesen Gothic Shop gegangen. Ihr graues Kostüm hatte sie nie in eine derartige Situation gebracht.

»Hallooo …?«, wiederholte Libba.

Sie glaubte, ein Echo zu hören. Im nächsten Augenblick schlang sich ein Arm um ihren Unterleib. Eine Hand presste sich auf ihren Mund. Sie wollte zubeißen, doch ihr Angreifer verfügte über ernorme Stärke. Er presste ihr die Luft aus den Lungen.

In einem heftigen Rausch wurde ihr Körper aus dem Flur ins Freie gesogen. Hart landete sie auf der Seite und roch den Dreck der Straßen Londons. Er klebte in ihrem Haar, in ihrem Gesicht, und sie stemmte sich mit den Händen in ihm hinauf.

Vor ihr ragte eine mächtige Gestalt auf, weit entfernt von allem Menschlichen. Es war ein Ungeheuer mit dichtem, verfilztem Fell, glühenden Augen und einem gewaltigen Maul, das eine Reihe scharfer Zähne entblößte. Aus seiner Kehle drang ein widerwärtiges Röcheln.

Libba begann zu zittern. Sie zweifelte nicht, dass ihr letztes Stündlein geschlagen hatte. Sie konnte sich nicht wehren, fühlte sich nicht imstande, einen Hilferuf auszustoßen. Einzig einen Arm hob sie über ihr Gesicht, um sich darunter zu ducken. Gleich würde das Wesen sie packen.

Unter einem gequälten Aufschrei zuckte sie zusammen. Sie hörte ein Winseln, ähnlich einem Hund. Etwas zerriss, jemand stürzte, fluchte – und dann krachte etwas mit einem gewaltigen Aufprall gegen eine Hauswand. Kleine Steinbrocken fielen zu Boden.

Libba riss die Augen auf, als das Ungeheuer über sie sprang und dicht neben ihr auf seinen vier Pfoten landete. Sie erstarrte. Durch ihren Kopf geisterte lediglich eine Frage: Ob es auf der Welt etwas Grauenhafteres geben konnte als dieses Ding?

Es streckte sein Maul zu ihr herüber, schnupperte an ihr und machte den Anschein, beißen zu wollen. Doch schon packte jemand – oder etwas – das Tier im Nacken und schleuderte es von Libba fort.

Eine zweite mächtige Gestalt baute sich vor ihr auf. Diese war eindeutig menschlich, wenn auch vor bestialischer Kraft strotzend. Ausgiebiger konnte sie ihn nicht betrachten, denn er wandte sich dem Ungeheuer zu. Er versetzte ihm Schlag um Schlag, bis es heulend davonkroch.

Unbewegt beobachtete Libba, wie der Fremde nach vollendetem Werk auf sie zusteuerte. Er kniete sich zu ihr herunter, schob einen Arm hinter ihren Rücken, um ihr auf die Füße zu helfen. Sie war schwach und verstört und reagierte nicht im Geringsten auf seine Bemühungen.

Zu viel, hämmerte es in ihrem Kopf.

Ihr Blick blieb auf seinem Gesicht haften. So einen perfekten Mann hatte sie noch nie gesehen. Sie musste tot und im Himmel sein.

Ein dröhnender Schmerz durchzog Libbas Kopf. Ächzend drehte sie sich von einer Seite auf die andere. Sie drückte die Fingerspitzen gegen ihre Schläfen, betastete ihr Gesicht und ihre Glieder. Es überraschte sie beinahe, dass sich alles wie immer anfühlte, abgesehen von dem Brummschädel, der es ihr schwermachte, einen klaren Gedanken zu fassen.

Was für eine verrückte Vorstellung. Hatte das der Wein mit ihr angestellt?

Es dauerte einen Moment, ehe sie sich aufsetzte und blinzelnd ihre Umgebung wahrzunehmen versuchte. Sie lag in einem Bett, jedoch nicht in ihrem eigenen, stellte sie erschrocken fest, und sofort begann ihr Puls, wie verrückt zu schlagen.

Auf einer Kommode ihr gegenüber standen mehrere brennende Kerzen aufgereiht. Deren Schein erleuchtete den Raum lediglich schwach. Das vermittelte Libba zumindest die Ahnung, dass es noch Abend sein musste. Allzu lange konnte sie nicht geschlafen haben. Oder doch?

Die Erinnerung an die letzten Ereignisse war zu verschwommen und so unrealistisch, dass sie glaubte, den Verstand zu verlieren.

Sie wusste, dass sie den Club in der River Street aufgesucht hatte, aus dem Innenbereich gestürmt und durch einen dunklen Flur gegangen war. Damian Black hatte sie nicht gefunden. Dafür war sie auf ein ganz anderes Ungeheuer gestoßen. Zumindest glaubte sie, entgegen aller Vernunft, einem solchen begegnet zu sein. Das genaue Bild des Wesens – halb Mensch, halb Tier – war nicht mehr als ein Schatten in ihrem Geist. Und dann dieser andere Mann, der sie beschützt hatte. Er war so schön, so engelsgleich gewesen.

Langsam schob Libba ihre bleischweren Glieder unter der Decke hervor. Abgesehen von dem Jackett mit der Spitzenschleppe steckte sie noch in ihrer Kleidung. Dieser Umstand beruhigte sie. Sie glitt über die Bettkante und stellte sich geräuschlos auf die Füße.

Von allein war sie sicher nicht an diesem fremden Ort gelandet. Jemand musste sie hergebracht haben, und dieser Jemand hielt sich gewiss noch in ihrer Nähe auf.

Während sie durch das Zimmer schlich, lauschte sie angestrengt. Wie eine Diebin wollte sie die Umgebung heimlich auskundschaften. Schon die erste flackernde Bewegung des Kerzenscheins brachte sie aus der Fassung. Ihr entfuhr ein kurzer, schriller Schrei, und ihre Hände klammerten sich wie die einer Ertrinkenden an die Oberkante der Kommode fest.

Die Gewissheit, dass sich jemand näherte und sie gleich nicht mehr alleine im Raum sein würde, schnürte ihr die Luft ab. Sie spürte, wie die Kälte von ihren Zehenspitzen aus immer weiter in ihr heraufkroch.

Dann stand er plötzlich in der Tür.

Geschmeidig bewegte er sich auf sie zu. Katzengleich, so, wie es auch der Ausdruck seiner Augen war. Sie funkelten dunkel und unergründlich. Etwas Bedrohliches lag in ihnen, doch nicht bedrohlich genug, um nicht anziehend zu wirken.

Die langen schwarzen Haare fielen ihm über die Schultern und ins Gesicht und verliehen ihm etwas Wildes. Seine Erscheinung erschrak und beeindruckte Libba gleichermaßen.

Es gab wohl keine Frau, die sich einer derart männlichen und erotischen Ausstrahlung hätte entziehen können. Mit offenem Mund starrte sie ihn an. Sie ertappte sich bei dem Gedanken, wie es sich anfühlen würde, von ihm gepackt und an seine starke Brust gedrückt zu werden. Beinahe erwartete sie, dass er genau das tat. Sie musste wirklich verrückt sein.

Er blieb vor ihr stehen und musterte sie mit einem wissenden Blick – als könne er in ihr lesen wie in einem offenen Buch.

»Du hast dich schnell erholt«, stellte er sachlich fest.

»Oh«, entfuhr es ihr, und sie ärgerte sich, dass sie kaum fähig war, sich seiner Anziehungskraft zu entziehen.

»Ähm … ja.« Ihre Stimme hatte einen schwachen, ausdruckslosen Klang.

Erst als sie feststellte, wie der Fremde unentwegt ihr üppiges Dekolleté betrachtete, kam sie allmählich zu sich. Direkt schoss ihr Röte in die Wangen. Sie fühlte sich nackt. Das Korsett bedeckte ihren Busen nicht mehr als unbedingt notwendig. Wo war bloß dieses verfluchte Jackett?

»Wenn ich nur wüsste, wovon ich mich so schnell erholt habe«, unterbrach sie das peinliche Schweigen. Nervös durchforstete ihr Blick das Zimmer.

»Du erinnerst dich nicht?«

»Nicht genau.« Sie musste sich zwingen, ihn nicht wie ein liebeskranker Teenager anzuhimmeln. »Da war ein Mann – nein, ein Tier … nein … ich weiß nicht genau, was es war.« Die Situation war ihr unangenehm.

»Es hat mich angegriffen. Ich glaube, es wollte mich töten«, wurde ihr plötzlich bewusst. Ein eiskalter Schauder fuhr ihr über den Rücken.

»Aber du lebst.«

Er drängte sich vor, so nahe, dass sie meinte, seinen Atem auf ihrer nackten Haut zu spüren. Die feinen Härchen auf ihren Armen stellten sich auf. Ein Prickeln durchschlich ihren Busen, als sein Oberkörper in Berührung mit dem ihren kam.

»Was tun Sie da?« Libba wunderte sich über ihre Kühnheit. Es wäre leicht gewesen, ihm zu verfallen. Ein Teil von ihr wünschte sich genau das. Trotzdem wich sie bei seinem Versuch, sie in die Halsbeuge zu küssen, zurück. Was fiel ihm ein?

»Ich habe dir das Leben gerettet. Denkst du nicht, dass ich einen kleinen Dank verdient habe?«

Libba machte einen weiteren Schritt rückwärts. Sie stieß mit dem Hinterteil gegen die Kommode, und die Kerzen flackerten in ihrem Rücken. Der Fremde versperrte ihr jeden Fluchtweg. Wie eine Mauer baute sich seine eindrucksvolle Gestalt vor ihr auf.

»Was meinen Sie? Was wollen Sie von mir?«

»Du weißt genau, was ich von dir will.«

Er tat, als wären sie miteinander vertraut. Seine Hände streichelten von ihren Schultern an ihren Armen hinunter. Offensichtlich provozierte er eine Reaktion. Libba versteifte sich noch mehr, woraufhin der Druck seines Griffes sich verstärkte.

Konnte er nicht begreifen, dass sie ihm nicht so ohne weiteres gefügig sein würde?

»Tu doch nicht so.«

Erneut näherten sich seine Lippen ihrer Halsbeuge. Er hauchte einen Kuss auf ihre sensible Haut und brachte Libba zum Erschauern.

»Du willst es. Ich weiß, dass du mich willst.«

Sicher, seine Ausstrahlung hatte etwas Übernatürliches, aber nicht genug, um sie zu benebeln. Sie wand sich unter seinen intensiven Blicken. Auf der einen Seite spielte ihre Phantasie verrückt, und sie malte sich aus, wie er ihr die Kleider vom Leib riss. Andererseits fragte sie sich, wie sie an so etwas denken konnte. Ausgerechnet sie. Die junge, aufstrebende Anwältin. Vernunft war praktisch ihr zweiter Vorname. Sie wehrte sich, dass das ihre Gedanken sein sollten, niemals hätte sie vermutet, tatsächlich – von einem mächtigen Vampir – beeinflusst zu werden.

Sie musste fort.

»Ja, genau …«, stimmte sie ihrem Plan unbewusst laut zu und animierte den Fremden, noch weiter zu gehen. Sogleich umfasste er ihre Taille. Er presste seinen Unterleib gegen ihren, so dass sie seine harte Männlichkeit spüren konnte. Keuchend schnappte sie nach Luft.

»O Gott. Hören Sie auf damit.« Sie kämpfte ihre Arme frei und begann, nach ihm zu schlagen. »Sofort aufhören. Was bilden Sie sich ein? Halten Sie mich für eine Nutte oder was?«

Knurrend hielt der Fremde sie umschlungen.

Er witterte bereits den Duft ihres Blutes, hörte es rauschen. In ihr. In seinem Kopf. Es brachte ihn halb um den Verstand.

»Lassen Sie mich … sofort … los.« Sie griff hinter sich nach einer der Kerzen. Ohne zu zögern, drückte sie ihm den heißen Docht auf den rechten Handrücken. Abrupt ließ er von ihr ab.

Er fühlte keinen Schmerz, lediglich Überraschung. Mit dem Daumen fuhr er über die Stelle, an der die Kerze ihn berührt hatte. Die Haut war unversehrt. Ein lächerlicher Versuch, ihn zu verletzen. Diese Frau bewies Mut.

»Verzeihen Sie.« Er entfernte sich einige Schritte von ihr – so weit, bis er das Rauschen ihres Blutes nur noch schwach wahrnahm. »Ich hatte angenommen, Sie wären eine von denen – von den Mädchen aus dem Club. So wie Sie aussehen.« Natürlich hatte er gewusst, dass sie nicht dazugehörte, immerhin war er ihr gefolgt, um sie vor den Werwölfen zu beschützen.

»Na, da liegen Sie aber gründlich daneben.« Libba rückte ihre Kleidung zurecht.

»Kann ja mal vorkommen«, sagte er lässig und zuckte mit den Schultern.

»Dann können Sie jetzt gehen. Anscheinend sind Sie ja wieder fit.«

Libba fühlte sich alles andere als fit. Sie war verwirrt, verängstigt – hin- und hergerissen zwischen dem, was sich um sie herum abspielte, und dem, was sie davon wahrhaben wollte. Außerdem machte sie die Art, wie der Fremde mit ihr redete, wütend. Er hielt sich wohl für unwiderstehlich, und sie würde einen Teufel tun, das zuzugeben.

Es tat ihr nicht einmal leid, ihm die Kerze auf den Handrücken gedrückt zu haben. Nein, sie wünschte ihm einen langen, ausgiebigen Schmerz.

»Sie sollten jetzt wirklich gehen.«

Seine funkelnden Augen brachten sie ins Schwanken. Sie wartete darauf, dass er noch etwas sagte, aber sie sah lediglich seinen gequälten Gesichtsausdruck. Das verursachte ihr ein schlechtes Gewissen, und bevor dieses Empfinden überhandnehmen konnte, drehte sie ihm den Rücken zu.

»Wenn Sie meinen.«

»Ja.«

Unsicher machte sie drei Schritte auf die Tür zu, blieb stehen und sah zurück. Sie hatte etwas vergessen und wusste nicht, wo sie auf die Schnelle suchen sollte. Wie ein betrunkenes Huhn, das orientierungslos durch den Raum torkelte, hielt sie Ausschau. Viel schlimmer hätte ihr Benehmen nicht sein können.

»Ihr Jackett.«

»Äh, ja.«

Libba nahm das Kleidungsstück entgegen, verwundert, wie er es in dem Bruchteil einer Sekunde scheinbar aus dem Nichts hervorgezaubert hatte.

Sie wollte nicht länger über diese und all die anderen Merkwürdigkeiten nachdenken. Sie schnappte sich das Jackett und warf es sich hastig über.

»Bestens.« Sie schloss den einzigen Knopf vor ihrer Brust und stellte fest, dass sie kein Stück bedeckter war als zuvor. Dieses Mal schenkte der Fremde diesem Umstand keine Beachtung.

»Dann mache ich mich jetzt mal wieder auf den Weg in den Club.«

Augenblicklich packte er sie am Arm. »Nein, das lassen Sie schön bleiben.«

»Sie haben mir gar nichts zu befehlen.« Sie wollte sich ihm entziehen. Doch er war viel stärker. Sein fester Griff schmerzte ihr.

»Gehen Sie nicht«, wiederholte er weicher.

»Doch, das werde ich.« Sie funkelte ihn böse an.

»Es geht Sie zwar nichts an, aber das ist mein Job. Ich werde jetzt da hineingehen und Damian Black vom Verkauf seines Clubs überzeugen.« Dieses Vorhaben hielt sie für absoluten Wahnsinn. Andererseits fragte sie sich, was ihr noch Schlimmeres passieren könnte. Der Abend war ohnehin verrückt genug verlaufen, und sie hatte keine Ahnung, ob sie noch bei klarem Verstand war.

Plötzlich hob der Fremde sie ein Stück vom Boden und wirbelte sie im Kreis herum. Für einen Moment fühlte sie sich schwerelos. Am Ende fand sie sich mit dem Rücken gegen die Wand gepresst wieder, seinem eindringlichen Blick hilflos ausgeliefert.

»Sie haben keine Ahnung. Niemand wird Damian

Black jemals von irgendetwas überzeugen, das er nicht für richtig hält.«

»Was?« Libbas Schädel brummte. Die Situation war surreal. Warum ließ er sie nicht einfach ihrer Wege gehen?

Cedric starrte die Frau fassungslos an. Sie war so jung, so naiv und vollkommen auf ihr lächerliches Vorhaben versteift. Ihm wurde klar, dass er sie nicht ohne den Einsatz seiner vampirischen Fähigkeiten aufhalten konnte.

Er hatte Mitleid mit ihr, und ein Teil von ihm wünschte sich inständig, ihr zu helfen. Vielleicht, dachte er, musste er sie erst in die Arme von Damian Black laufen lassen. Wenn sie es unbedingt darauf anlegen wollte, konnte sie immer noch der Köder sein – sein Köder, um den Werwolf in eine Falle zu locken und ihm einen Schlag zu verpassen, der sich gewaschen hatte.

Mit einer Hand fuhr er sanft über ihre Wange. Seine Fingerspitzen tasteten sich ihre Haut hinab, bis er zum wiederholten Male an ihrer Halsbeuge anlangte. Ganz automatisch fand er die perfekte Stelle für einen Biss. Er konnte fühlen, wie das Blut durch ihre Adern floss. Ihr Puls pochte vor Aufregung. Mit glasigen Augen sah sie fragend zu ihm auf.

Als sich ihre vollen Lippen öffneten und sie ein paar unverständliche Worte murmelte, war es um Cedrics Selbstbeherrschung geschehen. Sein Hunger auf ihren Lebenssaft ließ sich nicht länger unterdrücken. Wie ein Raubtier senkte er sich seiner Beute entgegen. Die Frau wirkte winzig in seinen Armen.

Cedric lächelte, als er ihr Zittern bemerkte. Sie hatte Angst vor ihm.

Er schwor sich, dass sie nicht spüren würde, wie seine Zähne sich in ihr Fleisch bohrten. Der Blutverlust sollte sie nicht schwächen, nur einschläfern. Behutsam und langsam wie nie zuvor trank Cedric von ihr. Er kostete jeden einzelnen Tropfen aus. Sie schmeckte so süß und verführerisch. Es schmerzte ihn förmlich, von ihr abzulassen.

Zurück

Gähnend streckte Libba sich in dem gemütlichen Bett aus. Die Kissen waren weich und kuschelig und rochen angenehm.

Schließlich öffnete sie die Augen und schätzte blinzelnd ihre Umgebung ein, bis sich ihr Blick nach einem Moment klärte. Zu ihrer Linken befanden sich zwei große Fenster, deren dünne Seidenvorhänge das Sonnenlicht in den Raum einließen. Es war helllichter Tag.

Verwundert stellte sie fest, dass sie in der Kleidung steckte, die sie in dem Gothic Shop gekauft hatte. Sie erinnerte sich nicht, wie sie in dem Aufzug an diesen Ort gekommen war. Wenn sie es genau nahm, erinnerte sie sich an nichts seit dem Moment, in dem sie den Laden in der Carnaby Street verlassen hatte.

Ihr wurde übel, als sie sich ihrer Situation bewusst wurde. Panisch drehte sie sich um die eigene Achse. Wo war sie?

»Ruhig bleiben, Libba«, redete sie sich zu, »schön ruhig bleiben.«

Es musste eine logische Erklärung geben.

Jemand hatte sie betrunken gemacht und verschleppt. Nach ihrem schweren Kopf zu urteilen, wäre diese Schlussfolgerung nicht mal abwegig. Aber wann genau war das geschehen? Sie wusste nicht mehr, ob sie ihr Vorhaben umgesetzt und den Club erneut aufgesucht hatte.

Verunsichert ging sie los und riss die nächste Tür auf. Sie stierte hinaus, löste sich wieder, um den Raum abzusuchen, doch sie entdeckte nichts.

Libba fuhr sich mit beiden Händen durchs Haar. »Denk nach … was hast du gestern Abend getan?« Aber sosehr sie sich bemühte, ihre letzte Erinnerung blieb der Einkauf in dem Gothic Shop.

Innerlich verfluchte sie die ganze Welt. Sie wusste nicht, wie viel Zeit sie – mit was auch immer – verplempert hatte.

Verdammt!

Was hatte sie in den letzten Stunden getrieben? Zumindest betete sie darum, dass es sich nur um einige Stunden – und nicht etwa um Tage – handelte. Und wo, verflucht noch mal, war sie?

Wütend schnappte sie nach ihrem Jackett, das über einem Stuhl im Flur hing. Sie schlüpfte hinein und ärgerte sich über den einzelnen, unnützen Knopf. Wenn sie wenigstens einen Schal dabeihätte, den sie über ihren halb freigelegten Busen drapieren könnte. Seufzend sah sie an sich hinab.

Beim Verlassen der Wohnung stellte Libba fest, dass auf der Außenseite der Tür eine Zahl prangte. Offensichtlich befand sie sich in einem Hotel. Ihr kam der verrückte Gedanke, mit einem wildfremden Mann in einem Stundenhotel abgestiegen zu sein. Von solchen Dingen hatte sie bisher nur geträumt. So etwas passierte ihr im wirklichen Leben nicht. Nie und nimmer. Für derlei spontane Aktionen war sie zu schüchtern und verschroben.

Libba wurde von einem Pärchen aus ihren Gedanken gerissen, das fröhlich um die Ecke kam und ihr einen guten Morgen wünschte. Libba grüßte mit gesenktem Kopf zurück. Sie wollte sich nicht zu offen zu erkennen geben. Daher zupfte sie ein paar Haarsträhnen ins Gesicht.

»Guten Morgen, Miss«, wurde sie von einer freundlichen, jungen Frau begrüßt, als sie an der Rezeption ankam. »Haben Sie noch einen Wunsch?«

»Guten Morgen«, gab Libba höflich zur Antwort. »Haben Sie meinen Begleiter heute Morgen gesehen?«

»Nein, Miss. Meine Kollegin hat Sie gestern Abend empfangen. Sie sagte, Sie wären allein angereist.«

»Aha.« Merkwürdigerweise war Libba von dieser Aussage enttäuscht. »Was schulde ich Ihnen dann?«

»Nichts weiter. Es ist alles bezahlt. Gestern Abend schon.« Die Frau tippte etwas in ihren Computer ein. »Gleich bei Ihrer Anreise. So steht es hier.«

»Aha«, wiederholte Libba. Sie hätte kaum irritierter sein können. »Gut, dann vielen Dank und einen schönen Tag noch.«

Draußen auf den Straßen herrschte geschäftiges Treiben. London gehörte ohne Frage zu den Städten, die anscheinend niemals schliefen. Ein Umstand, an den Libba sich bislang nicht gewöhnt hatte.

Glücklicherweise erkannte sie ihren Aufenthaltsort. Sie befand sich in der Nähe vom Museum of London und somit gut eine Viertelstunde Fußweg von ihrer Wohnung entfernt. Sie wünschte sich eine abseitige Gasse, in der ihr nicht so viele Menschen begegnen würden, denn sie fühlte sich grauenhaft, und vermutlich sah sie auch genauso aus. Aber leider gab es keine Schleichwege auf ihrer Strecke. Zu ihrer Erleichterung nahm kaum jemand Notiz von ihr oder ihrem Outfit, in dem sie sich gänzlich unwohl fühlte. Sie schämte sich und war froh und dankbar, als sie endlich die Eingangstür zu ihrer Obergeschosswohnung im sicheren Blickfeld hatte.

Nur noch ein paar Schritte.

»Miss Hope?«

Libba erstarrte. Der Klang der Stimme war so unverkennbar, dass sie vor ihr fliehen wollte. In diesem Augenblick wünschte sie sich nichts sehnlicher als ein Loch im Boden, in das sie sich hineinstürzen könnte. Da sie den Blick gesenkt hielt, schoben sich neben der verruchten Stimme als Nächstes ein Paar polierte schwarze Lackschuhe in ihr Blickfeld. Langsam hob sie den Kopf.

»Miss Hope, ich muss schon sagen, ich hätte nicht gedacht, dass Sie zu dieser Sorte Frau gehören.« Jason Roxburgh grinste sie mit unverhohlener Miene an.

»Mr Roxburgh.« Sämtliche Farbe wich aus Libbas Gesicht. »Es ist nicht so, wie Sie denken.«

»Das ist es nie, oder?«

»Aber es ist wirklich nicht …«

»Ja, ja.« Jason Roxburgh winkte ab. »Hören Sie, ich habe keine Zeit für Ihre Märchen. Ich habe einen wichtigen Termin. Und Sie sollten sich auch lieber um Ihren Fall kümmern.«

Libba erinnerte sich an Highfield, den Club und Damian Black. Wie hatte sie das vergessen können?

»Ich …«, setzte sie an, doch Jason Roxburgh war längst auf der anderen Straßenseite. Wie ein begossener Pudel blieb sie zurück, und genau so fühlte sie sich auch.

Bei Sonnenuntergang lauerte Cedric in seinem Versteck an der Temple Church und beobachtete, wie ein Mann Gottes hinaustrat, um die großen Tore zu verschließen. Seine Bewegungen waren seltsam abgehackt. Ein Frösteln schien sich in ihm auszubreiten, immer stärker von ihm Besitz zu ergreifen, denn es schüttelte ihn sichtbar. Trotzdem schritt er erhobenen Hauptes in die Abenddämmerung.

»Ich weiß, dass du hier bist«, sprach er zu niemand Bestimmtes. »Du bist schon öfter hier gewesen. Aber du wirst mir nichts anhaben können.«

Für den Bruchteil einer Sekunde wirkte es, als hätte der Priester sein Versteck entdeckt. Im gleichen Augenblick wandte er sich ab. Schnellen Schrittes verschwand er über den Weg zu dem Haus, in dem er lebte.

Cedric richtete sich auf. Er hatte einen unruhigen Tag verbracht und den Sonnenuntergang herbeigesehnt. Seine Gedanken schweiften immer wieder ab, zu der Frau mit dem süßen Blut. An ihm nagte die Neugier, warum sie so versessen darauf war, Damian Black vom Verkauf seines Clubs zu überzeugen. Vielmehr noch wollte er ihr bei diesem Vorhaben behilflich sein. Schließlich war er nach London zurückgekehrt, um sein Dasein neu zu ordnen. Er redete sich ein, dass die Beseitigung Damian Blacks sein einziger Beweggrund war, denn er würde kein zweites mächtiges Wesen neben sich dulden. Schon gar nicht, wenn es sich um einen Werwolf handelte. Seit jeher herrschten die Vampire in Londons Untergrund. Wohin sie verschwunden waren, konnte Cedric sich nicht erklären. Aber er würde es herausfinden – und er hatte für sein Vorhaben bereits die perfekte Kontaktperson im Sinn.

Wie erhofft fand Cedric den sommersprossigen Paul am Rande des Clubgeschehens. Er hatte sich allein in eine dunkle Ecke verkrochen, nippte an einem Rote-Bete-Saft und beobachtete die vielen schönen Frauen, die sich halbnackt auf der Tanzfläche rekelten. Seine Augen wurden stetig größer, und er verschluckte sich beinahe an seinem Getränk, als eine Blondine die Träger ihres knappen Tops über die Schultern zog. Er hungerte förmlich nach ihr, würde sie jedoch niemals ansprechen oder sich ihrer in einem günstigen Moment bemächtigen.

Cedric wusste das und tauchte schneller neben ihm auf, als Paul es wahrnahm. Erschrocken zuckte der zusammen. Sein Rote-Bete-Saft schwappte über den Rand des Glases, ergoss sich auf dem Stoff der schwarzen Sitzgarnitur und versickerte.

Paul kräuselte die Lippen, offenbar nicht bereit, das Gespräch zu beginnen.

»Du bist ein Vampir. Sie ist ein Mensch.« Cedric deutete mit dem Kopf in Richtung der Blondine. »Es kann für dich nicht so schwer sein, sie gefügig zu machen.«

»Wir dürfen so etwas nicht.« Der Jüngere faltete die Hände. Er saß steif da und beobachtete aus den Augenwinkeln, ob ihr Gespräch möglicherweise belauscht wurde. Er verhielt sich auffällig nervös.

»Wer behauptet das?«

»Damian Black. Es ist sein Club. Ein Club für Werwölfe. Wir Vampire werden hier nur geduldet. Wir können froh sein, dass sie uns am Leben lassen.«

»Das kannst du nicht ernst meinen. Es waren immer die Vampire, die London beherrscht haben. Niemand anderes.«

»Das war einmal.« Paul schenkte Cedric einen ernsthaften Blick. »Wenn du schon so lange existierst, wie kann es sein, dass du nichts von dem großen Aufstand mitbekommen hast?«

»Ich hatte meine eigenen Probleme.« Düsternis überfiel ihn, als er an die vergangenen Jahre zurückdachte. Rastlos war er von einem Ort zum nächsten gereist, hatte sich zuletzt in seinem Versteck an der Temple Church verkrochen und geglaubt, es würde mit ihm zu Ende gehen. Doch er führte sein Dasein fort. Nach wie vor. Und nun, da er zu neuer Kraft gefunden hatte, würde er sich nicht von einem Werwolf in die Schranken weisen lassen.

»Wie ist es dazu gekommen?«, fragte er. »Ich meine – Damian Black. Wie konnte er die Herrschaft über die Unterwelt erlangen?«

»Ein Hinterhalt.« Paul zuckte mit den Schultern, als wäre es nichts Besonderes. »Sie haben diesen Lorcan in eine Falle gelockt und getötet. So wurde es mir zumindest erzählt. Er muss so etwas wie der Anführer gewesen sein. Aber das war vor meiner Zeit als Vampir. Ich habe ihn nie gekannt. Ich kenne nur Damian Black und seine Männer – und ich kann dir sagen, mit denen ist nicht zu spaßen.«

»Sie haben Lorcan getötet?« Eine lange Freundschaft verband Cedric und den hünenhaften Iren mit den auffällig strohblonden Zöpfen. Sie hatten schon vor Hunderten von Jahren gemeinsam gekämpft, Siege und Niederlagen erlebt. Es betrübte ihn unsagbar, von Lorcans Ende zu erfahren. Dieser Verlust hatte sich in der Vampirwelt bisher nicht herumgesprochen.

»Dann haben sie sich selbst zu meinen Feinden erklärt.«

»Du musst verrückt sein, wenn du glaubst, gegen Black anzukommen.«

Cedric überging diese Aussage. »Wie viele von uns gibt es noch in London?«

Abermals zuckte Paul mit den Schultern. »Zehn bis zwanzig?« Es war eine Frage, die er sich selbst zu stellen schien. »Ich weiß es nicht. Viele von ihnen sind geflohen, und die Übrigen lassen sich kaum noch blicken.«

»Und was ist mit dir?«

»Ich gebe Damian Black keinen Grund, mich zu vertreiben.«

Cedric wollte ihm eine passende Antwort ins Gesicht

schleudern. Dieser Vampir war ein feiger, kriechender Wurm. Eine Schande für die mächtigen Wesen der Nacht. Doch im selben Augenblick entdeckte er mitten in der Menge eine bestimmte Frau, die wieder seines Schutzes bedurfte.

Neue Erkenntnisse

Nur zögerlich war Libba erneut in die Gothic-Kleidung geschlüpft. Das enge Korsett schnürte ihr die Luft ab, und sie genierte sich über den tiefen Einblick, den es bot. Dennoch behielt sie es an, um am Abend den Club in der River Street aufzusuchen.

Vor dem Eingang blieb sie stehen und betrachtete das schwarzlackierte Holz der Tür. An einigen Stellen blätterte es ab. Auf der rechten Seite wies es tiefe Kratzspuren auf. Es sah schäbig aus. Offensichtlich hatte sich lange Zeit niemand um den äußeren Zustand bemüht. Die goldene Klinke war abgegriffen und beschmutzt. Die Buchstaben auf dem kleinen Schild neben der Tür waren kaum zu entziffern. »The Black Club« schätzte Libba, hätte es aber nicht mit Sicherheit sagen können.

Die gesamte Fassade ringsherum wirkte heruntergekommen, und es verwunderte sie, dass es hier überhaupt noch einen abendlichen Treffpunkt gab. Highfield tat recht daran, es abreißen zu wollen, um etwas Neues, Modernes an seine Stelle zu bauen.

Libba straffte die Schultern. Sie würde Damian Black schon vom Verkauf überzeugen.

Irgendwie …

Unbeirrt durchschritt sie den Flur und näherte sich

der Stelle, an der sie bei ihrem ersten Besuch verweilt war. An dem Fenster in der Wand. Wie sehr sich ihre Schritte beschleunigten, bemerkte sie nicht. Ihr Herz klopfte zum Zerspringen, und beinahe erwartete sie, ein weiteres Mal Zeugin erotischer Spielereien zu werden. Mit angehaltenem Atem blieb sie stehen, stützte sich mit den Händen an der Wand ab und wollte ihre Nase gegen das Glas pressen.

Sie zuckte zurück.

Ein schwarzer Vorhang auf der anderen Seite verdeckte jede Aussicht. Lediglich der Schein einer Kerze war zu erahnen.

Libba fühlte ihre Enttäuschung, konnte sie jedoch nicht begreifen. Was hatte dieser Club nur an sich? Sobald sie das Gebäude betrat, keimten leidenschaftliche Wünsche in ihr auf, an die sie zuvor nicht zu denken gewagt hatte.

Sie verwarf den Gedanken und ging weiter. Aus dem Zentrum des Gebäudes strömte stimmungsvolle Musik auf den Flur. Geige und Panflöte waren herauszuhören. Ganz anders als beim letzten Mal. Die Klänge lullten Libba ein und zogen sie mit sich, bis sie endlich das Clubinnere betrat und auf die vielen wunderschönen Gestalten traf, die darin feierten. An der Bar bestellte sie einen Rotwein – die Hausmarke – und wunderte sich, woher sie davon wusste.

Auf der anderen Seite der Bar stand ein Mann, der sie derart intensiv musterte, dass sie nach kurzer Zeit auf ihn aufmerksam wurde.

»Der Dunkelhäutige«, schoss es Libba durch den Kopf. Es durchströmte sie heiß-kalt. Sie war froh, ihren Rotwein zu erhalten, um sich an dem Glas festhalten zu können. Gierig nahm sie gleich drei Schlucke von dem schweren Getränk.

Trotz aller Bemühungen konnte sie sich nicht von dem Mann abwenden. Seine Ausstrahlung hielt sie gefangen, und obwohl sie lieber vor Scham im Boden versunken wäre, wartete sie brav, bis er sich zu ihr gesellte.

»Komm mit mir.« Sein verführerischer Mund formte sich zu einem Kuss, der sich auf ihre Wange legen wollte.

Libba hörte seine Stimme wie durch eine dicke Watteschicht. Angestrengt kniff sie die Augen halb zusammen. Sie musste ihre Sinne schärfen. Vor allem musste sie Abstand zwischen sich und diesen unverschämt gutaussehenden Kerl bringen.

»Wie bitte?«

»Du weißt ganz genau, was ich von dir will.«

Hatte sie diesen Satz nicht vor kurzem schon einmal gehört? Es war wie ein Déjà-vu, das sie allerdings in keiner Weise zuordnen konnte.

Nervös begann sie, das Glas auf der Thekenoberfläche zu drehen. Sie wusste nicht, was sie denken oder tun sollte. Ihre ursprüngliche Intention drohte in den Hintergrund zu rutschen. Vielmehr hatte sie mit dieser eigenartigen Situation zu kämpfen – und den Erinnerungen, nach denen sie vergeblich suchte.

Der Mann, der sich ihr in so selbstverständlicher Weise genähert hatte und allem Anschein nach nicht wieder von ihr ablassen wollte, trug nicht dazu bei, dass sie sich beruhigte. Als sie ihm in die Augen sah, verlor sie sich in dem bohrenden Blick, mit dem er sie zu durchdringen schien. Er schenkte ihr ein unbekanntes Gefühl. Er ließ sie ohne jedes Wort wissen, dass er sie begehrte.

Libba schwankte, als sie zum Sprechen ansetzen wollte.

»Ich …«

»Die Dame ist mit mir verabredet, wenn Sie nichts dagegen haben.« Ein Mann drängte sich zwischen sie und den Dunkelhäutigen. Seine Anwesenheit verursachte ein vertrautes Gefühl.

Aber das kann nicht sein.

Sie erinnerte sich nicht, jemanden wie ihn zu kennen. Verwirrt blickte sie von einem zum anderen. Während der Dunkle ihr brummend den Rücken zudrehte, fasste der andere sie am Arm und wollte sie von der Bar wegdrängen.

»Was soll das? Was fällt Ihnen ein?« Ihre Stimme hätte wütend klingen sollen. Doch alles, was sie herausbrachte, war ein halbherziges Lallen. Dieser Mann – dieser Fremde – war wunderbar. Groß, stark, schön. Sein langes schwarzes Haar glänzte seidig in dem schwachen Lichtschein des Clubs. Es umschmeichelte seine kantigen Gesichtszüge, ließ seine blasse Haut vornehm aussehen. Sie wollte sich ihm an den Hals werfen und schalt sich eine Idiotin, auf was für Gedanken sie schon wieder kam. Sie kannte ihn doch gar nicht.

»Sie sollten mir dankbar sein«, sagte der Fremde. Seine tiefdunklen Augen blitzten sie verschwörerisch an. »Das ist kein netter Kerl.«

»Aber Sie sind einer?« Libba schüttelte seine Hand von ihrem Arm. Sie war mit der Situation überfordert.

»Ich helfe Ihnen dabei, Damian Black vom Verkauf zu überzeugen.«

»Sie wollen *was*?« Libba starrte ihn an. »Woher wissen Sie davon? Wer sind Sie?«

»Mein Name ist Cedric, und ich bin auf Ihrer Seite. Das ist alles, was Sie wissen müssen. Verstehen Sie das?«

»Nein, ich verstehe gar nichts.« Am liebsten hätte Libba laut aufgeschrien und um sich geschlagen. Was war hier eigentlich los? Lag es an dem Club und der Art von Leuten, die sich hier herumtrieben? Welche andere

Erklärung gab es, wo jedes Mal, wenn sie ihn betrat, etwas Eigenartiges passierte.

Für gewöhnlich hielt sie sich für immun, was männlichen Charme anging. Trotzdem fühlte sie sich innerhalb dieser Mauern versucht, sich einem Exemplar wie dem Dunkelhäutigen oder diesem Cedric bereitwillig in die Arme zu werfen. Ein Impuls, gegen den sie mit aller Macht ankämpfen musste.

Cedric lächelte, und schon im nächsten Moment strömte ihr aus seiner Richtung eine Welle der Beruhigung entgegen, so dass sie sich nicht länger fürchtete.

Sie fasste neuen Mut und schnappte hörbar nach Luft. »Und warum, Mr Das-ist-alles-was-Sie-wissen-müssen, wollen Sie mir helfen?«

»Nun, sagen wir mal, ich habe ein Interesse daran, dass Mr Black seinen Club aufgibt. Hier treiben sich sehr merkwürdige Gestalten herum, falls Ihnen das nicht aufgefallen ist.«

»Sie wollen mich wohl veralbern.« Röte schoss ihr ins Gesicht. »Natürlich ist mir das aufgefallen.« Ob er von den Sexspielchen wusste – oder meinte er am Ende nur die Leute an sich?

»Das sollte wirklich verboten werden«, sagte sie geistesabwesend. Unweigerlich musste sie an das Spiel mit den Perlen denken und verfluchte ihre intimen Wünsche, die sich mit aller Macht in ihr emporkämpfen wollten. Der Gedanke an die Frau mit der Kette erregte sie so stark, dass sie selbst in diesem Augenblick ein Ziehen in ihrem Unterleib verspürte.

Cedric musterte sie mitleidig, als hielte er sie für durchgedreht.

»Ich schlage vor, dass wir gehen und uns einen Plan zurechtlegen, wie wir am besten vorgehen.«

Libba nickte automatisch und wollte ihm folgen, dann

hielt sie abrupt inne. »Nein, wir können nicht gehen«, platzte es aus ihr heraus. »Ich muss die Angelegenheit jetzt gleich mit Mr Black klären. Was glauben Sie, soll ich morgen meinem Chef erzählen, wenn ich wieder ohne eine Verhandlung ins Büro komme?«

Cedric fasste sie an der Schulter. Es machte den Anschein, als wollte er sie packen und hinausschleifen. »Hören Sie auf. Sie werden es niemals allein schaffen, Black zu überzeugen.«

»Natürlich werde ich das.« Sie stampfte mit dem Fuß auf, um ihre Meinung zu untermauern. »Und ich habe nicht um Ihre Hilfe gebeten. Von mir aus können Sie dorthin gehen, von wo auch immer Sie hergekommen sind. Das ist mir egal. Warum habe ich mich überhaupt auf ein Gespräch mit Ihnen eingelassen? Das ist doch alles kaum zu glauben.«

Damit kehrte sie ihm den Rücken zu und ging.

Cedric grollte. Diese Frau würde sich ihm nicht ohne weiteres unterordnen. Sie war nicht weniger seltsam als alle anderen Gestalten im Club. Obendrein war sie verbohrt und eigensinnig, und sie brachte ihn auf eine gewisse Weise zum Schmunzeln. Ihre Augen waren voller Leben, wenn sie sich aufregte. Das faszinierte ihn.

Er beobachtete, wie sie den Barkeeper ansprach. Seine geschärften Sinne verrieten, dass sie sich nach dem Aufenthaltsort von Damian Black erkundigte. Sekunden später war sie in einem Seitengang verschwunden.

Kopfschüttelnd verweilte Cedric. Er bestellte sich ein Glas Rotwein und stürzte es mit einem Zug hinunter. Neben ihm tauchte Paul geräuschlos auf.

»Siehst du, ich kann mich genauso anschleichen, wenn ich es will.« Er warf sich in die Brust, stolz wie ein Krieger, der soeben einen Kampf gewonnen hatte.

»Nein, kannst du nicht«, erwiderte Cedric gelassen. »Deine Rote-Bete-Fahne würde ich zehn Meilen gegen den Wind riechen. Und außerdem – was würden dir deine Fähigkeiten hier nutzen, du Supervampir?«

Libba fühlte es eiskalt ihren Rücken hinablaufen, als sie an die Bürotür von Damian Black klopfte. Ob sie das Richtige tat? Oder sollte sie lieber auf die Warnungen von diesem Cedric hören? Zweifelnd wiegte sie den Kopf von einer Seite auf die andere, die Finger ineinander verschlungen.

Stille kehrte ein. Die Klänge der Clubmusik gerieten zur Ahnung in ihrem Hinterkopf. Sie stand allein in dem Flur. Gedämpftes Licht umgab sie, vor ihr die bedrohlich wirkende Tür, hinter der sich nichts zu regen schien.

Eine Weile harrte sie aus, bis sie die grauenhafte Atmosphäre nicht mehr aushalten konnte. Die Furcht übermannte sie, so dass sie so schnell wie möglich verschwinden wollte, doch gerade in diesem Moment ertönte ein lautes, kräftiges »Herein«.

Zitternd atmete sie ein, ehe sie die Klinke herunterdrückte. Die Scharniere verursachten ein unangenehmes Quietschen. Libba zog die Schulterblätter zusammen. Sie ließ von der Tür ab, so dass sie hinter ihr ins Schloss fiel. Das erwartete Knallen blieb aus. Stattdessen hörte Libba ein sanftes Klicken.

Damian Black thronte inmitten des Raumes in einem riesigen samtroten Ohrensessel. Der Stoff war an mehreren Stellen zerfetzt und hing in dreckigen Lappen hinunter. Zu seinen Füßen saß eine Ratte, die an etwas Undefinierbarem knabberte.

»Sie schon wieder«, stellte Damian Black fest. Er spuckte aus, woraufhin Libba das Gesicht verzog. »Ich hoffe, Sie sind nicht gekommen, um mich mit Kaufangeboten zu langweilen.«

»Mr Black«, Libba blieb in sicherer Entfernung stehen, »warum wollen Sie Ihren Club eigentlich nicht verkaufen?«

»Warum sollte ich?« Er pulte an seinen schwarzen Fingernägeln, entfernte den Schmutz und schnippte ihn durch das Zimmer, als wäre er allein. Innerlich schüttelte sich Libba bei diesem widerwärtigen Gebaren.

»Nun«, setzte sie an, »dieses Gebäude ist eindeutig renovierungsbedürftig. Die Außenfassade sieht aus, als würde sie jeden Moment in sich zusammenstürzen. Wenn Sie daran nichts ändern, werden Ihnen in Zukunft sicherlich die Gäste ausbleiben.«

»Dummes Weib«, brummte er.

»Wie bitte?« Libba hatte sich sicherlich verhört.

»Sie sind ein dummes Weib, habe ich gesagt«, schrie er auf und lehnte sich in seinem Sessel vor. Die ungepflegten Haare fielen ihm aus dem Gesicht. Erst jetzt erkannte Libba, wie hässlich und vernarbt es war. Ihr wurde übel.

Starr beobachtete sie, wie Damian Black sich erhob. Seine Knochen knackten gefährlich, was er selbst offensichtlich nicht registrierte. Als er einen Schritt vorwärts machte, rasselte es hinter ihm. Libba fiel eine Kette auf, deren erstes Ende er in der linken Hand hielt.

Das zweite Ende verlor sich hinter dem Sessel. Etwas schien daran zu hängen, denn ein eigenartiger Laut erklang bei Damians ungeduldigem Zerren. Es klang wie ein Wimmern. Allerdings ähnelte es keinem Geräusch, das ein Tier verursachen würde.

Libba stockte der Atem. Hinter dem Sessel kroch auf allen vieren eine Frau hervor. Sie war mit schwarzer Lackunterwäsche bekleidet. Die kurzen blonden Haare standen zu allen Seiten ab, und ihr Blick wirkte apathisch, als stünde sie unter Drogeneinfluss.

»Verzeihung«, sagte Damian mit einer weit ausholenden Geste. Ohne Zweifel amüsierte er sich über Libbas schockierten Gesichtsausdruck. »Ich habe wohl vergessen, der Dame meine kleine Freundin vorzustellen. Das ist Gina. Meine Liebesdienerin. Und weißt du was, Schätzchen? Wenn du artig bist, erlaube ich dir vielleicht, ihren Platz einzunehmen.«

»Ihren *was*?« Libba klappte der Mund auf und wieder zu.

»Ja.« Er schnalzte mit der Zunge. »Das würde dir sicherlich Spaß machen. Hemmungslose Lust. Sex … Oh, ich weiß, du hattest lange keinen mehr. Ich kann es in deinen Augen sehen, wie sehr du es willst.«

»Was?« Sie fasste sich an die Kehle. Plötzlich schien es in dem Raum unglaublich stickig zu werden. Ihr Brustkorb zog sich zusammen. Vermutlich war dieses verdammte Korsett am Ende doch zu eng und schnürte ihr bei der Aufregung schlichtweg die Luft ab. Sie hörte die Kette ein letztes Mal rascheln, ehe sie ohnmächtig in sich zusammensank.

Paul ärgerte sich. Was bildete sich dieser Cedric ein, ihn zu verspotten? Schließlich wusste er nichts über Damian Black und die Ereignisse der vergangenen Jahre.

»Meine Fähigkeiten waren mir schon oft von großem Nutzen«, sagte er trotzig. Er beobachtete Cedric aus dem Augenwinkel, sah, wie sich sein Mundwinkel zu einem Lachen verzog.

»Ach ja? Von welchem Nutzen denn?«

»Nun«, Paul tat geschäftlich, »ich erledige gewisse Dinge für Damian. Ich bin der Schnellste hier. Ich kann fliegen, und ich kann durch Wände gehen. Einfach so.«

Er sprach mit großem Enthusiasmus, denn er war überzeugt davon, dass diese Fähigkeiten für einen Vampir etwas Besonderes waren. Sie überstiegen die Möglichkeiten eines Werwolfes. Das allein war für ihn Beweis genug.

»Du hast keine Ahnung, oder?« Cedrics Blick wirkte mitleidig. »Du bist Damians Laufbursche und tust nur das für ihn, wozu er nicht in der Lage ist. Ein Vampir sollte mehr können als fliegen und durch Wände gehen. Das ist lächerlich.«

Paul zog eine Grimasse. Wut brauste in ihm auf, drohte ihn zu übermannen. Wie gerne hätte er ausgeholt und mit den Fäusten auf den Tisch gehauen. Doch er besann sich, verschränkte lediglich die Arme vor der Brust und lehnte sich mit dem Rücken gegen den Tresen der Bar. »Du bist genauso großkotzig wie Pete.«

Als wäre damit alles geklärt, ging er dazu über, die leichtbekleideten Frauen auf der Tanzfläche zu beobachten. Er versuchte zu spüren, ob sich Cedrics Blick hasserfüllt in seinen Rücken bohrte.

»Nun gut«, schnaufte der schließlich, »wer ist dieser Pete?«

»Ein Vampir.« Paul zuckte mit den Schultern.

»Und weiter?«

»Wie schon gesagt, er ist genauso großkotzig wie du. Hat sich mit Damian angelegt und ziemlich viel Prügel eingesteckt. Angeblich existiert er immer noch, wurde allerdings seither nicht mehr gesehen. Er muss irgendwo draußen sein. Vermutlich in der Nähe des Friedhofs, wo seine Liebste begraben liegt. Damian hat sie töten lassen, bevor Pete sie zu einer von uns machen konnte.«

Cedric hörte Pauls Worte, und sogleich fuhr ein eisiger Schmerz durch seinen Brustkorb. Die Erinnerungen überfielen ihn schlagartig. Auch seine Geliebte war von einem Feind getötet worden. Obwohl er diesen Pete nicht kannte, teilte er sein Schicksal. Er bedauerte ihn. Er fühlte mit ihm.

»Damian hätte es ihm sowieso niemals gestattet.«

»Was?«, fragte Cedric verwirrt nach.

Paul zeigte ein widerwärtiges Grinsen. »Sie zu verwandeln. Wir dürfen keine neuen Vampire erschaffen. Das ist uns untersagt.«

Cedric ignorierte die verhasste Unterwürfigkeit in Pauls Stimme. Das Einzige, was ihn interessierte, war die Lage des Friedhofs. Er musste Pete finden.

Hilferufe

Libba hatte das Gefühl, in einem niemals endenden Alptraum gefangen zu sein – sie hatte Angst, verrückt zu werden. Ein ums andere Mal erwachte sie an fremden Orten und konnte sich an die vorangegangenen Ereignisse kaum oder gar nicht erinnern.

Nun geschah es erneut. Sie spürte ihre schmerzenden Glieder, die eigenartig verdreht und steif auf einem harten Boden lagen. Die Hände rieben hinter ihrem Rücken gegeneinander. Libba konnte sie nicht aus dieser Position lösen. Etwas schlang sich um ihre Handgelenke. Sie war gefesselt.

Ächzend schaffte es Libba, sich in eine aufrechte Sitzposition zu bringen. Dabei stellte sie fest, dass auch ihre Fußgelenke zusammengebunden waren.

Sie schluckte den Fluch hinunter, der ihr auf der Zunge lag. Direkt vor ihr entzündeten sich mit einem Schlag alle Kerzen eines mehrarmigen Leuchters.

Das war doch alles unmöglich. Vor ihren Augen veränderte sich die Inneneinrichtung des Raumes. Wie Gras wuchs eine dunkle Samtschicht über den Boden, selbst unter ihrem Hintern entlang, so dass sie mit einem erstaunten »Oh« rücklings in das plötzliche Weich fiel.

Blutrote Vorhänge fielen an den Wänden von der Decke herab, und überall entzündeten sich weitere Kerzenleuchter wie durch Zauberhand.

In der Mitte des Zimmers türmte sich ein Berg schwarzer und roter Kissen auf. Eine nackte Frau rekelte sich darin. Stöhnend legte sie den Kopf in den Nacken und bäumte sich auf.

Libba zerrte an ihren Fesseln.

Die Frau streckte ihre Arme nach hinten aus. Eigenartige Striemen zogen sich über ihre Haut. Sie waren dunkel und teilweise von blauen und gelben Flecken umrahmt.

Allmählich steigerte sich ihr Stöhnen. Es machte den Anschein, als hätte sie Schmerzen. Libba robbte ein Stück in ihre Richtung. Wenn sie ihre Hände und Füße frei hätte, könnte sie versuchen, der Frau zu helfen. In ihrer Lage benötigte sie aber zuerst selbst dringend Hilfe. Sie machte den Mund auf, um etwas Beruhigendes zu rufen, da erstarrte sie.

Die Brüste der Frau reckten sich in die Höhe. Zwischen ihnen tauchte das finstere Gesicht von Damian Black auf. Ein abscheuliches Grinsen lag auf seinen Lippen. Als er sich Libbas voller Aufmerksamkeit sicher sein konnte, streckte er seine Zunge hervor und leckte gierig an den harten Nippeln. Er umkreiste sie, spielte mit ihnen. Erst mit der rechten, dann mit der linken. Dann nahm er sie in den Mund, sog gierig an der Brust.

Libba beobachtete, wie die Finger der Frau sich krampfartig verkrallten. Sie genoss seine Verführungskünste. Das war nicht zu übersehen. Ihre Beine streckten sich über den Rücken von Damian aus. Damit zog sie ihn näher an sich heran, und während er ihrer Forderung nachgab, blieb sein Blick an Libba hängen. Sie wollte sich abwenden. Es ziemte sich ganz und gar nicht, diesem Treiben hemmungslos beizuwohnen. Aber aus irgendeinem Grund konnte sich Libba nicht von dem Anblick lösen. Mit aufgerissenen Augen sah sie, wie Damian über der Frau thronte und in harte rhythmische Bewegungen verfiel. Vor und zurück – immer wieder – vor und zurück.

Die Finger der Frau hatten sich mittlerweile in einem Kissen verkrallt. Menschliche und unmenschliche Laute vermischten sich zu einem wilden Keuchen, bis es in Libbas Körper einen kaum auszuhaltenden lustvollen Schmerz verursachte.

Damians Stöße wurden schneller und noch heftiger. Die angespannten Muskeln seines Oberkörpers traten deutlich zur Geltung. Sie waren sehr eindrucksvoll. Seine Miene blieb unbewegt und eiskalt. Kein Gefühl und keine Regung waren darauf abzulesen.

Als die Frau ihrem Höhepunkt lautstark hinausschrie, meinte Libba, ein Funke würde auf sie überspringen. Ein verräterisches Ziehen schlich sich in ihren Unterleib. Sie zitterte, musste die Zähne zusammenbeißen, um einen Laut zu unterdrücken.

Libba hatte völlig vergessen, in welcher Situation sie sich befand, hatte sich, ohne nachzudenken, von ihrer voyeuristischen Position verführen lassen. Nichts an diesem erotischen Akt war ihr entgangen. Noch immer saß sie gebannt da und konnte den Blick nicht abwenden. Selbst als Damian sich aufrichtete und ihr seine enorme Männlichkeit offenbarte, sah sie ihm weiterhin zu. Sie begaffte sein Glied regelrecht, beobachtete, wie er Hand an den prallen Schaft legte.

Ihr Körper ergab sich dem Spiel, das mit ihr getrieben wurde. Hypnotisiert nahm sie wahr, wie Damian sich Erleichterung verschaffte und sich anschließend den schlanken Frauenkörper über die Schulter warf und mit ihr den Raum verließ. Seine Gespielin sah merkwürdig aus. Schlaff hing sie an ihm hinunter. Sie bemerkte anscheinend nicht einmal, wie ihr Kopf unsanft gegen den Türrahmen stieß.

Paul war an Sturheit nicht zu übertreffen. Er glaubte, Cedric seine Pläne ausreden und ihm sein eigenes Dasein schmackhaft machen zu können. Damian könne ein großmütiger Anführer sein. Von ihm könne man so viel lernen. Cedric lachte abfällig.

Die Lage des Friedhofes gab Paul partout nicht preis. Cedric blieb keine andere Wahl, als in Pauls Gedanken einzudringen und das Wissen von ihm abzuzapfen.

»Du musst weiter nach Norden gehen«, erzählte er wie in Trance. »St. Pancras.«

Auf einem kleinen, abgelegenen Friedhof hatte dieser Pete seine getötete Geliebte begraben. Wenn es einen Ort gab, an den er regelmäßig zurückkehrte, dann dorthin. Um sich mit seiner Trauer jede Nacht aufs Neue selbst zu zermartern. Trotz seiner geistigen Abwesenheit ließ Paul keinen Zweifel daran, was er von Pete hielt. Er bezeichnete ihn als lächerliche Witzfigur.

Cedric ballte die Hände. Er war versucht, Paul eine zu verpassen, so dass er von seiner Trance direkt in einen Zustand von Schmerz verfiel. Doch er beherrschte sich. Er hielt sich mit aller Gewalt zurück, um die letzten Gemeinheiten aus Pauls Mund ebenfalls zu hören.

Schließlich ließ Cedric ihn wie eine leere Hülle zurück – an der Bar mit einem Glas Rote-Bete-Saft in der Hand. Seine Lippen sogen gierig an dem Strohhalm, während er Cedric hinterherblickte. Später würde Paul sich nicht mehr daran erinnern, worüber sie gesprochen hatten. Dafür hatte er gesorgt.

Cedric war unzufrieden. Auch wenn er nun über Informationen verfügte, konnte er sich nicht sicher sein, dass sie ihm auch etwas nutzten. Es bestand die Möglichkeit, Pete überhaupt nicht auf dem Friedhof anzutreffen. Selbst wenn er das Grab regelmäßig besuchte, konnte dieser Moment zu jedem x-beliebigen Zeitpunkt sein.

Während Cedric aus dem Innenraum des Clubs verschwand, wog er ab, was er als Nächstes tun sollte. Jemanden wie Damian Black würde er niemals als Anführer akzeptieren – geschweige denn seine Überheblichkeit dulden. London war keine kleine Stadt. Dennoch war sie zu klein für Damian und ihn.

Er könnte wieder nach Brüssel gehen. Sein Dasein an der Seite seiner Freunde fristen. Aber diesen Gedanken verwarf er, denn eine Rückkehr erschien ihm viel zu fade.

Nein, er würde etwas gegen Damian Black und das übrige Werwolfpack unternehmen. Selbst wenn er keinen Pete und keine andere Unterstützung finden sollte, würde er den Kampf aufnehmen – Cedric fühlte sich so lebendig wie schon lange nicht mehr.

Mit Hilfe seiner übermenschlichen Geschwindigkeit hatte Cedric den Flur in einem einzigen Lidschlag durchquert. Er drückte die Türklinke hinunter. Doch beim ersten Schritt hinaus in die Nachtluft erstarrte er inmitten seiner Bewegung. Ein Prickeln überfiel ihn.

In seinem Kopf erklang eine Stimme. Zunächst sehr leise, wuchs ihr flehentliches »Hilf mir« schnell zu einem eindringlichen Rufen.

Cedric spürte, wie gewaltiger Beschützerinstinkt in ihm aufwallte. Seine Vernunft spielte ihm einen Streich. Er kniff die Augen zusammen, wollte es abschütteln. Doch die Stimme war hartnäckig.

»Wenn du in der Nähe bist, dann komm und hol mich hier raus«, rief sie.

Cedric wusste genau, wer dahintersteckte. Dieses unbelehrbare Weibsstück, das sich unbedingt mit Black anlegen wollte. Es verwunderte ihn nicht, dass sie gewaltig in der Patsche saß. Aber warum erwartete sie auf einmal seine Hilfe?

Er ließ von der Klinke ab. Die Tür fiel hinter ihm ins Schloss und verursachte ein widerwärtig knallendes Geräusch. Cedric verzog die Mundwinkel. Obwohl er draußen stand, konnte er sich nicht vom Club lösen. Seine Hand tastete zurück, fuhr über die abbröckelnde Außenfassade. Feine Staubkörnchen blieben an seinen Fingerspitzen hängen.

»Verfluchtes Weib«, grollte er, »hör auf, nach mir zu rufen. Du warst es doch, die nichts mit mir zu tun haben wollte. Jetzt habe ich andere Dinge zu erledigen.«

Aber sie konnte ihn nicht hören. Sie hatte keine dieser außergewöhnlichen Gaben, über die Vampire verfügten. »Hilf mir. Hilf mir bitte!«, ließ sie es wieder und wieder in seinem Geiste erschallen. Es machte ihn halb wahnsinnig.

Er wand sich unter ihren Rufen, war hin- und hergerissen zwischen seinem Willen, zu verschwinden, und dem Bedürfnis, ihr zu helfen. Ihm kam in den Sinn, wie sie sich in Rage geredet und wie ihre Augen dabei regelrecht Funken gesprüht hatten.

Dieser Anblick hatte etwas in ihm gerührt und warme Gefühle geweckt, die er längst nicht mehr kannte.

Er wollte den Grund nicht verstehen, war sich aber

sicher, dass es eine Verbindung zwischen ihnen gab, die er nicht ignorieren konnte.

Mit einer Vielzahl an Verwünschungen auf den Lippen löste er sich aus seiner Starre und drehte sich zu dem Eingang. Dieses Mal hielt er sich nicht damit auf, die Tür erst zu öffnen.

Sein Körper löste sich in eine dunkle Wolke glitzernder Funken auf und verschwand in den Ritzen der Wand. Durch die Steine folgte er den Rufen der Frau. Auf diese Weise konnte er ihren Aufenthaltsort wesentlich schneller bestimmen. Im Handumdrehen fand er das Zimmer von Damian Black, in dem Libba zurückgelassen saß, und materialisierte sich hinter ihrem Rücken.

»Ich muss schon sagen, Ihre Überzeugungskraft ist enorm«, spielte Cedric auf ihr vorangegangenes Gespräch an.

Libba zuckte zusammen. Wie hätte sie sich auch auf sein lautloses Anschleichen vorbereiten können.

»Oder deute ich die Situation falsch?« Er legte es darauf an, sie mit seiner selbstgefälligen Miene zu kränken.

»Damian Black ist krank.« Eine bessere Erklärung wollte Libba wohl nicht über die Lippen kommen.

»Wie meinen Sie das, er ist krank? Hat er etwa Schnupfen?« Cedric hatte sich diese alberne Bemerkung nicht verkneifen können. Er genoss es viel zu sehr, die Frau in ihrer hilflosen Lage zu betrachten und ihr obendrein einen winzigen Seitenhieb zu verpassen. Geschah ihr ganz recht. Sie würde nun hoffentlich einsehen, dass sie Kreaturen wie Damian Black nicht so leicht um den Finger wickeln konnte. Außerdem fand er Gefallen daran, sie in Rage zu erleben.

Libba schnaubte. Er war sicher, dass sie ihn gerne wütend angeblafft hätte. Aber schließlich war er der Einzige, der ihr aus ihrer misslichen Lage heraushelfen konnte.

»Ich meine damit, dass er geistig krank ist«, entgegnete sie kleinlaut.

»Ah, verwirrt also.« Nachdem Cedric um sie herumgeschlichen war, blieb er vor ihr stehen.

Libba starrte mit ehrfurchtsvollen Augen zu ihm herauf. Ihre Worte klangen kratzig und beinahe unsicher.

»Nein, so richtig geistig krank, meine ich.« Hätte sie freie Hände gehabt, hätte sie vermutlich eine entsprechende Geste geformt. In ihrer Lage musste sie allerdings auf ein schlichtes Augenrollen zurückgreifen. »Er verhält sich nicht normal. Er tut kranke Dinge. Merkwürdige Dinge …« Libba stockte und sinnierte anscheinend darüber, wie merkwürdig das alles klingen musste. Derartige Vorgänge zu begreifen, überstieg jede menschliche Auffassungsgabe. Cedric wunderte sich, wie ruhig sie die Geschichte wiedergab.

»Ich bin sicher, dass er mir etwas antun will«, fügte sie schlussendlich hinzu.

»Davon kann man ausgehen, wenn man bedenkt, wie er Sie hier zurückgelassen hat.« Cedric machte nach wie vor keine Anstalten, sie zu befreien. Er legte eine Hand unters Kinn und betrachtete sie weiterhin.

»Helfen Sie mir nun oder nicht?«, platzte es aus ihr heraus. Nun lag deutliches Unwohlsein in ihrem Ton und konnte sicher nicht schlimmer werden.

»Oh, Entschuldigung. Ich dachte, Sie bräuchten meine Hilfe nicht.« Cedric ging in die Knie. Mit geschickten Fingern begann er, ihre Fußfesseln zu lösen. »Sind Sie jetzt anderer Meinung?«

»Ja.« Libba stieß einen tiefen, elendigen Seufzer aus. »Ich bin Ihnen wirklich dankbar für Ihre Hilfe. Ganz ehrlich. Es tut mir leid, was ich vorhin gesagt habe. Ich war nicht darauf vorbereitet, auf … das alles …«

Cedric nickte.

»Wie heißen Sie, Mädchen?«

Libba hasste es, dass er sie als »Mädchen« bezeichnete. Sie war eine erwachsene Frau und keine Minderjährige, die sich von irgendjemandem etwas sagen ließ. Aber sie schwieg diesen Umstand tot und setzte stattdessen ein gezwungenes Lächeln auf.

»Libba Hope.«

»Libba Hope«, wiederholte er. »Eine Hoffnungsträgerin also.«

Sie bemerkte kaum, wie schnell er die Fesseln von ihren Beinen und Armen löste. Mit einem erstaunten »Oh« betrachtete sie ihre Handgelenke, die deutliche rote Abdrücke zeigten.

»Er hat sehr fest geschnürt«, erklärte Cedric. »Er hatte wohl Angst, dass Sie ihm entkommen könnten.«

»Vielleicht.« Endlich konnte sich Libba wieder aufrichten und auf die Füße stellen. Es fiel ihr schwerer als geahnt. Ihre Glieder waren eingeschlafen und ihr Gleichgewicht aus den Fugen. Stolpernd suchte sie Halt.

»Langsam, kleine Hoffnungsträgerin.« Cedric fing sie auf.

Sein Körper fühlte sich überraschend angenehm an. Für einen Augenblick bettete Libba ihr Gesicht an seine starke Brust und sog seinen männlichen Duft ein. Er verströmte pure Erotik. Als seine Hand ihre wilden Strähnen hinter ihr Ohr strich, erschauderte sie und zwang ihre Vernunft auf den Plan. Sie durfte nicht zulassen, dass sie ihm verfiel.

»Danke«, sagte sie und schob sich mit beiden Händen von seiner attraktiven Ausstrahlung fort. Zwar hielt sie sich noch kurz an seinem Arm fest, konnte jedoch alsbald wieder selbständig auf eigenen Füßen stehen.

»Keine Ursache.«

Cedric sah sich im Raum um, gleichfalls darum bemüht, sich von ihrer reizenden Unschuld abzulenken. Sie war anders als alle Frauen, die er je umgarnt hatte. Weit entfernt von dem Typ, der gewöhnlich in sein Beuteschema gehörte. Dennoch ertappte er sich, wie er eine seltsame Zuneigung für sie entwickelte. Eine Art warmherziges Gefühl, das er nicht einzuordnen vermochte.

»Wie dem auch sei«, sagte er mehr zu sich als zu Libba. »Wir müssen hier verschwinden, und das möglichst schnell. Black könnte jeden Moment zurückkehren.«

Erneut zeichnete sich ein hilfloser Ausdruck in Libbas Gesichtszügen ab. »Aber wie kommen wir unentdeckt raus? Ich kenne nur den Weg dort entlang.« Sie deutete auf die Tür, durch die sie eingetreten war. »Und der führt direkt in den Club.«

Sie konnte nicht ahnen, dass Cedric bereits einen anderen Ausweg geschaffen hatte. Ein riesiges Gemälde an der Wand war ihm geradezu perfekt erschienen. Zuvor war dahinter nichts als Mauerwerk zu finden.

Aber nun, da Cedric es wie eine Tür öffnete, zeigte sich ein von Fackeln erleuchteter Gang, der von diesem Raum bis in den Hinterhof führte. Ein gelungenes Ergebnis, auch wenn ihn die Erschaffung sehr viel Energie gekostet hatte. Sobald er Libba in Sicherheit gebracht hatte, musste er sich dringend nähren.

Den gesamten Weg über befürchtete Libba, dass sie doch noch erwischt wurden. Dass Damian Black plötzlich hinter ihnen auftauchte und sie an ihren Schultern herumriss. Mehr als einmal schaute sie ängstlich zurück. Aber sie entdeckte lediglich das flackernde Feuer der Fackeln an den Seiten. Es reichte nicht bis in die Mitte und an das Ende, von dem sie gestartet waren. Dieser Punkt blieb dunkel und im Verborgenen.

Ihre Ohren schienen ihr ebenfalls einen Streich spielen zu wollen. Das Knistern des Feuers war übermäßig laut. Libba meinte, sogar die Funken sprühen zu hören und ihr Verglühen auf dem steinigen Boden zu fühlen. Entgegen der Wärme, die im Gang herrschte, fröstelte sie.

Cedric bemerkte Libbas Beklemmung und beschloss, einen Trick anzuwenden, um es ihr leichter zu machen. Ihm waren nur noch wenige Kräfte geblieben. Dennoch zog er sie in ein Zeitraffertempo, ohne dass sie etwas bemerkte. Schneller als menschenmöglich erreichten sie die Ausgangstür und standen am Ende auf dem Hinterhof.

Ein eisiger Schmerz bohrte sich in Cedrics Brustkorb. Er brauchte Blut. Sein drängender Hunger drohte sein rationales Denken auszuschalten. Wenn er sich nicht bald von Libba trennte, würde sie zu seinem Opfer werden, und das wollte er um jeden Preis verhindern.

Wie ein Wahnsinniger schob er sie durch die Straßen Londons. Er hörte, wie sich ihre Atmung beschleunigte, und er war sich sicher, dass sie von dem Tempo schier überwältigt wurde. Dennoch hielt sie schweigend durch, bis sie an dem Haus angelangten, in dem sich ihre Wohnung befand.

»Moment mal.« Sie versteifte sich plötzlich. »Woher wissen Sie, wo ich wohne?«

»Sie haben es mir selbst erzählt, oder?« Cedric wandte sein schmerzverzerrtes Gesicht ab. Er konnte ihr nicht einmal mehr in die Augen blicken. Das Blut pulsierte stark in ihren Adern. Es lockte ihn. Es rief nach ihm.

»Nein«, sagte sie, »ich bin sicher, ich habe es Ihnen nicht erzählt.« Verwunderung stand ihr ins Gesicht geschrieben.

Es rauschte in Cedrics Ohren. Libbas süßer Duft gewann an Intensität.

»Ich muss gehen.«

Mit diesen Worten verschwand er in den Schatten der Nacht.

Libba hob die Augenbrauen, blinzelte mehrmals, blieb aber allein auf dem Bürgersteig vor dem Haus. Eine Krähe setzte sich vor ihr auf den Boden. Das Tier pickte mit seinem spitzen Schnabel an einer Tüte, die jemand achtlos fallen gelassen haben musste.

Diese Szene versetzte Libba erneut in Panik. Sie konnte sich den Grund nicht erklären. Es handelte sich immerhin nur um eine Krähe. Dennoch drehte sie sich auf dem Absatz um und stürmte ins Haus.

Die Krähe hielt inne, beobachtete Libbas Flucht. Sie streckte den Schnabel weit vor und stieß einen widerwärtigen Schrei aus, ehe sie sich in die Luft erhob. Die Tüte wurde von dem Wind davongetragen. Ebenso wie sie sich den sanften Schwingungen ergab und sich mit ausgestreckten Flügeln bis zu dem Platz vor einer Diskothek treiben ließ. Ein verliebtes Pärchen hatte sich in eine dunkle Ecke verschanzt, um sich heimlich zu küssen und zu befummeln.

Geräuschlos glitt die Krähe gen Boden. Sie durchbrach ihre kleine Gestalt, wuchs und wuchs, bis aus ihr eine menschliche Gestalt wurde.

Cedric schüttelte eine letzte Feder von seiner Schulter, ehe er sich dem Pärchen vor der Diskothek widmete. Der junge Mann zuckte sofort erschrocken zusammen. Er behielt seine Freundin fest und beschützend in den Armen und warf Cedric einen angriffslustigen Blick zu.

»Was willst du?«

»Nicht viel«, flüsterte er. »Du wirst nicht merken, dass dir etwas fehlt. Du wirst nicht wissen, dass du mir je begegnet bist.«

Das Mädchen kreischte schrill. Es zappelte in den Armen ihres Freundes, wollte sich offensichtlich aus seinem Griff befreien und davonlaufen. Aber er hielt sie fest – in Cedrics Bann gefangen. Die Augen des Mannes weiteten sich. Sein Bewusstsein war ausgeschaltet, völlig gleich, wie sehr seine Freundin an ihm rüttelte und ihn zu warnen versuchte.

»Lass mich los«, schrie sie. »Bist du verrückt geworden? Siehst du nicht, was er vorhat?«

Cedric streckte eine Hand aus und legte sie ihr aufs Gesicht. Ganz sanft, so dass sie nicht mehr als ein zärtliches Streicheln spüren sollte. Wie der Wind, der über ihre Wangen glitt und ihr Haar zerzauste.

Benommen lächelte sie, als Cedric ihr seine Hand wieder entzog. Sie legte den Kopf schief, zerrte mit beiden Händen am Kragen ihres Shirts und zeigte ihm die nackte Haut ihres Halses. Keine Regung ging von der Frau aus, als er seine Zähne in ihrem Fleisch vergrub.

Gierig trank er von ihrem wohlschmeckenden Lebenssaft. Sie war noch sehr jung, was ihrem Blut eine gewisse Würze verlieh. Nach einigen genussvollen Schlucken löste er sich von ihr und schloss die Wunde mit seinem Speichel.

Anschließend drehte er sich ihrem Freund zu. Sein Blick haftete auf Cedric. Erwartungsvoll legte auch er den Kopf zur Seite und ließ von sich trinken.

Die Nacht war weit fortgeschritten, und Cedric durfte sich nicht mehr viel Zeit lassen, um den Friedhof zu finden. Kurzerhand wandelte er seine Gestalt zurück in die schwarze Krähe. Das Pärchen beobachtete ihn scheinbar stumm. Doch in Wahrheit registrierten sie rein gar nichts. In ihren Köpfen spielten sich Szenen ab, die Cedric ihnen suggerierte.

Der junge Mann sah sich seiner Freundin die Kleider vom Leib reißen. Ihre Bluse hing nur noch in Fetzen an ihren Armen. Hemmungslos streckte sie ihm ihre kleinen, festen Brüste entgegen. Die Nippel schimmerten verführerisch durch den spitzenbesetzten BH, und er zerrte den Stoff herunter, um gierig an ihren Knospen zu saugen.

Die Frau stöhnte lustvoll auf.

Er nahm ihre Hand und führte sie in ihren Slip, um die Feuchte der Lust zu befühlen. Es war verboten gut, so etwas an einem öffentlichen Platz wie diesem zu tun. Er fand daran Gefallen, öffnete seine Hose und befreite sich von dem einengenden Stoff, um seiner Freundin sein pralles Glied zu präsentieren. Sie leckte sich die Lippen, konnte es scheinbar nicht erwarten, ihn in sich zu spüren.

Dann senkte er sich mit ihr in einer fließenden Bewegung dem Boden zu. Sie lag auf dem Rücken, erwartungsvoll keuchend und mit gespreizten Beinen empfing sie ihn. Ohne zu zögern, versank er in einen ekstatischen Ritt, stimmte in ihre verzückten Laute ein, bis sie einander einen unvergesslichen Höhepunkt schenkten.

Erst als er schlaff auf seiner Freundin liegen blieb und

sie unter seinem Gewicht zu ächzen begann, erwachten die beiden aus ihrer Trance.

Cedric amüsierte sich köstlich über ihre verwirrten Blicke. In Wahrheit war nichts geschehen. Sie standen sich gegenüber, vollständig bekleidet. Er hatte ihnen lediglich ein explizites Kopfkino beschert. Dennoch lief die Frau puterrot an und versuchte, sich mit beiden Händen zu bedecken, während ihr Freund unverschämt grinste.

Während Cedric sich davonmachte, konnte er sich ein lautes Lachen nicht verkneifen.

Straßen und Häuserzeilen verschwammen unter Cedric zu einem einzigen Strom, den er immer weiter hinabsauste, bis er an seinem Ziel angelangte.

Der Friedhof lag weit im Norden Londons. In einer Gegend, in der es des Nachts niemanden auf die Straße verschlug – abgesehen von den Wesen der Dunkelheit. Vampire und Werwölfe schlichen hier des Öfteren umher. Cedric konnte ihren Geruch wahrnehmen. Es überwältigte ihn regelrecht, so deutlich waren ihre Spuren an diesem Ort.

Leider führten sie in jede erdenkliche Richtung. Sie leiteten ihn nicht an einen bestimmten Punkt, sondern verwirrten ihn. Pete könnte überall um ihn herum sein – und er war nicht allein. Dessen war sich Cedric sicher.

Er ging durch das hohe Gras, näherte sich dem Friedhof, der von einem mannshohen Eisenzaun geschützt wurde. Das Mondlicht fiel auf die ordentlichen Reihen aufgestellter Grabsteine. An den Seiten gab es mehrere große Engelsstatuen. Mit ihren ausgebreiteten Flügeln sahen sie aus, als wollten sie die Toten beschützen. Vermutlich taten sie das auch.

Cedric konnte verstehen, warum ein Vampir sich diesen Friedhof aussuchte. Er war wunderschön.

Ein Kieselsteinweg führte durch die Mitte der Gräber. An seinem Ende stand eine unscheinbare Kapelle. Sie war umsäumt von Eichen, deren Baumkronen weit über das Dach hinausragten.

Für Cedric bedurfte es lediglich eines schnellen Sprunges, schon hatte er den hinderlichen Eisenzaun überwunden. Er schritt über den Kieselsteinweg, sah von rechts nach links und untersuchte die Grabsteine. Der überwiegende Teil besaß keinerlei mysteriöse Ausstrahlung. Sie wurden von Menschen gepflegt, und Menschen kamen hierher, um zu trauern.

Nachdem Cedric den Platz in der Mitte durchschritten und anschließend umrundet hatte, wollte er aufgeben. In diesem Augenblick fiel ihm ein Grab auf, das ein Stück weit von den anderen weggerückt schien. Es war nur ein winziger Unterschied, der Cedrics Aufmerksamkeit weckte. Die vampirische Aura war deutlich spürbar, je näher er der Stelle kam. Eine rote Rose lag auf dem Erdboden vor dem Stein.

»Sehr stilvoll«, flüsterte Cedric in die Nacht.

Dann hob er den Blick. Die Rose schien in Richtung Kapelle zu deuten. Daher machte er einen weiteren schnellen Sprung, um an die Eingangstür zu gelangen. Eine denkbar kleine Tür. Cedric hätte den Kopf einziehen müssen, um einzutreten. Doch für den Moment gab er sich damit zufrieden, eine Hand an das Mauerwerk zu legen. Er spürte den vampirischen Impulsen nach. Von dieser Stelle aus gewannen sie nochmals an Deutlichkeit. Das Innere der Kapelle pulsierte förmlich – wie ein überdimensionales Herz. Im Geiste konnte Cedric es vor sich sehen. Ein enormes blutrotes Etwas, das schnell vor Aufregung klopfte.

Zweifellos hielten sich in der Kapelle mehrere Vampire auf. Die Tür war allerdings nicht der Eingang in ihr Reich. Cedric suchte weiter. Er schlich an der Außenwand entlang, lauschte jedem Geräusch nach, bis er meinte, das richtige entdeckt zu haben.

Versteckt hinter einem Brombeerstrauch lag eine runde Öffnung. Sie war gerade groß genug für eine Person. Hinter ihr führten Treppenstufen einen düsteren Gang hinunter. Für Cedric stellte dies keine Schwierigkeit dar. Er hatte bei jeglichen Lichtverhältnissen einen klaren, scharfen Blick. So war es ein Leichtes für ihn, dem Weg zu folgen, und je weiter er voranschritt, um so mehr spürte er die Anwesenheit der anderen.

Sie schienen sehr nahe zu sein. Nur noch ein kurzes Stück, dann bog Cedric um eine Ecke und stieß im gleichen Moment in eine Versammlung nächtlicher Gestalten.

Gepflegte Vampire in Anzügen und schöne Frauen in vornehmer Kleidung waren ebenso anwesend wie einige furchterregende Wesen, die aussahen, als wären sie soeben der Gruft entstiegen. Es waren etwa zwanzig an der Zahl, und sie alle starrten den Eindringling an.

»Verzeiht die Störung«, setzte er an, unbeeindruckt von der offenkundigen Feindschaft, die ihm entgegenschlug. »Ich bin auf der Suche nach Pete. Man sagte mir, ich würde ihn hier finden.«

»Wer sagt das?«, erklang eine finstere Stimme, deren Sprecher Cedric nicht sofort ausmachen konnte.

»Ist das wichtig?«

Aus der Menge schob sich ein großer, kräftig gebauter Vampir hervor. Seine glatten, haselnussbraunen Haare fielen ihm bis zu den Schultern hinab. Sie bildeten einen vornehmen Rahmen zu seinem feingeschnittenen Gesicht. Die Augen wirkten viel zu schmal für eine europäische Abstammung, passten jedoch zu ihm. Ein kluger und äußerst interessierter Ausdruck ruhte ihnen inne.

»Wer?«, fragte er mit Nachdruck.

Cedric zuckte mit den Schultern, als wäre die Angelegenheit nicht weiter von Belang. »Ein Schwächling, der unter dem Einfluss von Damian Black steht. Ein Niemand.«

»Paul ist der Name von diesem Niemand.« Der andere zeigte ebenfalls keine Regung. Wie zwei Raubtiere auf der Lauer standen sie sich gegenüber. Auge in Auge. Die Luft um sie herum schien in Flammen aufgehen zu wollen.

Eine Weile herrschte Stille. Dann streckte der andere unvermittelt sein Kinn vor. »Er ist ein Schoßhündchen. Er wird niemals einer von uns sein. Also was hat er dir alles von mir erzählt?«

Es handelte sich also tatsächlich um Pete. Mit einem schiefen Grinsen quittierte Cedric diese Offenbarung.

»Nicht viel. Vermutlich nur das Übliche.«

»Du bist kein Freund von Damian Black?«

»Sicher nicht. Wie käme ich dazu?«

»Ich auch nicht.« Pete zog die Nase kraus. »Dieser stinkende Abschaum von einem Werwolf.«

»Dann haben wir schon mal etwas gemeinsam.«

»Und was genau soll mir das sagen?«

»Wir sollten etwas gegen Black unternehmen.«

Eine schlanke Rothaarige in einem eleganten schwarzen Overall schlich sich von hinten an Pete heran. Sie fuhr ihm mit einer Hand über die Schultern. »Er gefällt mir«, säuselte sie ihm ins Ohr. »Ich möchte ihn haben. Gibst du ihn mir?«

Cedric hörte ihre Worte sehr wohl, auch wenn sie sich dessen nicht bewusst sein konnte. Sie benutzte den lächerlichen Abklatsch eines Abschirmzaubers und glaubte, ihr Gespräch auf diese Weise geheim halten zu können.

»Sei artig.« Pete fasste sie besitzergreifend um die Hüfte. Auch er hatte allem Anschein nach erkannt, dass ihre magischen Künste gegenüber dem Eindringling fehlschlugen.

»Nun, wir könnten vielleicht darüber reden«, sagte er an Cedric gewandt. »Später. Wir wollten es uns gerade gemütlich machen. Du bist eingeladen, uns Gesellschaft zu leisten.«

Cedric wusste, dass er diese Einladung nicht abschlagen konnte. Er willigte ein, obwohl ihm die Annäherungsversuche der Rothaarigen jetzt schon auf die Nerven gingen.

Wie eigenartig.

Wann hatte er beschlossen, sich gegen körperliche Leidenschaft zu wehren?

Pete führte Cedric tief in die unterirdische Gruft. Niemand würde je vermuten, dass sich unterhalb der unscheinbaren Kapelle ein wahres Labyrinth verbarg. Es gab zahllose Wege und ebenso viele Räume, in die sie führten. Manche waren lediglich Erdlöcher, die jeden Moment einzustürzen drohten. Andere wiederum glänzten in geradezu prachtvoller Ausstattung.

Eines dieser feudalen Zimmer sollte schließlich ihr Ziel sein. Cedric trat auf weichen, schwarzen Teppichboden. Sofort bemerkte er vor sich im Mittelpunkt die ausladende Sofagarnitur. Sie war von blutrotem Samt und erinnerte ihn stark an die Einrichtung des »Club Noir«.

»Wirklich«, sagte er mit einem Hauch von Ironie in der Stimme, »ihr habt es hier recht nett.«

»Nett?« Pete zeigte sich amüsiert. »Du hast noch

nicht gesehen, welche Nettigkeiten es bei uns sonst noch gibt.«

Er stellte sich lässig hin und schnippte mit den Fingern. Auf sein Kommando setzten sich die Sofagarnituren in Bewegung. Es waren vier Stück, die sich um sich selbst drehten und sich anschließend neu zusammensetzten. Auf jedem Polster lag nun eine Frau. Die Rothaarige befand sich unter ihnen. Die übrigen drei hatte Cedric bisher nicht registriert. Sie alle lächelten ihm frivol entgegen – verheißungsvoll – und steckten in Kleidungsstücken, die mehr preisgaben, als sie verhüllten.

Zu seiner Linken erhob sich eine schlanke, hochgewachsene Schönheit mit goldblonden Haaren, die bis zu ihren wohlgeformten Hüften hinabreichten. Mit wiegenden Schritten kam sie auf ihn zu. Sie ließ sich ganz offensichtlich Zeit, kostete jeden Blick aus, den sie einfangen konnte.

In einer Hand hielt sie eine Flasche, in der anderen zwei Weingläser. Als sie vor Cedric zum Stehen kam, schenkte sie ihm einen kecken Augenaufschlag. Sie hob die Flasche und roch an der Öffnung.

»Hmmm …«, stöhnte sie. »Ein guter Jahrgang. Gerade frisch gezapft. Möchtest du probieren?«

Cedric fing den Duft von Blut auf. Allerdings roch es wenig angenehm. Es musste abgestanden oder mit etwas vermischt sein. Schlimmstenfalls handelte es sich gar nicht um das Blut eines Menschen, sondern um das eines anderen Wesens.

Er machte eine ablehnende Geste. »Danke. Ich habe mich heute schon genährt.«

»Kein Hunger mehr? Nicht einmal ein bisschen?«

»Nein.«

»Oh.« Ihre perfekt geschwungenen Lippen verzogen sich zu einem Schmollmund. »Wie schade.« Als wolle sie ihm beweisen, wie dumm seine Ablehnung war, nahm sie einen riesigen Schluck aus der Flasche. Blutstropfen blieben in ihren Mundwinkeln hängen. Einer kullerte gemächlich über ihr Kinn und den Hals hinab, bis er sich zwischen der Spalte ihrer Brüste verlor.

»Wie ich schon sagte, wir haben hier noch andere Nettigkeiten«, hörte er Pete hinter sich sagen.

Die Blonde saß plötzlich wieder auf dem Sofa. Sie schenkte sich etwas von dem Blut in ein Glas ein und prostete den Männern zu.

»Was noch?«, fragte Cedric an Pete gewandt.

»Du willst noch mehr?« Pete machte eine weit ausholende Handbewegung. »Du kannst hier all deine Gelüste stillen. Nach Blut. Nach Sex. Die Frauen kennen Praktiken, für die sich eine gewöhnliche Sterbliche niemals hergeben würde.«

»Ich danke dir für dein großzügiges Angebot. Aber ich bin nicht gekommen, um meine Gelüste zu stillen.« Trotz aller Verlockungen gelang es Cedric, beherrscht zu bleiben. Die Frauen waren willig und ganz und gar nicht zu verachten. Es musste ein unbeschreibliches Vergnügen sein, sich von ihnen verwöhnen zu lassen. Aber aus einem unbestimmten Grund wollte Cedric sich nicht darauf einlassen.

»Nun ja«, sagte Pete, »wenn du kein Interesse hast, warten hinter dir bereits die anderen. Sehr ungeduldig sogar.«

Cedric wandte sich um und wunderte sich über die Vampire und Werwölfe, die sich an ihm vorbeidrängten. Sie konnten es offensichtlich nicht erwarten, zu den schönen Frauen auf dem Sofa der Lust zu gelangen.

Ein Werwolf entpuppte sich als besonders ungestüm. Vor allen anderen war er bei der Rothaarigen und packte sie mit beiden Händen um die Taille. Er hob sie hoch, warf sie sich über die Schulter und kontrollierte mit einem Griff die Festigkeit ihrer Pobacken. Dem nicht genug, präsentierte er sie allen Anwesenden. Er scheute nicht einmal davor zurück, ihre schwarze Korsage aufzuknöpfen und grunzend über ihren vollen Busen zu prahlen.

Die Rothaarige ließ es über sich ergehen, warf Cedric jedoch einen enttäuschten Blick zu. Cedric konnte in ihren Gedanken lesen, dass sie sich wünschte, von ihm gerettet und anschließend den Rest der Nacht gevögelt zu werden. Aber er blieb ungerührt. Mit einem ausdruckslosen Gesicht beobachtete er, wie der Werwolf sich an ihr verging. Er behandelte sie nicht gerade behutsam.

»Leo war schon immer etwas wilder als die anderen«, erklärte Pete. »Er lässt sich niemals zurückweisen – und die Frauen lieben ihn dafür.«

»Tun sie das?« Cedric konnte sich den abfälligen Ton nicht verkneifen. Er spürte deutlich, wie wenig die Frau für diesen Leo übrig hatte. Wie stark ihr Wunsch war, aus seinen gierigen Armen zu entfliehen. Doch sie hatte keine Chance gegen ihn. Also ergab sie sich mit dem inständigen Bemühen, den Akt zu genießen.

Leo zerriss den seidenen Stringtanga seines Opfers. Er warf den Stofffetzen mit einer Hand achtlos hinter sich, während er mit der anderen die Beine der Rothaarigen spreizte und mit einem Finger ihre Feuchte kontrollierte.

»Glaub mir, sie lieben ihn dafür«, sagte Pete. »Auch wenn er sie noch so schlecht behandelt. Sie lassen ihn doch immer wieder an sich ran. Claudia«, er deutete mit dem Kopf auf die Rothaarige, »ist nicht die Einzige, und genau das ist es, was sie stört. Sie alle wollen ihn für sich allein haben.«

Cedric schüttelte den Kopf. Er glaubte ihm nicht.

Aber das spielte keine Rolle. Es war nicht von Belang, wer sich wem hingab oder nicht.

»Gleich wirst du hören, wie sie ihre Lust zum Ausdruck bringt.« Zumindest damit sollte Pete recht behalten. Als Leo in sie eindrang und in einen schnellen, harten Rhythmus verfiel, stöhnte Claudia inbrünstig auf. Dem andauernden Hecheln eines Hundes gleich, schien sie gar nicht wieder aufhören zu wollen. Mit Armen und Beinen klammerte sie sich an Leo fest. Sie suchte Halt und wurde von dem Strom der Leidenschaft mitgerissen.

Ihr Bewusstsein begann zu flackern. Cedric musste sich nicht erst in ihren Geist einschleichen, um herauszufinden, dass sie bereits vollkommen abwesend und willenlos war.

»Sie ist sehr hingebungsvoll, findest du nicht?« Pete amüsierte sich ganz offensichtlich über die Szene. »Du hättest sie auch haben können. Vielleicht kannst du das immer noch. Wenn sie es dann noch will.«

»Danke.« Cedric winkte ab. Er hatte genug von diesen Spielen. »Ist das alles, was ihr hier tut? Orgien feiern?«

»Nein«, sagte Pete. Plötzlich verfinsterte sich seine Miene. »Damit vergnügen wir uns nur, wenn wir einmal nicht in den Krieg ziehen.«

»In den Krieg?«

»Gegen Black und seine Speichellecker.«

Für einen Moment herrschte Stille zwischen ihnen. Lediglich die ekstatischen Geräusche derer, die ihre körperlichen Gelüste auslebten, waren zu hören. Schließlich wandte Pete sich ab und verließ den Raum. Cedric folgte ihm auf den Fuß. Sie gingen den höhlenartigen Weg entlang, bis sie die anderen nur noch schwach hören konnten. Erst dann blieben sie stehen.

»Du kannst es nicht wissen«, setzte Pete an, »aber wir

befinden uns seit Jahren im Krieg gegen Damian Black. Er hat viele von uns getötet – und wir haben ihm jede dieser Taten heimgezahlt. Nur vernichten konnten wir ihn bis heute nicht.«

»Silber?«, fragte Cedric.

Silber war immer noch eine der effektivsten Waffen, die man gegen Werwölfe einsetzen konnte. Allerdings entfleuchte Pete auf diese Frage nur ein abgeneigtes Seufzen.

»Es ist nutzlos. Allen anderen Werwölfen dieser Welt kannst du damit vermutlich ernsthaften Schaden zufügen oder sie gar töten. Aber nicht Black. Er ist immun gegen Silber. Und nicht nur gegen das. Einige behaupten sogar, er wäre eine Art allmächtiges Wesen. Der Teufel persönlich, wenn du so willst.«

»Niemand ist allmächtig. Jeder hat irgendwo eine Schwachstelle.«

»Vielleicht.«

Pete betrachtete ihn schräg von der Seite. Er dachte wohl, er könnte herausfinden, ob sein Gegenüber lediglich große Reden schwang oder ob er tatsächlich von seinen Worten überzeugt war. Aber es würde ihm niemals gelingen, Cedrics Geist zu durchleuchten. Da existierte eine Sperre, die jeglichen Versuch zunichtemachte.

»Du willst dich uns also anschließen«, griff Pete das Gespräch erneut auf. »Du willst, dass wir zusammenarbeiten.« Er verschränkte seine Arme hinter dem Rücken und machte einige Schritte durch den Gang. Es sah aus, als würde er angestrengt nachdenken.

»Dann müssen wir zuallererst wissen, ob wir dir vertrauen können.«

Cedric schwante nichts Gutes. Allem Anschein nach verlangte es Pete nach einem Beweis. Aber wie sollte der aussehen? Vampire waren zu physischen und psychischen Manipulationen imstande, selbst gegenüber ihresgleichen.

»Du bleibst hier.« Es war keine Aufforderung, sondern ein Befehl, den Pete erteilte.

»Wie soll ich das verstehen? Ich bleibe hier.«

»Tagsüber.« Pete bedachte ihn mit einem festen Blick. »Es ist der einzige Weg. Du begibst dich an unserer Seite zur Ruhe, und nur wenn wir uns gegenseitig vertrauen, wird jeder von uns beim nächsten Sonnenuntergang wieder erwachen.«

Dieser Vorschlag gefiel Cedric ganz und gar nicht. Nie – in all den Jahrhunderten seines Daseins – war er auf die Idee gekommen, sein Schicksal dem Gutdünken anderer zu überlassen. Er wollte ausweichen, eine bessere Lösung finden. Doch je länger er seine Antwort hinauszögerte, umso mehr spürte er, dass Pete sich auf nichts anderes einlassen würde. Es gab nur diesen einen Weg, um sein Vertrauen zu erlangen.

Alpträume

Libba war die wenigen Treppenstufen zu ihrer Wohnung fluchtartig hinaufgestürmt. Ihre Finger zitterten erbärmlich, als sie zwischen den Schlüsseln an ihrem Bund nach dem richtigen für ihre Tür suchten. Erleichtert hielt sie ihn schließlich in die Höhe – wie eine Trophäe. Der Vorgang des Öffnens dauerte jedoch noch einmal so lange. Sie konnte sich einfach nicht beruhigen. Ihr Körper wollte ihr nicht gehorchen.

Erleichterung machte sich in ihr breit, als das Schloss endlich ein Klicken verlauten ließ und die Tür aufschwang. Libba hüpfte in den Flur, so eilig hatte sie es. Nur eine Schrecksekunde verharrte sie, um festzustellen, ob ihr jemand gefolgt war. Dann verrammelte sie die Tür wieder. Sie ging so weit, einen Stuhl aus der Küche zu holen und diesen unter der Klinke zu verkeilen. Das würde einen Verbrecher zwar nicht ewig aufhalten, aber zumindest lange genug.

Libba legte den Kopf schief und betrachtete ihr Werk. Sie überlegte, ob es eine Möglichkeit gab, die Tür noch ein Stück besser abzusichern. Vielleicht sollte sie die Kommode aus dem Flur davorschieben? Im gleichen Augenblick musste sie fast hysterisch lachen. Wie kam sie auf diese abstrusen Ideen? Die Tür verbarrikadieren – als ob Damian Black wirklich hinter ihr her wäre.

Sie versuchte, das alles von sich abzuschütteln. Zunächst musste sie aus ihren Klamotten raus. Dieses verfluchte Gothic-Zeug sollte sie am besten gleich in die Mülltonne feuern. Sie schnappte sich einen großen Plastikbeutel, in den sie die Teile steckte, um ihn anschließend in die hinterste Ecke ihres Kleiderschrankes zu verbannen.

Dann ging sie ins Bad.

Nach einer heißen Dusche fühlte sich Libba wesentlich entspannter. Endlich kehrte die Ruhe in ihren Körper zurück. Etwas, das sie dringend benötigte, um die Erlebnisse in Damians Club zu verarbeiten. Was wohl geschehen wäre, wenn dieser Cedric sie nicht befreit hätte? Das wollte sie lieber nicht wissen.

Sie ging in die Küche, um Milch für eine heiße Schokolade aufzuwärmen. Das bewährte Hausmittel ihrer Mutter.

»Ach, Mama«, seufzte sie, »jetzt könnte ich dich wirklich brauchen.«

Zum ersten Mal, seit sie fortgegangen war, spürte sie

so etwas wie Heimweh. Sie fragte sich, ob es besser wäre, das Handtuch zu werfen. Diesen Job aufzugeben. Ihre Eltern würden sie ganz sicher wieder in ihrem Heim aufnehmen. Allerdings würden sie ihr vermutlich auch jeden Tag vorhalten, dass sie in London gescheitert war.

Nein.

Libba seufzte. Sie musste sich bemühen, ihr Leben geregelt zu bekommen.

Eine Weile hielt sie den Becher heißer Schokolade mit beiden Händen umschlossen. Die Wärme und der süße Duft taten ihr gut.

Dann ging sie in ihr Wohnzimmer und kuschelte sich in den roten Ohrensessel, der so groß war, dass ihre Gestalt beinahe in ihm verschwand. Den Becher stellte sie achtlos auf dem Fußboden ab. Sie war eingeschlafen, ehe sie einen weiteren Gedanken an die vergangenen Stunden verschwenden konnte.

Libba stand allein auf dem Bürgersteig einer langen, geraden Straße. Vor ihr ließ der Wind ein Stück zerknülltes Papier über den Asphalt tanzen. Das Weiß schimmerte im Mondlicht. Es war Nacht, und es war Vollmond.

Plötzlich raste ein Auto mit affenartiger Geschwindigkeit heran und riss das Stück Papier mit sich fort.

Libba stand an der Kante des Bürgersteiges und spürte den Sog, den das Auto hinter sich herzog. Es war jedoch kein Gefühl von Dauer. Als sie den Kopf hob und auf die gegenüberliegende Straßenseite schaute, entdeckte sie eine düstere Gestalt, der sie lieber nie mehr begegnet wäre. Vor allem nicht allein.

Damian Black stand dort mit glühenden Augen. Er stieß eigenartige Geräusche aus. Ein Grunzen und ein Grollen. Das Mondlicht schien er magisch anzuziehen, denn er stand wie in einem hellen Kegel in dunkler

Nacht. Und auch sonst wirkte seine Erscheinung sehr beunruhigend.

Während er seinen finsteren Blick auf ihr ruhen ließ, verharrte Libba reglos. Ihr Verstand alarmierte sie, sofort davonzulaufen. Aber ihr Körper wollte sich nicht in Bewegung setzen. Aus irgendeinem Grund war sie gezwungen, stehen zu bleiben und Damian weiter anzustarren. Sie musste wissen, was als Nächstes geschah.

Damians Gestalt begann zu wachsen, in die Höhe und auch in die Breite. Sein ohnehin hässliches Gesicht verformte sich zu einer grauenhaften Fratze. Ihm wuchs eine Schnauze mit gefährlich aussehenden Hauern. Sein Grollen wurde lauter. Die verfilzten Haare pflanzten sich von seinem Kopf fort über den ganzen Körper hinab.

»Mein Gott«, wisperte Libba. Aus ihm wurde ein Tier.

Ein großes, mächtiges und abscheuliches Tier. Und es bewegte sich auf sie zu. Libba schrie auf. Endlich schaffte sie es, ihren Körper in Bewegung zu setzen. Sie tat, was sie die ganze Zeit über hätte tun sollen. Sie rannte davon.

Blindlings und ohne Ziel durchdrang sie die Nacht.

Einzig das Hecheln Damians beherrschte ihre Gedanken – und schürte ihre Angst, von ihm geschnappt zu werden. Jedes Mal wenn er einen weiteren Schritt zu ihr aufholte, dröhnte es wie ein Donnergrollen in ihren Ohren.

Wie gewaltige Gewichte, die Löcher in den Boden stampften, setzten seine Füße auf. Libba war versucht, sich umzudrehen – nachzusehen, ob seine Kraft tatsächlich ausreichte, um Schlaglöcher zu verursachen.

Doch sie wagte keinen Blick zurück.

Ihr Herz schien sich vor Panik zu verkrampfen und immer wieder einen Schlag auszusetzen. Das Atmen fiel ihr zunehmend schwer. Sie rang nach Luft, während sie die Arme ausstreckte, als wäre da etwas, nach dem sie greifen könnte. Etwas, das ihr Halt bot und aus diesem Unglück heraushalf.

Dann wurde sie mit einem Mal niedergerissen. Ein widerwärtiger Geruch legte sich in ihren Nacken. Ihr Körper wurde auf den feuchten, dreckigen Asphalt gepresst. Eine bittere Erinnerung holte sie ein. Schon einmal war sie auf diese Weise von einem grauenhaften Wesen niedergeworfen worden.

Mit Tränen erfüllten Augen versuchte sie, sich dem zu entwenden.

Wie hatte sie das nur vergessen können?

Schweißgebadet fuhr Libba hoch. Sie saß senkrecht in ihrem Ohrensessel, mit aufgerissenen Augen, die in der Dunkelheit nach etwas suchten.

Nach diesem Tier.

Nach Damian Black – der sich seine entflohene Gefangene zurückholen wollte, um seine Drohungen wahr werden zu lassen.

Als sie glaubte, ein Geräusch hinter sich zu vernehmen, sprang sie auf. Sie rutschte vorwärts, kam halb in die Grätsche und stieß den Becher um, der immer noch gefüllt mit Schokolade auf dem Boden gestanden hatte. Fluchend zog sie den Fuß aus dem kalten, klebrigen See. Das würde einen Fleck auf dem Teppich hinterlassen. Sie machte Anstalten, die Tasse durch den Raum zu treten. Als wäre das Porzellan an allem schuld. Sie beherrschte sich im letzten Moment.

Damian Black hatte sich entgegen aller Befürchtungen nicht hinterrücks an sie herangeschlichen.

Resigniert knipste sie die Stehleuchte neben ihrem Ohrensessel an. Da gab es keinen bösartigen Schatten, der irgendwo zum Vorschein kam. Da gab es nur sie, inmitten der spartanischen und obendrein äußerst altmodischen Einrichtung ihrer kleinen Londoner Wohnung.

Libba grummelte in sich hinein. Jetzt ließ sie sich schon von einem Traum in Panik versetzen.

Und dennoch … Sie erinnerte sich plötzlich wieder an die erste Nacht im Club. An den langen düsteren Gang und das merkwürdige Ding, von dem sie hinausgeschleift und bedroht worden war. Nachdenklich betrachtete sie den Kakaosee zu ihren Füßen.

Was, wenn alles tatsächlich passiert war?

Vertrauen

Cedric erwachte in einer eigenartigen Position. Mit freiem Oberkörper ruhte er auf einer Steinfläche. Einem Altar?

Er spürte einen anderen Körper auf sich liegen. Fremde, weiche Haut schmiegte sich an die seine. Eine Hand ruhte auf seiner Schulter, die andere auf dem Stoff seiner Hose, direkt in seinem Schritt.

Als er den Kopf ein Stück weit anhob, erkannte er den roten Haarschopf von Claudia. Er versteifte sich bei diesem Anblick. Am liebsten hätte er dieses Weib von sich gestoßen. Sollte sie doch auf dem Boden im Dreck landen. Da gehörte sie hin und nicht an seine Seite.

Er fragte sich, ob sie die ganze Nacht bei ihm gelegen hatte. Ob sie ihn berührt und sich an ihm ergötzt hatte. Der Gedanke gefiel ihm nicht, auch wenn die Vampirin sicherlich ihre Reize besaß.

Bemüht, sie nicht aufzuwecken, schob er sich unter ihr fort.

Über einem Stuhl hing ein weißes Hemd. Er nahm es und zog es sich über.

Dann betrachtete er das merkwürdige Gebilde, auf dem er gelegen hatte. Kein Altar, aber dennoch kam es dem sehr ähnlich. Nun schlief Claudia allein auf dem Stein. Ihre Finger bewegten sich. Sie streckten sich aus und verkrallten sich wieder, als wollte sie nach etwas greifen. Cedric ignorierte ihre Bemühungen und sah sich nach einem Ausweg um.

Das steinerne Bett befand sich inmitten eines kleinen runden Raumes. Fackeln ragten ringsum aus dem Erdboden. Ihr Licht schaffte eine schauderhafte Atmosphäre.

Im gleichen Moment bemerkte Cedric, wie sich jemand näherte. Ein Vampir rauschte mit Hilfe seiner übernatürlichen Fähigkeiten durch das Labyrinth der unterirdischen Gänge. Er kam vom anderen Ende der Anlage und war in Sekundenschnelle an Cedrics Seite.

Noch ehe er sich zu erkennen gab, wusste Cedric, dass es sich bei diesem Vampir um Pete handelte.

»Glückwunsch«, sagte der mit sarkastischem Unterton. »Du weilst immer noch unter uns.«

»Und das bedeutet, ich habe euer Vertrauen gewonnen?«

Pete lehnte sich lässig gegen die Wand. Sein Blick war nach unten gerichtet und die Hände tief in den Taschen seiner schwarzen Jeans vergraben. Er machte kein Geheimnis daraus, dass er Cedrics Fragen ausweichen wollte. »Vertrauen ist ein großes Wort.« Dann hob er seinen Blick. Er kniff die Augen zu schmalen Schlitzen zusammen. »Hast du es dir verdient?«

»Ich habe mir jedes Vertrauen der Welt verdient«, behauptete Cedric. »Wenn du mir nicht trauen kannst, dann solltest du auch keinem anderen hier unter der Erde vertrauen.«

Pete beschloss, sich vorerst damit zufriedenzugeben. Es machte ohnehin keinen Sinn, ihn auszufragen. Er war viel zu alt und viel zu mächtig – und genau diese zwei Dinge fürchtete Pete am meisten. In einem Kampf wäre Cedric auf jeden Fall der Überlegene. Dieser Gedanke brachte ihn auf eine neue Taktik.

Er führte Cedric durch die unterirdische Welt der Vampire und Werwölfe von London. Er zeigte ihm Dinge, die er in der Nacht zuvor versteckt gehalten hatte. Auch die Vielzahl der Bewohner verheimlichte er ihm nicht länger. Überall zu ihren Seiten gruben sich Wohnräume in die Erde. In jedem hauste entweder ein Vampir oder ein Werwolf oder auch ein Pärchen – wobei keine Form von Artentrennung existierte.

Es gab viele versteckte Winkel, aber auch große Höhlen, in denen Versammlungen abgehalten werden konnten. Am meisten Eindruck machte jedoch der Vorratsraum, den Pete ihm zeigte. In einer ganzen Batterie von Kühl- und Gefrierschränken lagerten unzählige Blutkonserven. Außerdem gab es noch etwas anderes, bei dessen Geruch Cedric angewidert die Nase krauszog.

»Ihr habt hier …?« Ehe er die Frage zu Ende bringen konnte, lachte Pete auf.

»Frischfleisch.« Er sagte es auf eine Art, als wäre das etwas ganz Normales.

»Roh und blutig. So, wie es die Werwölfe lieben.«

»Das ist abartig.«

»Nein, ist es nicht. So ernähren sie sich nun einmal. Genauso, wie wir uns von Blut ernähren.«

Cedric schüttelte sich.

Es entsprach bereits nicht der Natur eines Vampirs,

sich mit Werwölfen zu verbünden. Das wusste Pete. Obendrein auch noch ihre Nahrungsmittel für sie in einer Kühlkammer zu lagern, würde sicher jeden außenstehenden Vampir anwidern. Daher konnte er seinem Gegenüber den fassungslosen Blick nicht übelnehmen.

»Ich kann nicht verstehen, warum du das tust«, sagte Cedric.

Pete ließ die Schultern hängen. Er fuhr mit einer Hand über die Vorderfront eines Schrankes. Ein eisiges Prickeln schlich sich in seine Fingerspitzen und brachte ihn zum Lächeln. Er träumte für einen Moment vor sich hin. Doch mit einem Ruck fing er sich wieder. Er richtete sich auf, faltete die Hände hinter dem Rücken und nahm die Pose eines Lehrmeisters ein.

»Wir befinden uns im Krieg. Aber das sagte ich ja schon«, sinnierte er.

Er brauchte einen Moment, um von den Ereignissen zu erzählen, die ihn in seine jetzige Lage gebracht hatten.

»Eines Nachts marschierte Black in London ein. Keiner weiß, aus welchem Loch er gekrochen kam. Er war einfach da. Und beanspruchte den ›Thron der Unterwelt‹ für sich. Genau so hat er es genannt. Als ob es hier je einen Thron für uns Vampire oder sonst wen gegeben hätte.« Pete schnaubte verächtlich. »Natürlich haben wir uns nicht unterworfen, haben uns gewehrt. Wir wollten ihn wieder aus London vertreiben. Aber wir mussten sehr schnell einsehen, dass er viel zu mächtig für uns ist. Alle, die sich gegen ihn stellten, sind elendig zugrunde gegangen. Er hat sie nicht einfach getötet. Er hat sie gequält. Ihnen zuerst den Verstand geraubt, dann die Seele und dann …« Pete brach ab. Zu grausam waren die Erinnerungen an die Vergangenheit.

»Und dann?«, hakte Cedric nach. Sein eindringlicher

Blick durchbohrte Pete, bis der sich ergab und die Geschichte zu Ende erzählte.

»Er hat sie ausgesaugt.«

Cedric zeigte sich verständnislos.

Werwölfe saugen niemandem das Blut aus dem Körper. Wie also hätte er sich das auch ohne weitere Erklärung vorstellen können.

»Damian Black besitzt eine grausame Gabe.« Petes Gesichtszüge waren wie versteinert, als er weitererzählte. »Er saugt seinen Opfern das Leben und ihre Kräfte aus den Körpern. Daraus bezieht er seine Macht. Mit jedem Opfer wird er stärker.«

Für eine Weile verstummte das Gespräch zwischen den beiden. Sie verließen die Kühlkammer und schlugen einen langen, geraden Tunnelweg ein, in dem sich keine Abzweigungen mehr befanden.

Schließlich ergriff Pete erneut das Wort. »Nun«, sagte er trocken, »vielleicht verstehst du jetzt, dass wir auf jeden Verbündeten angewiesen sind. Auch wenn es sich um einen Werwolf handelt.«

»Wer besorgt euch die Vorräte?«, wollte Cedric wissen. Es war nicht schwer zu erraten, dass er etwas Ähnliches nie zuvor gesehen hatte.

»Unser Leo hat einen guten Deal mit einem Metzger in der Stadt. Er besorgt für die Wölfe das Fleisch und für die Frauen das Blut. Du musst wissen, dass sich die meisten unserer weiblichen Vampire ausschließlich von Tierblut ernähren. Ihre Gefährten wollen nicht, dass sie auf Jagd gehen. Sie befürchten, dass die Frauen sich dabei zu sehr amüsieren könnten.« Pete lachte auf.

»Warum gehen sie nicht gemeinsam auf Jagd – um sie zu kontrollieren?«

»Nein.« Pete schüttelte den Kopf. »Bei uns geht niemand gemeinsam auf Jagd. Das wäre zu gefährlich. Wenn wir alleine gehen, können wir unsere Spuren besser verwischen. Das verwirrt Damian und seine Leute. Sie können den Ursprung unserer Fährten nicht finden.«

»Ich habe ihn gefunden«, warf Cedric ein.

»Ja.« Pete dehnte das Wort. Es war ihm unangenehm, diese Tatsache zuzugeben. »Du kannst dir sicher vorstellen, dass wir darüber nicht erfreut waren. Du hast uns letzte Nacht ganz schön überrascht. Wir hatten dich nicht einmal rechtzeitig wahrgenommen.«

Cedric schmunzelte. »Also ist euer System doch nicht so perfekt.«

»Anscheinend nicht.« Endlich blieb Pete stehen – in einem weiteren dunklen Raum, in dem ein gewöhnlicher Mensch die Hand vor Augen nicht hätte sehen können. »Dieser Weg ist hier zu Ende.« Er legte einen verschwörerischen Klang in seine Stimme. »Es ist ein weiteres Ende, das unterhalb einer Kapelle eines anderen Friedhofes liegt. Wir haben uns mehrere Ausgänge geschaffen. Fluchtmöglichkeiten, wenn man so will.«

Cedrics Blick verschärfte sich. Anscheinend entging ihm nicht, dass Pete ihm durch seine Erzählungen auszuweichen versuchte. »Du fragst dich, warum es mir möglich war, euch so schnell aufzuspüren«, stellte er unumwunden fest.

Für einen Moment verharrte Pete stumm und regungslos. Dann drehte er sich halb zu Cedric herum und zuckte mit den Schultern. »Ich weiß nicht«, sagte er. »Wie lange existierst du schon?«

»Viel zu lange.«

»Du musst länger existieren als jeder andere von uns.«

»Das mag sein.«

Pete starrte Cedric an, und dieser starrte einfach nur stumm zurück. Niemand sonst befand sich in ihrer unmittelbaren Nähe. Sie hielten sich allein an dem abgelegenen Ende des Weges auf. Einer von ihnen hätte den anderen vernichten und fliehen können. Pete spürte, dass seine Taktik aufgegangen war. An dieser Stelle gab es keine Ausflüchte mehr.

Je länger sie verharrten, umso mehr wurde Pete seine Unterlegenheit bewusst. Gleich einer Eisenklaue, die sich um seinen Oberkörper schloss und ihn zu erdrücken versuchte. Angespannt wartete er auf eine Reaktion. Er war sich sicher, dass Cedric zu einem Schlag ausholen würde, der ihn ins Jenseits befördern oder zumindest zu Boden reißen würde. Zu undurchsichtig war der Geist des alten Vampirs. Zu fadenscheinig die Gründe, aus denen er vor ihm stand.

Cedric hingegen setzte ein wissendes Lächeln auf. »Gemeinsam werden wir einen Weg finden, Damian Black zu vernichten.«

Überrascht hob Pete eine Augenbraue. Offensichtlich konnte er Cedric doch vertrauen. Wer hätte das gedacht!

Libba ging am nächsten Morgen nicht ins Büro. Unter Verwendung einer kleinen Ausrede meldete sie sich ab. Jason Roxburgh beglückwünschte sie, als sie ihm den angeblichen Termin mit Damian Black auf die Nase band. Sie gab an, kurz vor dem Abschluss des Kaufvertrages zu stehen. Er konnte ja nicht ahnen, wie weit entfernt sie in Wahrheit davon war.

Missmutig legte sie den Hörer auf. Wie sollte sie sich nur aus dieser Situation herauswinden?

Sie gestand sich ein, dass es nur zwei Möglichkeiten gab: die Sachen packen und davonlaufen oder die Angelegenheit über die Bühne bringen. Keine von beiden Optionen gefiel Libba. Dennoch entschied sie sich für letztere. Schließlich gab es da noch diesen Cedric, der ihr seine Hilfe angeboten hatte. Er hatte sie befreit. Ein Zeichen, dass sie ihm nicht gleichgültig sein konnte. Und wenn sie ehrlich war, musste sie zugeben, dass sie nie einem Mann begegnet war, der auch nur annähernd eine derart sexy Ausstrahlung besaß.

»Hm«, seufzte sie, während sie sich mit beiden Händen durch das offene Haar fuhr. Es war stumpf und ohne jeden Schnitt. Aber ein Friseurbesuch kam zurzeit nicht in Frage. Das Geld hatte sie nicht übrig – nicht nachdem sie ihre letzten Pfund für ein Outfit ausgegeben hatte, in dem sie sich nicht einmal wohl fühlte.

Noch bevor sie es sich eingestehen wollte, machte sie sich Gedanken darüber, ob eine graue Maus wie sie überhaupt eine Chance bei einem Mann wie Cedric hätte.

Sie begann, ihren Kleiderschrank zu durchsuchen. Da musste es doch etwas Passendes geben, in dem sie ihn beeindrucken konnte.

Den Sack mit den Gothic-Klamotten übersah sie geflissentlich. Auch wenn sie nichts anderes finden würde, das ihren üppigen Busen so sehr zur Geltung brachte.

Gab es da nicht irgendwo ein kleines Schwarzes? Besaß nicht jede Frau ein solches Kleid, das sie in einem Notfall wie diesem hervorzaubern konnte?

Libba seufzte.

Vermutlich würde sich so etwas in jedem anderen Schrank anfinden, abgesehen von ihrem eigenen.

Sie entdeckte lediglich ein weinrotes Kleid mit einem langen Schlitz an der Seite und einer aufwendigen Stickerei am Ausschnitt. Die Rosenblüten, die sie darstellen sollte, erkannte man nur bei genauerem Hinsehen.

Dann musste es eben dieses Kleid tun. Libba schlüpfte hinein und stellte überrascht fest, wie ausgesprochen angenehm es sich an ihren Körper anpasste. Der weiche Stoff schmiegte sich wie Samt an ihre Haut.

Im Spiegel stellte sie fest, dass ihre Erscheinung etwas altmodisch wirkte. Mit offenen Haaren und knallrot geschminkten Lippen lockerte Libba dieses Bild ein wenig auf. Zwar hatte sie sich längst nicht in eine Schönheit verwandelt, dennoch tat sie ihr Möglichstes, um Cedric zu gefallen. Nun musste sie ihn nur noch finden.

Es war seltsam. Dennoch war sie sich sofort darüber im Klaren, wo sie ihn aufspüren wollte. In dem Hotel, in dem sie nach ihrer ersten Begegnung erwacht war. Dort hatte er sie bedrängt. Soweit sie sich erinnerte, hatte er sie gewollt. Doch sie war ihm ausgewichen – und schimpfte sich dafür eine Idiotin.

»Keine Sorge, Libba, du wirst das schon hinkriegen.«

Nach einem tiefen Durchatmen machte sie sich auf den Weg.

Dunkle Leidenschaften

»Niemand verlässt meinen Club ohne Erlaubnis.«

Damian Black entdeckte Libbas Verschwinden viel zu spät. Er schäumte vor Wut. Der Speichel rann ihm von den Mundwinkeln über das Kinn und tropfte auf sein graumeliertes Hemd. Wie Säure brannten sich die Flecken in den Stoff hinein.

Abermals trampelte er auf der Stelle, auf der Libba hätte liegen und auf ihr Schicksal warten sollen. Nur die Fesseln waren zurückgeblieben. Außerdem konnte Damian die widerwärtige Duftmarke eines Vampirs wahrnehmen.

Offenbar hatte die kleine, menschliche Schlampe einen mächtigen Freund.

Es klopfte an der Tür. Einmal. Zweimal. Damians Nerven waren zum Zerreißen gespannt. Er reagierte auf nichts. Erst als ein »Hallo, Damian?!« von draußen erklang, sprang er wild grunzend zur Tür.

Er riss sie mit einer Gewalt auf, die sie beinahe aus den Angeln hob. Sein Körper war mittlerweile halb Mensch, halb Werwolf. Sein Anblick sollte einschüchternd wirken. Doch die Frau, die nun vor ihm stand, lächelte ihm unbeeindruckt zu.

Ihre langen goldblonden Haare fielen glatt über ihre Schultern nach vorn. Sie bedeckten ihren grazilen Körper mehr als ihre Kleidung, denn unter den Haaren blitzte lediglich der Hauch eines schwarz-transparenten Stoffes hervor.

Eliza hatte sich von jeher gut in Szene setzen können. Sie war die Einzige, die sich nicht von Damian einschüchtern ließ, sondern offen zugab, ihn abgöttisch zu lieben. Ein Umstand, der ihm gefallen würde, wäre Eliza keine starke und hinterlistige Werwölfin.

Sie tat, was sie oft und gerne tat. Sie schlich an ihm vorbei in sein Zimmer, ohne seine Einwilligung abzuwarten. Mit ihrem vollendet eleganten Gang zog sie Damians Blicke auf sich. Das war ihr bisher jedes Mal gelungen. Er starrte auf ihr knackiges Hinterteil. Jeglicher Protest blieb ihm im Halse stecken.

Auf einen Wink von Eliza fiel die Tür wie von selbst ins Schloss.

»Warum bist du so wütend?«, fragte sie, während sie sich in den großen Bürostuhl hinter seinem Schreibtisch kuschelte. Ihre Füße legte sie auf der Tischoberfläche ab, mitten in seinen Papierkram. Die hohen Absätze ihrer Stilettos waren gefährlich schmal und spitz. Damian war sehr von ihnen angetan. Sie ließen sich perfekt in seine Vorlieben einordnen. Zu gerne wollte er spüren, wie sich ihre Beine um seinen Oberkörper schlangen und die Absatzspitzen über seinen rauen Rücken kratzten.

Andererseits wollte er sich nicht ausgerechnet von dieser Werwölfin zu derlei Phantasien hinreißen lassen.

»Niemand kommt ungebeten in mein Büro und fragt mich dann auch noch aus.«

»Oh«, gab Eliza spitz zurück. Sie ging dazu über, ihre Fingernägel in ausgiebiger Weise zu betrachten. »Also, warum warst du doch gleich so wütend?«

Damian ging in die Knie, peilte sein Opfer an und landete im nächsten Moment mit einem gewaltigen Krachen auf dem Schreibtisch. Elizas Absätze bohrten sich in seine Unterschenkel. Sie wich kein Stück zurück, was weiteren Unmut in ihm auslöste, doch gleichzeitig einen unwiderstehlichen Reiz. Er funkelte die Wolfsfrau an.

»Was willst du hier?«

Eliza sah zu ihm auf, als hätte er die dümmste Frage der Welt gestellt.

»Dich glücklich machen.« Sie streckte eine ihrer schmalen Hände nach seinen Pranken aus. »Das ist alles, was ich immer wollte.«

Widerwillig ließ Damian eine Berührung zu. Er verfolgte, wie ihre Finger durch das Fell auf seinen Armen fuhren. Wie sie ihn kraulte. Auf merkwürdige Weise fühlte er sich beruhigt, so dass er sich allmählich in seine menschliche Gestalt zurückverwandelte.

»Wenn du mich glücklich machen willst, dann sag mir, wo die Frau ist, die ich hier in meinem Zimmer zurückgelassen hatte.«

Eliza verzog ihre sinnlich geschwungenen Lippen. »Du willst doch nicht etwa, dass ich für dich nach einer anderen Frau suche.«

»Genau das.«

Eliza zeigte einen Schmollmund. Sie verschränkte die Arme vor der Brust und starrte an Damian vorbei. Es war so einfach, sie aus der Fassung zu bringen.

»Diese Frau will, dass ich meinen Club verkaufe«, erklärte er. »Sie hat nicht lockergelassen. Kam immer wieder in mein Büro. Da war es klar, dass sie irgendwann dran glauben musste.«

»Und das hat sie?« Elizas Augen blitzten voller Hoffnung auf. Scheinbar wollte sie nichts lieber hören, als dass diese Frau, von der Damian sprach, bereits nicht mehr existierte.

»Nein, hat sie nicht.« Mit gefletschten Zähnen brachte er sein Gesicht dem von Eliza ein Stückchen näher. Er wollte sichergehen, dass sie ihm genau zuhörte. »Sie war meine Gefangene. Aber sie ist nicht mehr da. Irgendwer muss ihr geholfen haben. So ein dummes Weib kann schließlich nicht in der Lage sein, sich alleine aus meinen Knebeln zu befreien. Außerdem habe ich einen Vampir gerochen. Doch die Frage ist, welcher von diesen verdammten Kreaturen so dumm ist, sich mir zu widersetzen.«

»Ach so.« Daraufhin zeigte Eliza ein Lächeln. »Wie sah es denn aus, das dumme Weib?«

Damian mühte sich nicht mit großartigen Erklärungen ab. Er öffnete seinen Geist, um der Werwölfin ein Bild von Libba zu zeigen.

Eliza bekam eine junge Frau zu sehen, die sich scheinbar nicht wohl in ihrer Haut fühlte. Ihre Bewegungen wirkten steif, und ihrem runden Gesicht fehlte jeder Ausdruck.

Die Wölfin sagte, sie sei sich sicher, sie im Club gesehen zu haben. Nun war sie es, die in ihren Erinnerungen kramte und Damian am Ende eine Szene präsentieren konnte, in der die Frau an der Seite eines Vampirs an der Bar stand.

»Er«, entfuhr es Damian wie von Sinnen. »Er hat ihr geholfen. Ich hätte es mir gleich denken können. Zwei Plagegeister in derselben Nacht. Natürlich war das kein Zufall.«

»Wovon sprichst du?« Eliza offenbarte ihm ihre Verwirrung.

Damian schenkte ihr lediglich einen Blick aus dem Augenwinkel. Diese neugierige Schlampe – keinen Deut besser als alle anderen. Er musste sich beherrschen, um nicht weiterhin wie ein Wahnsinniger zu brüllen. Die ausgefahrenen Krallen verbarg er hinter seinem Rücken. Er sprang vom Schreibtisch, um durch den Raum zu schreiten und Eliza alles von der vergangenen Nacht zu erzählen. Und auch von der Nacht zuvor, in der Libba und Cedric den Club zum ersten Mal aufgesucht hatten.

Eliza wusste, dass Damian sie nur widerwillig in seiner Nähe duldete. Umso mehr amüsierte es sie, wie offen er über die letzten Ereignisse sprach. Ihm war anzusehen, wie wütend er auf den Vampir und diese Frau war. Doch Eliza scherte sich darum herzlich wenig. Ihr Ziel bestand darin, ihn endlich um ihren kleinen Finger zu wickeln.

»Mein armer Süßer«, schnurrte sie wie ein Kätzchen. In einer geschmeidigen Bewegung schob sie ihre Füße vom Schreibtisch und erhob sich aus dem Stuhl. Wenn Damian nicht so stur wäre, würde er ihr sicher eingestehen, dass sie die Eleganz wie kaum eine andere Werwölfin beherrschte. Sie fühlte sich schön. Außerdem meinte sie, einen guten Geschmack zu haben, was Kleidung anging. Sie war stolz auf ihre langen Haare, die im schwachen Schein der Kerzen golden funkelten. In ihrer Brust schlug nicht nur ein Wolfsherz, sondern das einer

Göttin. Ja, sie konnte sich selbst wirklich außerordentlich gut leiden.

»Mein armer, armer Süßer«, wiederholte sie.

Um zu ihm zu gelangen, ließ sie sich Zeit. Sie legte es darauf an, von ihm angeschmachtet zu werden. Er sollte die Gelegenheit bekommen, ihre langsamen Schritte und die sich wiegenden Hüften genau zu beobachten.

Sie wusste, dass Damian ihre Spielchen kannte und diese in gewisser Weise verabscheute. Trotzdem konnte er nicht verhindern, dass sich sein pochendes Verlangen allmählich durch eine gewaltige Beule unter seiner Hose abzeichnete. Eliza lächelte, als ihr erfolgreiches Umgarnen derart sichtbar wurde.

Mit einem verspielten Augenaufschlag fasste sie sich an die Brüste, die bislang unter ihren Haaren verborgen waren. Sie streichelte sich und fuhr mit der Zungenspitze über ihre Oberlippe. Dann teilten ihre Finger den goldblonden Vorhang. Sie präsentierte ihren perfekt geformten Körper. Der schwarze Transparentstoff verhüllte nichts von ihrer Nacktheit.

Damian starrte auf ihren vollen Busen. Die harten Nippel stießen gegen den zarten Stoff. Es war deutlich zu sehen, wie er sich an diesen Stellen ein winziges Stückchen von ihrem Körper abhob.

Heiße, unbändige Lust stand Damian ins Gesicht geschrieben. Die abgerissene Jeans schien ihm das erigierte Glied abzuschnüren, denn im nächsten Moment hatte er sich dem Kleidungsstück entledigt.

Eliza lachte vergnügt auf. Sie war ihrem Ziel nahe. Gleich würde er über sie herfallen. Sich mit ihr auf dem Boden wälzen. Wie sehr sie sich nach seiner wilden Leidenschaft sehnte. Vermutlich würde sie davon niemals genug bekommen.

»Komm«, lockte sie ihn. »Hol dir, was du willst.« Sie

ließ eine Hand von ihren Brüsten hinunter zu ihrem Unterleib gleiten. Dort verharrte sie, rieb ihren Venushügel. Damian beobachtete jede ihrer Bewegungen. Er lechzte nach mehr. Die Gier sprach aus seinen Augen und brachte ihn zum Hecheln.

Eliza schob sich die Finger zwischen die Beine. Sie zupfte an dem Stoff, bis deutlich zu sehen war, dass es dort, an ihrer intimsten Stelle, einen offenen Bereich gab.

Langsam – in ihrer vollen Eleganz – ging sie auf die Knie. Ihre Beine waren so weit gespreizt, dass die freie Stelle zwischen ihren Schenkeln nun vollkommen sichtbar wurde. Sie hielt eine Hand kurz darüber, als wolle sie ihre Scham verdecken, während sie die andere hinter ihrem Rücken positionierte, um sich besser vom Boden abstützen zu können. Den Rücken durchgedrückt, legte sie den Kopf in den Nacken und stöhnte.

Dann tauchte sie mit dem Mittelfinger in ihre Feuchte. Sie schob ihn hinein und wieder hinaus. Ihre Hüfte bewegte sich im rhythmischen Einklang.

Damian verkrampfte sich. Sein pralles Glied schien noch zu wachsen. Sie wollte, dass er ihr Finger war. Er sollte in sie eintauchen. Sie ausfüllen und ficken, bis sie um Gnade winselte.

Sie zog den Finger aus ihrer Scheide. Eine Weile streichelte sie sich. Sie spielte an ihrer Lustperle, bis ihr Unterleib leicht zu zucken begann. Das nächste Stöhnen kam zitternd aus ihrem Mund. Sie konnte die Tatsache, dass sie einen Teil ihrer Selbstbeherrschung verlor, nicht unterdrücken.

Mit ihrem Zeige- und Mittelfinger teilte sie ihre Schamlippen. Sie wollte Damian einladen, endlich zu ihr zu kommen. Sie zeigte ihm, wie bereit sie für ihn war.

Grunzend sprang Damian auf sie zu. Seine Gestalt flackerte zwischen der eines Menschen und der des Werwolfes. Er war offensichtlich dermaßen erregt, dass er sich zwingen musste, die Verwandlung zu unterdrücken. Seine Hände stützte er rechts und links neben ihrem Oberkörper ab. Unter seinem breiten, kräftigen Leib wirkte Eliza zerbrechlich. Er könnte sie mit Sicherheit zerquetschen, wenn er es nur wollte.

Geifernd grinste er ihr ins Gesicht, als er mit einem heftigen Stoß in sie eindrang. Ein Ruck ging durch ihren Körper.

Eliza schwelgte in atemloser Sehnsucht nach seinen Bewegungen in ihr. Umso mehr betrübte es sie, wie sehr er sie warten ließ. Reglos verharrte er über ihr, presste sie mit seinem enormen Gewicht zu Boden.

Sie wand sich unter ihm. Sie spürte ihn in sich. Doch das war ihr längst nicht genug. Er sollte mehr für sie tun. Und da er sich nicht rühren wollte, machte sie den Anfang, indem sie sich ihm entgegendrückte. Sie war fordernd. Damian schmunzelte über ihre Bemühungen, denn tatsächlich erstickte er mit seiner Kraft jede davon im Keim.

Er ließ sie so lange schmoren, bis sie letztendlich aufgab. Ernüchtert sank sie in sich zusammen. Sie drehte den Kopf zur Seite, um Damian nicht ins Gesicht blicken zu müssen. Sie musste erkennen, dass er sich wieder einmal an ihrer Qual ergötzte. Langsam und tief stieß er in sie, bis sie zu neuem Leben erwachte. Bereits nach wenigen Augenblicken zuckte sie lustvoll unter ihm.

Mit geschlossenen Augen und offenem Mund lag sie dort – unter ihm – auf dem Boden. Die Arme waren zu den Seiten angewinkelt. Sie stützte sich nicht länger ab und streckte ihre Finger auch nicht nach Damian aus. Sie ließ es zu, dass er sie benutzte, und er bediente sich ausgiebig.

Seine Stöße wurden schneller. Er geriet in eine rasende Besessenheit. Eliza stockte beinahe der Atem. So heftig hatte er es mit ihr noch nie getrieben. Seinen Bewegungen konnte sie nichts entgegensetzen. Selbst wenn sie es gewollt hätte, wäre sie nicht dazu imstande gewesen. Ihr Unterleib schien längst ein Eigenleben entwickelt zu haben. Ein ekstatischer Schauder nach dem anderen durchflutete sie. Die Wellen der Lust spülten all ihr Denken hinfort. Sie ergab sich dem Strom, bis sie halb ohnmächtig spürte, wie auch Damian seinen Höhepunkt erreichte.

Kurz bäumte er sich auf. Er stöhnte nicht, und er schrie auch nicht. Das tat er niemals. Einzig ein Hecheln, wie das eines durstigen Tieres, war anschließend jedes Mal von ihm zu hören.

Damians breiter Rücken schrumpfte beinahe um die Hälfte zusammen. In seiner puren Menschengestalt hatte er noch nie sehr eindrucksvoll gewirkt. Die Werwolfgene verliehen ihm Stärke und ein weitaus imposanteres Äußeres.

Er blieb mit seinen schmalen Gliedern erschöpft auf Eliza liegen. Immer noch spürte sie ihn in sich, allerdings lascher als zuvor. Die Nachwehen des Aktes ebbten allmählich ab. Eliza konnte wieder klarer denken und strahlte in dem Bewusstsein des Geschehenen. Früher oder später würde es ihr gelingen, Damian ganz für sich einzunehmen – so, dass er nie wieder von ihr lassen konnte.

»Das hat dir gefallen, habe ich recht?«, fragte sie nach einer Weile.

Damian knurrte leise. Er hatte es noch nie leiden können, in einer Ruhephase gestört zu werden. Unsanft zog er sich aus ihr zurück und richtete sich auf. Im nächsten

Moment hatte er bereits seine zerrissene Jeans an. Das graumelierte Hemd ließ er offen, um seine dichtbehaarte Brust zu zeigen. Er kratzte sich das Fell und stieß einen animalischen Laut aus.

»Da gibt es etwas, das mir weit mehr gefallen würde.«

»Was?« Auch Eliza stand auf. Mit beiden Händen durchkämmte sie ihr langes Haar und drapierte es wieder über ihre Schultern vor ihren Körper. »Sag mir, was dir gefällt. Ich tue alles für dich ... mit dir.«

Sie dachte an neue erotische Spielarten. Doch Damian machte ihr ohne Umschweife klar, dass er etwas ganz anderes im Sinn hatte. »Du kannst doch die Spur eines Vampirs aufnehmen und verfolgen.«

»Ja natürlich.« Eliza war irritiert. »Jeder Werwolf kann das. Zumindest dann, wenn dieser Vampir ihm schon einmal begegnet ist.«

»Dann verfolge ihn. Den, den du mir vorhin gezeigt hast. Spür ihn auf«, hetzte Damian. »Finde ihn. Dann bring ihn zu mir. Egal in welchem Zustand. Und wenn du die Frau bei ihm findest ... umso besser.« Ein diabolischer Zug umspielte seine Mundwinkel. Damian wirkte gefährlicher als je zuvor.

Eliza verspürte keinen Drang, irgendjemanden zu verfolgen. Aber für Damian schien es eine große Bedeutung zu haben. Schließlich fuhr er vor Zorn halb aus der Haut. Zum wiederholten Male vibrierte seine Gestalt und wusste offenbar nicht, ob sie ein Mensch bleiben oder sich dem Werwolf ergeben sollte.

»Wie du wünschst«, sagte sie schlicht. Sie fiel zurück in ihre vertraute Eleganz. Als sie den Raum verließ, hoffte sie, dass Damian auf ihre festen Pobacken starrte und sich vor Verlangen nach ihr die Lippen leckte. Sie überlegte, ob sich die Erregung bei ihrem Anblick in seine

Lendengegend zurückschleichen würde. Er ließ sie jedoch gehen, ohne die Kontrolle erneut zu verlieren.

Nächtlicher Besuch

Libba hatte geglaubt, es sei ein Leichtes, das Hotel wiederzufinden. Doch nach ungefähr einer Stunde erfolgloser Suche musste sie sich eingestehen, dass sie mit dieser Annahme vollkommen falschgelegen hatte. Zu allem Überfluss meldete sich auch noch ihr Magen. Grummelnd gab er ihre mangelnde Nahrungsaufnahme zu bedenken.

Daher suchte sie sich einen Platz in einem der Straßencafés und bestellte sich ein Frühstück. Mit verschränkten Armen lehnte sie sich zurück. Erst da stellte sie fest, wie angenehm das Wetter war. Nicht nur die Sonne strahlte an diesem Tag. Auch überall um sie herum schien es nur glückliche Menschen zu geben. Zumindest das hob ihre Laune ein wenig.

Sie lächelte dankbar, als ein Kellner den Kaffee und die frischen Brötchen vor ihr abstellte. Der herrliche Duft stieg ihr in die Nase. Er verstärkte ihren Hunger. Gierig stürzte sie sich auf das Frühstück. Sie verputzte alles, bis auf den letzten Krümel, und bestellte sich einen Nachschlag. Als sie auch damit fertig war, überfiel sie ein schlechtes Gewissen. Kein Wunder, dass sie es niemals schaffte, ein paar Pfunde zu verlieren. Wenn sie erst einmal am Essen war, dann auch richtig. Und welchen Mann würde sie auf diese Weise beeindrucken?

Libba ließ den Kopf hängen. Sie würde Cedric vermutlich sowieso nie wiedersehen, redete sie sich ein.

Vielleicht sollte sie aufgeben und zurück in ihr Elternhaus gehen.

Sie rief den Kellner, um ihr Frühstück zu bezahlen. Dann machte sie sich auf den Weg. Es fiel ihr nicht leicht, sich zu orientieren. Schließlich war sie eine geschlagene Stunde durch London geirrt und hatte sich an der erstbesten Ecke niedergelassen. Unentschlossen marschierte sie in eine weniger belebte Seitengasse, die bald einen Knick nach rechts machte und in eine neue Straße mündete.

Sie verharrte, drehte sich um die eigene Achse und betrachtete die Häuser. Plötzlich musste sie die Stirn runzeln. Konnte das tatsächlich sein? Direkt ihr gegenüber, auf der anderen Straßenseite, befand sich das Hotel. Sie erkannte es genau.

»Das gibt's doch nicht«, murmelte sie.

Kurz entschlossen wollte sie hinübergehen und wäre beinahe vor ein Auto gelaufen. Der Fahrer machte einen Bogen um sie und brauste hupend an ihr vorbei. Jedoch nicht, ohne ihr vorher eine Ladung Schimpfwörter entgegenzuschleudern.

»Du mich auch.« Sie warf ihm einen finsteren Blick hinterher.

Beim zweiten Anlauf sah sie vorher nach, ob die Straße frei war. Wenig später trat sie durch die weit geöffneten Eingangstüren des Hotels. An der Rezeption stand die Frau, bei der sich Libba letztes Mal verabschiedet hatte. Eigenartigerweise schien auch sie noch ein genaues Bild von Libba im Kopf zu haben. Mit eingehender Skepsis betrachtete die Frau sie. Dennoch nahm sie ohne weiteres Zögern einen Schlüssel aus einem der Zimmerfächer und reichte ihn ihr entgegen.

»Sind Sie beruflich so viel unterwegs?«, fragte die Frau.

»Wie?«

»Entschuldigung, ich wollte nicht unhöflich sein.« Sofort wandte sie sich wieder ab und sagte kein Wort mehr.

Die Situation wirkte auf Libba surreal. Sie beschloss, nicht weiter darüber nachzudenken und einfach auf das Zimmer zu gehen.

Als sie die Tür öffnete, entdeckte sie einen Koffer im Flur, neben der Wand abgestellt. Der war ihr zuvor gar nicht aufgefallen. Sie fragte sich, ob sie tatsächlich im richtigen Raum gelandet war. Die Einrichtung kam ihr bekannt vor, und im Schlafzimmer standen auf der Kommode am Bett die aufgereihten Kerzen. Kein Zweifel – dort war sie erwacht.

Sie setzte sich auf das Bett und lauschte. Abgesehen von den Geräuschen, die von der Straße durch die offenen Fenster drangen, blieb es ruhig. Cedric hielt sich nicht in ihrer Nähe auf. Libba musste nicht erst durch die Zimmer gehen, um sich dessen sicher zu sein, und sie wunderte sich auch nicht darüber. Sicher war er ein äußerst erfolgreicher Geschäftsmann und verhandelte gerade wichtige Dinge. Vor dem Abend würde er nicht zurück sein. Sie sank mit dem Rücken aufs Bett, starrte zur Decke hinauf. Wie lange würde sie wohl auf ihn warten müssen?

Libba hatte es sich gemütlich gemacht und zappte durch das Fernsehprogramm. Zum Mittag bestellte sie sich etwas beim Zimmerservice. Eine Kleinigkeit, der eine weitere Kleinigkeit und ein Stück Torte folgten. Am Ende war sie satt und müde und schlummerte vor Langeweile ein.

Erst als es an der Tür klopfte, öffnete sie verwirrt wieder die Augen.

»Zimmerservice.«

Hatte sie eine Bestellung vergessen? Gähnend rappelte sie sich auf. Ehe sie öffnete, zog sie ihr verrutschtes Kleid zurecht und fuhr sich mit den Fingern durchs Haar.

»Zimmerservice«, wiederholte eine freundliche, aber eindringliche Stimme.

»Bin schon da.« Schwungvoll zog Libba die Tür auf und stierte die junge Frau in dem feinen Arbeitsdress irritiert an.

»Hatte ich noch etwas bestellt?«

»Nein. Verzeihen Sie«, entschuldigte sich die junge Frau, »ich wollte nur fragen, ob alles zu Ihrer Zufriedenheit ist, oder ob Sie noch einen Wunsch haben.«

»Ich habe geschlafen.«

»Verzeihen Sie.« Die Wangen der Frau färbten sich rot.

Doch Libba winkte ab. »Schon gut. Es ist alles in Ordnung. Würden Sie das Geschirr wieder mitnehmen?«

Nicht dass mein Appetit gleich so offensichtlich ist. Cedric könnte immerhin jeden Moment auftauchen, fügte sie in Gedanken hinzu.

Folgsam räumte die junge Frau sämtliches Geschirr ab und brachte es hinaus. Sie entschuldigte sich noch drei weitere Mal und war daraufhin wieder verschwunden. Libba hatte gerade die Tür geschlossen und wollte ins Bad, da klopfte es erneut. Sie verdrehte die Augen.

»Was denn nun?«, murrte sie und öffnete abermals. Doch es war niemand da. Verwundert blickte sie den Flur in beide Richtungen hinunter. Die Frau mit dem Geschirr war längst nicht mehr zu sehen. Kopfschüttelnd zog Libba die Tür wieder zu.

Eliza stand allein im Hof hinter dem Club. Sie legte sich die Hände auf die Schultern. Nach einem Augenzwinkern floss schwarzer Lederstoff von ihren Fingerspitzen an ihrem Körper hinunter. Sie trug einen Catsuit mit mehreren rot glänzenden Reißverschlüssen. Dazu kniehohe rote Schnürstiefel. Die Haare band sie sich zu einem Zopf zurück.

Noch einmal konzentrierte sie sich mit geschlossenen Augen. Sie rief sich die Szene zwischen dem Vampir und der Frau an der Bar ins Gedächtnis. Die Erinnerung musste sich intensiv in ihr aufbauen, um den Geruch des Vampirs zu erkennen und seine Spur aufnehmen zu können.

Mit einem diebischen Grinsen nahm sie seine Witterung wahr. Sein Duft war herb und sehr männlich. Verführerisch für jede Vampirin und auch für jede Menschenfrau. Doch Eliza verabscheute Vampire. Gleich, wie delikat er roch, er würde sie nicht betören können.

Sie trennte sich von der Erinnerung. Nun blickte sie nach vorn. Scheinbar ins Leere. Doch in Wahrheit suchte sie einen Weg, durch alle Mauern und sonstigen Hindernisse hindurch. Nichts konnte sie aufhalten.

Eliza verschmolz mit der Nacht. Ihre Gestalt schimmerte durchsichtig, als sie sich in enormer Geschwindigkeit fortzubewegen begann. Sie folgte den Straßen, in denen der Vampir vor ihr gewesen war. Zwischendurch verlor sich seine Spur immer wieder. Dort musste er den festen Boden verlassen und sich in einer anderen Gestalt durch die Lüfte bewegt haben.

Ein Fluchen kam Eliza über die Lippen. Wie gerne hätte sie über ähnliche Fähigkeiten verfügt. Aber sie konnte sich nun mal nicht in einen Vogel verwandeln und fliegen.

Nachdem Eliza eine scheinbar unendlich lange Strecke hinter sich gebracht hatte, kam sie vor einer Häuserzeile zum Stehen. Ihr Augenmerk fiel auf das größte der Gebäude. Ein Hotel. Wieder blickte Eliza durch alle Hindernisse und entdeckte in einem der Zimmer die Frau, die aus Damians Fängen geflüchtet war.

»Na, wen haben wir denn da?«, schmunzelte sie.

Ohne bemerkt zu werden, schlich sie sich in das Hotel, eilte geschwind die Treppe hinauf. Ein Mädchen vom Zimmerservice kam ihr mit einem Stapel Geschirr entgegen. Doch auch sie bemerkte Eliza nicht.

Die Werwölfin klopfte an eine der Türen. Sogleich wurde ihr geöffnet – von der Frau, die sie suchte. Die steckte in einem wenig vorteilhaften Kleid. Ihre Haare waren zersaust und der rote Lippenstift verschmiert. Was für eine alberne Erscheinung diese Frau doch war.

Eliza schlüpfte an ihr vorbei in das Zimmer. Sie durchstöberte die Räume, ohne jedoch auf den Vampir zu treffen.

Libba verspürte ein plötzliches Frösteln.

»Seltsam«, sagte sie zu sich selbst, denn die Temperatur war nach dem sonnigen Tag nicht wesentlich gesunken. Sie wunderte sich über ihre Empfindungen.

Im Bad spritzte sie sich kaltes Wasser ins Gesicht, um ihre Trägheit zu vertreiben. Danach betrachtete sie sich eingehend im Spiegel und stellte fest, wie verschmiert ihr schöner roter Lippenstift mittlerweile aussah.

Ärgerlich fischte sie ein Kleenex aus der Box neben dem Waschbecken und fuhr sich über den Mund. Die komplette Farbe landete im Tuch. Letztlich nahm sie wieder den blassen und altbackenen Ausdruck an, den sie hatte verhindern wollen.

»Da stimme ich dir voll und ganz zu. Du solltest unbedingt etwas an deinem Aussehen verändern.«

Libba fuhr erschrocken herum. Sie stolperte rückwärts und landete beinahe in der Badewanne. Ungeschickt stützte sie sich am Rand ab. Die Beine in skurriler Haltung verdreht, bot sie sicherlich einen allzu köstlichen Anblick.

Ein Lachen erklang.

Aus dem Nichts heraus tauchte vor Libba die Gestalt einer schönen Frau auf.

»Ich verstehe nicht, was Damian von einer wie dir will.« Abschätzig musterte sie Libba von oben bis unten.

»Damian Black?«

»Ja, genau. Damian Black.« Die Fremde machte keinen Hehl daraus, wie groß ihre Verachtung für ihr Gegenüber war. »Jetzt musst du mir nur noch sagen, wo sich dein Vampirfreund aufhält, und dann werden wir drei Hübschen zurück in den Club gehen.«

»Vampir … was?« Libba verschluckte sich beinahe an ihrem Gestammel. Offensichtlich hatte sie sich verhört.

»Dein Vampirfreund.« Eliza packte sie unsanft bei den Schultern. »Dieser gefährlich gutaussehende Mann mit den dunklen Haaren und den dunklen Augen. Ihr habt im Club an der Bar gestanden und euch unterhalten. Erinnerst du dich etwa nicht mehr?«

»Hören Sie auf«, keifte Libba und schlug die Hände der Fremden fort. »Ich weiß schon, wen Sie meinen. Aber ich verstehe nicht, was Sie da eigentlich reden. Vampire? Sie sind wohl vollkommen übergeschnappt.«

Die Frau starrte sie an. Es machte den Anschein, als müsse sie um Fassung ringen. Aber dann setzte sie erneut zum Sprechen an.

»Wie heißt du, Mädchen?«

Libba wollte aufschreien. Warum fühlte sich jeder dazu veranlasst, sie als »Mädchen« zu titulieren? Wirkte sie so jung und unreif?

Beinahe schmollend gab sie ihren Namen preis.

Die Werwölfin nickte wissend. »Gut, Libba«, begann sie, »dann hör mir mal genau zu. Dieser Mann, mit dem du dich im Club getroffen hast, ist kein Mensch. In Wahrheit ist er eine bösartige Kreatur, die den Körper eines Menschen zur Tarnung benutzt. Deshalb ist es wirklich wichtig, dass du mir sagst, wo ich ihn finden kann. Und dann bringen wir ihn zusammen in den Club, wo Damian ihm ein für alle Mal das Handwerk legen kann.«

»Sie sind doch nicht ganz dicht«, entfuhr es Libba. »Vampir. Bösartige Kreatur. In welcher Horrorwelt leben Sie eigentlich?«

Libba stürmte an der Fremden vorbei aus dem Bad. Sie wollte nicht glauben, was sie soeben gehört hatte. Dennoch konnte sie nicht abstreiten, dass sich in ihr eine gewisse Besorgnis regte, ob solche Kreaturen vielleicht doch existierten. Immerhin war sie überzeugt genug, vor kurzem von einem schrecklichen Monstrum angegriffen worden zu sein, und Cedric hatte sie gerettet. Bereits zweimal. Unmöglich, dass er so bösartig war, wie die Frau behauptete.

Und überhaupt – wie war sie eigentlich hier reingekommen?, wunderte sich Libba.

»Ich habe so meine Tricks«, beantwortete die Frau ihre unausgesprochene Frage. Wie durch Zauberhand stand sie abermals vor Libba und versperrte ihr den Weg. »Möchtest du noch mehr davon sehen?«

»Verschwinden Sie.« Libba nahm ihren Mut zusammen und schubste sie von sich fort. »Jetzt gleich. Sie haben hier nichts zu suchen.«

Aber die Fremde amüsierte sich nur.

»Siehst du das?« Aus der Luft hatte die Werwölfin einen Knebel gegriffen, den sie nun locker in einer Hand schwenkte. »Damit werde ich dir gleich dein freches Mundwerk stopfen.«

Noch ehe Libba einen Hilferuf ausstoßen konnte, fühlte sie bereits, wie sich der Knebel zwischen ihre Lippen drängte und sich auf ihrem Hinterkopf zu einem Knoten zusammenschloss. Sie startete den verzweifelten Versuch, nach der Frau zu schlagen. Vergebens. Um ihre Hände legten sich Fesseln, ebenso um ihre Knöchel. Alles geschah so unheimlich schnell. Hilflos hüpfte Libba durch den Raum und ließ sich in einen Sessel plumpsen.

»Ah, du gibst schon auf«, stellte die Fremde fest. »Das ist klug von dir. Damit ersparst du dir meine anderen Maßnahmen. Und glaub mir, die sind weit weniger schmerzfrei.«

Libba wandte ihr das Gesicht zu und brummte sie wütend an. Ob Cedric sie ein weiteres Mal retten würde?

Unter der Erde

Cedric betrat an der Seite von Pete den großen Raum unterhalb der Friedhofskapelle. Dort trafen sie auf die anderen, um gemeinsame Pläne gegen den Feind zu schmieden. Die Versammlung bestand ausschließlich aus den männlichen Vertretern der Vampire und Werwölfe. Das war nicht unbedingt selbstverständlich. Cedric kannte genug Artgenossinnen, die über ebenso viel Einfluss verfügten. Heutzutage waren die Geschlechter oftmals gleichgestellt. Hier, in London, schienen allerdings noch die alten Sitten zu herrschen. Ein Kreis von Stühlen war in der Mitte des Raumes aufgestellt. Diese bestanden aus dunklem Holz und dicken, samtenen Sitzflächen. Äußerst bequem, wie Cedric feststellte. Er fragte sich, woher sie kamen und wer sie dorthin gebracht hatte.

Pete war der Einzige, der nicht Platz nahm. Er marschierte mit auf dem Rücken verschränkten Armen durch die Mitte des Kreises. Eine Pose, die er scheinbar oft und gerne einnahm.

»Damian Black«, begann er seine Ansprache, »tanzt uns schon viel zu lange auf der Nase herum. Zeit für eine Veränderung. Das Problem ist nur, dass wir ihm bislang viel zu wenig entgegensetzen konnten. Aber vielleicht kann uns unser neuer Freund helfen.« Sein Blick fiel auf Cedric.

»Wie?«, fragte der. Einem Werwolf wie Damian Black war auch er in den Jahrhunderten seines Daseins nicht begegnet. Zumindest hatte er nie gehört, dass es einen gab, der gegen Silber immun war.

»Du bist älter und mächtiger als jeder von uns. Wenn du keinen Weg findest, ihn zu vernichten, wer dann?«

Begeisterte Zurufe wallten auf. Die Anwesenden trampelten mit den Füßen auf dem Erdboden auf und schlugen sich mit den Fäusten gegen die Brust. Sie alle waren gewillt zu kämpfen. In ihren hitzigen Köpfen schien der Glaube zu wachsen, endlich eine effektive Waffe gegen Damian Black gefunden zu haben. Die Gier des Vernichtens glomm in ihren Augen auf.

Der Hass, den jeder Einzelne aufbaute und der sich in der Gemeinschaft verstärkte, überwältige Cedric und brachte ihn zum Nachdenken. Aus Erfahrung wusste er, dass Hass allein nicht automatisch zum Sieg führte. Ebenso gut konnte er gefährlich werden. Er drohte sie alle blind zu machen. Außerdem hatte er nicht die geringste Ahnung, wie er ihnen helfen sollte.

Ein Heulen war von draußen zu hören. Im nächsten Moment polterten zwei Werwölfe durch den geheimen Eingang in das unterirdische Reich. Mit sich schleppten sie eine weitere – offenbar schwerverletzte – Gestalt. Ein junger Mann, der elendig schluchzte und um Gnade flehte.

Cedric sprang von seinem Platz. Er konnte nicht fassen, was er dort sah. Seine Gedanken überschlugen sich. Handelte es sich um ein Opfer? Genügte ihnen das rohe Fleisch in ihrer Vorratskammer nicht und nährten sich etwa auch auf diese Art?

Die Werwölfe betteten den Mann auf den Erdboden. Er blutete aus tiefen Wunden an Armen und Beinen. Seine linke Schulter war am stärksten lädiert. Sie sah aus, als hätte jemand versucht, sich in ihr zu verbeißen.

»Wir brauchen Ashas Hilfe. Schnell!«, schrie einer der Werwölfe die Umstehenden an.

In Cedric brannte der Schmerz des hilflosen Zuschauens. Er konnte die Situation nicht richtig einschätzen. Zwar versuchte er, in den Geist des Opfers und der Werwölfe einzudringen, doch alles, was er lesen konnte, war ein heilloses Durcheinander. Sie schienen aufgewühlt und überfordert zu sein.

Von der Seite drängte sich eine Frau in den Mittelpunkt. Cedric war sie bislang nicht aufgefallen. Sie war klein und schlank. Ihre hellbraune Haut glänzte seidig. Das volle schwarze Haar fiel ihr lang und offen den Rücken hinab. Um sie tanzte der Zauber einer indischen Prinzessin. Sachte kniete sie neben dem Verletzten nieder. In ihren Händen rieb sie etwas. Eine gelbe Substanz, mit der sie über die Wunden fuhr. Kleine Funken bildeten sich an den Stellen, an denen die Inderin die Haut des Mannes berührte. Kurz darauf versiegte das Blut. Krusten bildeten sich anstelle der Wunden, die rasch abzuheilen schienen. Die Atmung des Verletzten beruhigte sich jedoch nicht. Er rang nach Luft, drohte zu ersticken. Die Frau – Asha – legte ihm eine Hand auf die Stirn, die andere auf den Brustkorb. Sie streichelte ihn, während sie Worte in einer fremden Sprache murmelte. Aber der Mann sah lediglich mit seinen großen glasigen Augen zu ihr auf und hechelte weiter.

Asha ließ von ihm ab. »Ich kann ihm nicht helfen.« Sie suchte den Augenkontakt zu Pete. Tiefe Traurigkeit stand ihr ins Gesicht geschrieben. »Es ist zu spät. Wir müssen ihn gehen lassen.«

»Dann tu, was du tun musst.« Seine Worte klangen wie ein Fluch. Er drehte dem Verletzten den Rücken zu. Offenbar wollte er das Bild des Sterbenden mit aller Macht von sich fernhalten.

Cedric würde dem nicht tatenlos zusehen. Er bahnte sich einen Weg zwischen den Umstehenden hindurch. Neben Asha kniete er nieder. Mit den Fingerspitzen seiner linken Hand berührte er die Stirn des Mannes nur schwach, dennoch konnte er bereits die eisige Kälte spüren, die sich in ihm ausbreitete.

»Du willst ihn töten?«

»Nein. Ich lasse ihn nur gehen.« Asha funkelte ihn böse an. Sie ließ sich anmerken, dass sie die Störung durch einen fremden Vampir ganz und gar nicht schätzte.

»Das muss er nicht. Ich kann ihm helfen.«

»Was hast du vor?«, fragte sie verwirrt.

»Ihn zurückholen«, entgegnete Cedric in ihren Gedanken. Er spürte, wie stark das Herz des Verletzten noch immer pochte. Wie kräftig das Blut durch seine Adern floss und wie verlockend es gewesen wäre, von ihm zu trinken.

Cedric schüttelte den Gedanken ab. Er durfte sich nicht von seiner animalischen Seite und dem damit verbundenen Hunger mitreißen lassen.

»Glaub mir, es gibt keine Hoffnung«, beharrte Asha.

»Nein, du solltest lieber mir glauben. Ich weiß, dass ich ihm helfen kann.«

Die Inderin setzte sich zurück. Niemand hatte es jemals gewagt, ihre heilerischen Fähigkeiten anzuzweifeln. Aus halb zusammengekniffenen Augen betrachtete sie den Vampir, der auf ihr Einverständnis wartete. Doch erst als der Verletzte von einem Schmerzenskrampf geschüttelt wurde und wie ein Sterbender zu würgen begann, erwachte sie aus ihrer Starre. Sie nickte Cedric zu.

»Danke«, flüsterte er und unterdrückte eine Bemerkung über ihr stures Verhalten. Sogleich beugte er sich zu der lädierten Schulter des Mannes hinunter. Ein Stechen zog sich durch seinen Brustkorb, und ihm wurde schmerzlich bewusst, wann er sich zuletzt genährt hatte. Es war viel zu lange her, so dass es ihm ein enormes Maß an Disziplin abforderte, nichts von dem Blut des Verletzten aufzunehmen.

Er begann, das Gift aus der Wunde zu saugen. Eine bewährte Technik, die er in dem letzten Krieg gegen die Werwölfe oft angewandt hatte. Cedric konnte diese Substanz nicht gefährlich werden. Es schwächte ihn lediglich.

Als er fertig war, legte er eine Hand auf die Stirn des Mannes. Die Kälte hatte von ihm abgelassen, zumindest so weit, dass für ihn eine Überlebenschance bestand. Mit Hilfe der Heilkünste, die Asha zuvor bei ihm angewandt hatte, würde er womöglich durchkommen.

Die Inderin blickte Cedric verwundert entgegen, als er sich wieder aufrichtete.

»Wie kannst du das aushalten?«, fragte sie. »Treibt das Gift dich nicht in den Wahnsinn?«

Cedric verneinte lediglich. Für weitere Erklärungen war er zu schwach. Er stand auf wackeligen Beinen, und die Bilder vor seinen Augen flackerten. Er musste hinaus, um seine Kräfte zu stärken.

»Cedric, warte.« Pete hielt ihn am Arm zurück. Er musste ahnen, wonach es seinem neuen Freund verlangte. »Du kannst von unseren Vorräten trinken. Nimm, so viel du brauchst. Du weißt, wo du sie findest.«

»Nein.« Cedric schüttelte Petes Hand ab. »Ich brauche frisches, pulsierendes Blut. Eure Vorräte können meinen Hunger nicht stillen.« Nach diesen Worten war er so schnell hinaus und an der Luft, dass ihn niemand mehr hätte aufhalten können.

In den Fängen der Werwölfin

»Hörst du mich?« Libba versuchte es mit Gedankenübertragung, auch wenn sie nicht recht daran glaubte. Laut rufen konnte sie nicht, und selbst wenn – wer hätte sie schon gehört? Ebenso wenig konnte sie sich auf eine andere Weise bemerkbar machen.

»Cedric, so hilf mir doch.«

Am liebsten hätte sie geheult. Sie konnte nicht verhindern, dass sie bei ihren angestrengten Versuchen um eine geistige Kontaktaufnahme auch ein brummelndes Geräusch von sich gab.

Eliza saß auf der Fensterbank. Sie hatte die ganze Zeit hinaus in die Nacht gestarrt. Doch nun drehte sie sich zu ihrer Gefangenen um.

»Was ist los, du lästiges Ding?«, keifte sie. »Sind dir deine Stricke etwa zu eng? Schneiden sie dir ins Fleisch, ja?« Lachend warf sie den Kopf in den Nacken. »Das ist auch gut so. Es soll ja auch weh tun, weißt du.«

Mit einem Satz sprang sie von der Fensterbank auf die Füße. Die Absätze ihrer hochhackigen roten Schnürstiefel endeten in schmalen Spitzen, die bei festem Auftritt sicherlich tiefe Abdrücke im Fußboden hinterließen. Allerdings berührte die Frau kaum den Boden, schon hatte sie einen Schritt getan. Sie schien regelrecht zu schweben.

Würde sie es nicht mit eigenen Augen sehen, hätte Libba es nicht für möglich gehalten, dass überhaupt jemand auf diese Weise – und schon gar nicht auf derartigen Absätzen – laufen konnte.

Der Blick der Werwölfin blieb auf ihr haften. Doch Libba ignorierte jedwede Herausforderung, saß nur zitternd im Sessel und gab keinen Laut von sich. Die einzige Veränderung bestand in einer tiefen Sorgenfalte, die sich spürbar in ihre Stirn grub.

»Du bist also wieder ruhig?« Eliza stützte sich mit einer Hand an der Sessellehne ab. »Gut«, stellte sie knapp fest. Sie musste sich eingestehen, dass es ihr andersherum lieber gewesen wäre. Sie hätten so viel Spaß haben können. Mit einer ergebenen Geisel wurde es schnell langweilig. Daher konnte Eliza nur hoffen, dass dieser Vampir sie nicht mehr allzu lange warten lassen würde.

Cedric hätte gerne seine Krähengestalt angenommen, um schneller durch die Nacht zu eilen und ein passendes Opfer zu finden. Aber er war zu schwach. Er musste sein Tempo sogar drosseln, als er den Friedhof hinter sich gebracht hatte und in die Gray's Inn Road einbog. Dort liefen ihm einige Nachtschwärmer über den Weg. Gleich den Erstbesten zu überfallen, hätte nur die Aufmerksamkeit aller anderen riskiert.

Daher ging er weiter. Seine Schritte wurden immer langsamer. Er wartete auf einen älteren Herrn. Der lief zunächst hinter Cedric, überholte ihn schließlich und bog in die nächste Seitenstraße.

Der Vampir heftete sich an seine Fersen. Er folgte ihm, bis die Umgebung immer düsterer wurde. Ein Umstand, den Cedric selbst herbeiführte. Mit dem letzten Rest seiner Kräfte dämmte er das Licht der Straßenlampen.

Verwundert blieb der ältere Herr stehen. Er sah sich um, als suche er nach etwas, und warf einen Blick auf seine Armbanduhr.

»Merkwürdig«, sagte er, »so spät ist es doch noch gar nicht.«

Im gleichen Moment war Cedric an seiner Seite. Er hauchte ihm ein undeutliches »Guten Abend« in den Nacken, bevor er ihn packte und seine spitzen Zähne in dessen Hals vergrub.

Das Blut schmeckte nicht so jung und köstlich, wie Cedric es sich gewünscht hätte. Im Augenblick konnte er jedoch nicht wählerisch sein. Selbst der Lebenssaft des alten Mannes erfüllte seinen Zweck. Er gab dem Vampir einen großen Teil an Kraft zurück.

Nachdem Cedric ausreichend getrunken hatte, ließ er von seinem Opfer ab. Verwirrung stand dem Mann ins Gesicht geschrieben.

Der Vampir heilte die kleine Bisswunde und suggerierte dem Mann ein fiktives Erlebnis. So ging dieser, über die Begegnung mit einem schwarzen Hund grübelnd, seiner Wege.

Cedric lauerte versteckt in den Schatten eines Baumes am Straßenrand. Während er das Verschwinden des Alten beobachtete, schlich sich ein Ruf in seinen Kopf. Es war ihm ein regelrechtes Bedürfnis, dieser Stimme zu folgen, obwohl er es im Grunde nicht wollte. Diese zwiespältige Empfindung konnte er sich nicht erklären.

Langsam löste er sich von dem Baum. Er ging die Straße hinunter und bemerkte mit jedem Schritt, wie sich die Bemühungen um eine Kontaktaufnahme verstärkten. Das Hotel in der Charterhouse Square war das Ziel. Jenes Hotel, in das er Libba vor kurzem gebracht hatte.

Dort hatte er bei seinem letzten Besuch einen leeren Koffer abgestellt und angegeben, nach einigen geschäftlichen Erledigungen zurückzukehren. Dabei gab es gar keine Erledigungen. Das Zimmer hatte lediglich als Zufluchtsort dienen sollen, und offensichtlich hatte das bereits jemand zu nutzen gewusst.

Cedric erhob sich in die Lüfte. Endlich war es ihm wieder möglich, in seine Krähengestalt zu schlüpfen und die Nacht in einem rasanten Flug zu durchbrechen. Mit seinen mächtigen Flügelschlägen stieg er schnell über die Dächer Londons hinauf. Der Wind gab ihm Auftrieb, und für einen kurzen Moment schwebte er reglos dahin. Das Gefühl der Schwerelosigkeit erfüllte ihn jedes Mal von neuem mit Glückseligkeit. Dort oben – da war er sich sicher – würde ihn die Wirklichkeit niemals gänzlich einholen können.

Nach einer Weile hatte Cedric den geistigen Kontakt zu Libba verloren. Er musste ihn suchen – was ihm hauptsächlich dadurch gelang, dass er ihren Aufenthaltsort kannte. Ihr Herz schlug nach wie vor, und sie war bei Bewusstsein. Allerdings verstummten ihre Bemühungen plötzlich. Sie zog sich in sich zurück.

Die Krähe stürzte vom Himmel auf den Bürgersteig vor dem Hotel zu. Innerhalb eines Lidschlags verwandelte sie sich in Menschengestalt und war im nächsten Augenblick im Hotel verschwunden.

Die Frau an der Rezeption nickte ihm zu. Sie hob eine Hand und wollte ihn offenbar über seinen weiblichen Besuch informieren. Cedric winkte ab. Mit schnellen

Schritten durchquerte er das Foyer. An der Treppe angekommen, sprang er die Stufen hinauf. Als er außer Sichtweite der Frau war, nahm er das letzte Stück zu seinem Zimmer in seinem überirdischen Tempo.

Die Tür brach unverhofft auf. Durch die enorme Gewalteinwirkung wurde sie mit voller Wucht gegen die Wand geschleudert. Das Holz krachte und splitterte an den Angeln.

Libbas Herz setzte für einen Schlag aus. Der Anblick von Cedric, der wie ein düsterer Rachenengel in den Raum marschierte, raubte ihr den Atem. Seine pechschwarzen Haare umspielten das markante Gesicht. In seinen Augen schienen Blitze zu tanzen. Doch sein Blick galt nicht ihr. Er fixierte einzig und allein die Frau mit den roten Stiefeln. Hasserfüllt stierte er ihr entgegen, als existiere etwas zwischen ihnen, das Libba bislang nicht erfassen konnte.

Die Werwölfin stemmte die Hände in die Hüften. Mit ihren wiegenden, perfekt aufeinander abgestimmten Schritten kam sie Cedric entgegen. Sie wirkte nicht im Geringsten beunruhigt. Der wütende Racheengel machte ihr offensichtlich keine Angst. Vielmehr begann sie zu lachen. Sie machte sich lustig.

»Was ist das für eine Begrüßung?«, schnurrte sie. »Cedric. Das ist doch dein Name, oder?«

Zwischenzeitlich waren beide zum Stehen gekommen, so dicht voreinander, dass sich der eindrucksvolle Busen der Werwölfin beinahe gegen den Oberkörper des Vampirs presste.

»Deine kleine Freundin weiß nichts von unserer wahren Identität.« Eliza amüsierte sich offenkundig über diese Tatsache. »Was glaubst du, denkt sie über deinen Auftritt? Deine animalische Stärke. Ziemlich ungewöhnlich für einen einfachen Menschen. Meinst du nicht auch?« Sie sprach in einem Singsang, der jedem Zuhörer in den Ohren schmerzen würde. Mit den Handflächen fuhr sie an Cedrics muskulösen Oberarmen hinauf, als wolle sie ihrer Aussage mit Hilfe dieser Berührungen Ausdruck verleihen.

Der Vampir hingegen verzog lediglich die Mundwinkel. Nun endlich sah er an Eliza vorbei und erkannte die gefesselte Libba.

»Wer bist du, und was willst du von mir?«

Auch wenn Libba sich kaum bemerkbar machen konnte, sie hörte noch immer recht gut. Sie war überrascht, dass Cedric diese Frau allem Anschein nach nicht kannte. Immerhin wirkten die beiden wie zwei alte Rivalen.

»Ich wüsste nicht, warum ich dir das verraten sollte«, antwortete Eliza spitz. Sie ließ ihre Finger über sein Schulterblatt tänzeln und beugte sich weiter zu ihm vor, so dass er den Druck ihrer vollen, weichen Brüste zu spüren bekam.

»Und ich wüsste nicht, warum ich dich hier länger ertragen sollte.« Cedric packte sie am Handgelenk und katapultierte sie aus ihrer Position heraus in hohem Bogen von sich fort. Libba riss die Augen auf, da sie nicht glauben konnte, welches Schauspiel vor ihr passierte. Jeder normale Mensch wäre gegen die Wand hinter Cedric geknallt und hätte anschließend mit mehreren Knochenbrüchen am Boden gelegen. Diese Frau jedoch nicht. Sie drehte sich in der Luft wie eine Schraube. Katzengleich landete sie auf den Füßen. Mit leicht gebeugten Beinen, durchgedrücktem Rücken und klauenartig ausgefahrenen Fingern stand sie da und knurrte wie ein Tier.

Die Gestalt der Frau flackerte. Libba blinzelte mehrmals. Doch es änderte nichts an der Situation. Das Flackern verstärkte sich. Aus dem menschlichen Körper der

Frau wurde eine Bestie. Ein überdimensionaler Hund oder eher ein Wolf – oder eine Kreuzung aus beiden. Libba hätte es nicht sagen können.

Es war gut, dass sie einen Knebel trug. Andernfalls hätte sie vermutlich das komplette Hotel zusammengeschrien.

Das Tier setzte zu einem Sprung an. Mittendrin wurde es jedoch von Cedric im Nacken gepackt. Auch sein Erscheinungsbild hatte sich zu einem winzigen Teil verändert. Ein Schatten hing über ihm und ließ ihn düster und gefährlich erscheinen. Erbarmungslos.

Sein Griff um das Tier verstärkte sich, als handele es sich um eine Stoffpuppe. Er brachte es zu Boden. Ein Knie drückte er gegen die Kehle, so dass ein ersticktes Röcheln zu hören war.

Dann geschah etwas sehr Eigenartiges.

Cedric streckte der Wolfsfratze sein Gesicht entgegen. Er flüsterte ihr etwas zu, das Libba nicht verstehen konnte. Daraufhin fiel die tierische Gestalt von der Frau ab. Kraftlos lag sie in ihrem hautengen schwarzen Dress unter Cedric. Seine Lippen näherten sich ihrem Hals.

Libba meinte fast, er wolle die Frau küssen. Sekunden später sah sie die spitzen Zähne, die aus seinem Mund ragten und sich in die Halsbeuge seines Opfers bohrten.

Blutsauger und Schreckgestalten

Libba wurde übel, als sie erkannte, dass Cedric vor ihren Augen einer Frau das Blut aussaugte. Anschließend hob er die schlaffe Gestalt mit beiden Armen hoch, ging auf das nächste Fenster zu und warf sie hinaus.

Geschockt fuhr Libba in ihrem Sessel hoch. Sicher hatte sie erkannt, dass ihre Peinigerin kein Mensch war, und sie wusste, dass sie Cedric töten wollte, trotzdem machte ihr seine rohe Gewalt Angst. Wozu war er noch imstande?

»Du hast keinen Grund, dich zu fürchten«, versuchte er sie zu beruhigen. »Dir droht keine Gefahr. Nicht von mir.«

Libba bekam ihre Hände frei, und das Erste, was sie tat, war aufzuspringen und sich auf Cedric zu stürzen, bevor er ihr zuvorkam.

»Was bist du?« Sie trommelte mit den Fäusten gegen seinen Oberkörper und schrie sich beinahe die Seele aus dem Leib. Sie hatte Angst. So sehr, dass sie glaubte, sterben zu müssen.

Cedric quittierte ihre Schläge mit einem halbherzigen Lächeln. Offenbar störte ihn der Angriff nicht im Geringsten.

»Libba, das hat doch keinen Sinn.« Seufzend fasste er sie bei den Schultern und wollte sie von sich schieben. Aber sie hörte nicht auf. Wieder und wieder wurde er von ihren Fäusten getroffen, bis sie nach einigen Minuten genug hatte und weinend gegen seine Brust sank.

Es kam ihr eigenartig vor, von ihm umarmt zu werden. Sie spürte seine Verwirrung und sein Unverständnis in seinen Berührungen. Zwar streichelten seine Hände über ihren Rücken, doch sein Körper wirkte steif und ohne jede Wärme.

Libba mühte sich erfolglos um Beherrschung. Sie war überwältigt von Selbstvorwürfen, denn immerhin trug sie die Schuld am Tod einer Wolfsfrau.

»Sie ist nicht tot«, sagte er.

»Was?« Ihr Kopf fuhr ruckartig zurück. Mit dem Handrücken wischte sie die Tränen fort, so gut es ging.

»Ich habe nur laut gedacht.«

»Nein, hast du nicht.« Libba löste sich von ihm. Sie machte einen Schritt zurück und beäugte ihn kritisch. »Du hast gesagt, sie ist nicht tot.«

»Habe ich das?« Er gab den Ahnungslosen, zuckte mit den Schultern und verschränkte die Arme vor der Brust. Seine Miene gaukelte ihr vor, dass ihn kein Wässerchen trüben konnte.

»Du hast sie gebissen und ihr Blut getrunken. Und danach hast du sie aus dem Fenster geworfen. Wir sind im dritten Stock. Wie soll sie das überlebt haben?«

Cedric winkte ab. »Das verstehst du nicht.«

In ihrem Kopf setzte ein unerträgliches Pochen ein. Wollte er ihr etwa nicht die Wahrheit erzählen?

Sie stampfte mit dem Fuß auf. »Hör auf damit. Erzähl mir endlich, was hier los ist.«

Bevor sie erneut anfangen konnte, ihm gegen den Brustkorb zu trommeln, hielt er ihre Arme fest und sah ihr tief in die Augen.

»Ich bin ein Vampir, Libba.«

»Ja klar.« Ihr übertriebenes Lachen demonstrierte, wie lächerlich sie ihn fand, und beleidigte ihn.

Er war es gewohnt, dass man sein Wesen und vor allem sein Alter mit Respekt betrachtete. Allenfalls liefen die Menschen panisch vor ihm davon, aber sie machten sich nicht über ihn lustig.

»Das ist kein Scherz. Ich lebe durch die Nacht, und ich trinke euer Blut. Du wirst kaum jemanden finden, der schon länger auf dieser Erde wandelt als ich. Ich bin ein Vampir.«

Aber Libba wollte nicht aufhören. Sie ließ sich in den Sessel zurückfallen und schüttelte ungläubig den Kopf. Vor Lachen standen ihr mittlerweile die Tränen in den Augen. Welcher normale Mensch würde schon so etwas

Verrücktes glauben? Vampire. Eine uralte Erfindung der Menschheit, die sich womöglich ihre Angst vor der Dunkelheit nicht anders erklären konnte.

Cedric packte die Wut. Er wuchs über seine Gestalt hinaus. Sein Schatten schoss in die Höhe. Die Konturen seiner Krähenschwingen streckten sich in überdimensionaler Weite von seinem Körper zu den Seiten aus.

Libba konnte beobachten, wie sich die Dunkelheit in Cedrics Gesichtszüge grub. Sie ließ ihn alt und fahl – und äußerst gefährlich erscheinen. Am schrecklichsten wirkten seine Augen, die rot glühend auf Libba herabstarrten.

Er war über ihr, füllte mit seiner Erscheinung den Raum aus. Wie ein böser Geist aus ihren Alpträumen. Libba zuckte zusammen. So weit wie möglich sank sie in die Polster, zog die Beine an ihren Oberkörper und umschlang sie mit den Armen, als würde ihr das in irgendeiner Weise nützen. Das konnte nicht real sein, redete sie sich ein, und schüttelte wieder und wieder den Kopf. Sie schloss die Augen, presste den Kopf gegen ihre Knie, in der Hoffnung, das alles würde sogleich wieder verschwinden.

»Libba.« Sie spürte Cedrics Atem auf der Haut. Wie ein Luftzug des Grauens durchzog er das Zimmer. »Libba, mach die Augen auf.«

Sie konnte nicht anders, als seiner Anweisung Folge zu leisten. Zitternd sah sie in die Fratze, die direkt vor ihrem Gesicht war. Sie erkannte die spitzen Zähne, die noch weiter zu wachsen schienen, als er den Mund öffnete. Cedric nahm ihren linken Arm in beide Hände. Er ritzte mit den Zähnen über ihre Haut, bis sich deutliche rote Striemen darüberzogen.

»Willst du mich umbringen?«

Er ließ von ihr ab. Augenblicklich schrumpfte seine Gestalt zusammen, und er stand als der gewohnte, attraktive Mann vor ihr. Seine Miene wirkte ernst.

»Ich sagte bereits, dass dir von mir keine Gefahr droht«, erklärte er mit dröhnender Stimme. Sein Unmut schwang deutlich in der Luft. »Du solltest akzeptieren, was ich bin. Finde dich damit ab. Denn ich bin der Einzige, der dich vor dieser Verrückten beschützen kann. Ohne Zweifel wurde sie von Damian Black geschickt. Du bist aus seinem Club geflohen. Du hast dich ihm widersetzt. Eine Tatsache, die er unter keinen Umständen akzeptieren wird.«

»Das hättest du auch erwähnen können, bevor du mich gerettet hast.«

»Natürlich. Dann hättest du mich sicher nicht mehr darum gebeten, dich zu befreien, sondern dich einfach von ihm töten lassen.«

Libba zog eine Schnute. Sie wusste, dass Cedric im Recht war. Zugeben wollte sie das jedoch nicht. Sie hatte auch keine Ahnung, wie sie da wieder hinauskommen sollte. Es war denkbar einfach, ihm die Schuld an ihrer Lage zu geben. Daher wechselte sie das Thema.

»Damian Black ist also auch ein Vampir?«

»Das wäre gut.« Cedric schnaufte verächtlich. »Nein, er ist kein Vampir. Er ist ein Werwolf. Einer, dem kein Silber und nichts anderes etwas anhaben kann. Eine verfluchte Höllenkreatur.«

»Oh.« Mehr wollte Libba zu dieser Auskunft nicht einfallen. Es fiel ihr schwer, das Gehörte zu verarbeiten.

»Aber wir werden einen Weg finden.« Cedric musste davon überzeugt sein, so, wie er sich in die Brust warf.

Geschürte Wut

Eine Hand legte sich auf Elizas Rücken und rüttelte sanft an ihr. Sie schlug danach. Grollend rappelte sie sich auf. Sie stützte ihren Oberkörper mit beiden Händen vom Bürgersteig ab und erblickte eine Traube von Menschen, die sich um sie herum gebildet hatte.

Das Hotel befand sich zu ihrer Linken. Zur anderen Seite, auf der Straße, stand ein Krankenwagen. Zwei Sanitäter schoben eine Transportliege auf sie zu.

»Dass sie das überlebt hat«, hörte Eliza aus der Passantenmenge heraus.

»Ja, unglaublich.« Zustimmendes Gemurmel, welches Eliza noch mehr erzürnte.

»Sind Sie sich sicher? Hat sie das wirklich überlebt?«

»Wo ist sie? Ich kann sie nicht sehen!«

Die vielen Stimmen brachten Eliza zur Weißglut.

Sie hatte zu viel Aufmerksamkeit auf sich gezogen, um Damians Auftrag in dieser Nacht zu Ende bringen zu können. Die Menschen würden sich nicht so schnell beruhigen. Es wäre bereits ein Schock für sie, wenn Eliza aufstehen und davonlaufen würde, als wäre nichts geschehen. Genau das hatte sie vor. Allerdings musste sie schnell feststellen, dass der Kampf mit dem Vampir seinen Tribut zollte. Eliza hatte ihre Energiereserven aufgebraucht und würde sich nähren müssen, um zu neuen Kräften zu kommen.

Widerwillig blieb sie am Boden liegen und spielte den Menschen die Szene vor, die sie zu sehen verlangten.

Die Sanitäter mit der Transportliege bahnten sich ihren Weg durch die Menge und kamen neben Eliza zum Stehen. Einer von den beiden – ein schlaksiger, hochgewachsener Junge mit schwarzen, wild abstehenden Haaren – kniete zu ihr nieder.

»Können Sie mich verstehen?«, fragte er besorgt.

»Natürlich kann ich dich verstehen, du Idiot«, hätte Eliza am liebsten gesagt. Aber sie verkniff sich jegliche spitze Bemerkung und antwortete mit einem schlichten »Ja«.

»Können Sie sich bewegen? Wo haben Sie Schmerzen?«

Eliza beobachtete seine Handgriffe. Er betastete sie beinahe überall. Sie war es nicht gewohnt, von einem Menschen auf diese Weise berührt zu werden, und fragte sich, ob sie es genießen oder sich wehren sollte. Doch ehe sie sich entscheiden konnte, war auch der zweite Sanitäter an ihrer Seite. Mit vereinten Kräften hoben die beiden jungen Männer sie sachte auf die Liege. So sanft war sie noch nie von einem männlichen Wesen angefasst worden, stellte sie verwundert fest.

»Alles in Ordnung?«, wurde sie gefragt und nickte.

Auf einer Liege zu einem Krankenwagen gefahren und dabei von einer Masse gewöhnlicher Sterblicher angestarrt zu werden, kam ihr unsagbar albern vor.

Die beiden Männer waren schnell. Das musste Eliza ihnen lassen. Ohne Umstände brachten sie Eliza in den Wagen und fuhren Richtung Krankenhaus.

»Sie haben mächtig Glück gehabt, Miss«, sagte der Sanitäter, der bei ihr geblieben war. Der andere hatte sich in die Fahrerkabine verzogen.

»So, finden Sie?« Eliza schenkte ihm ein Lächeln. Für einen Moment war sie mit ihm ungestört. Ein Moment, den sie unbedingt ausnutzen sollte. Die Versuchung, ihn in die Künste ihrer erotischen Leidenschaften einzuführen, überfiel sie. Der Junge würde ein angenehmes Ende finden.

»Komm her, Kleiner, ich will dir etwas erzählen«, wisperte sie. Schon griff sie mit einer ihrer Pranken nach ihm. Gewaltsam zog sie ihn zu sich auf die Liege.

»Aber … Miss …«

Sie hatte ihn mit ihrer Kraft überrascht. Verwunderung stand in seinem Gesicht, das ihr nun so nahe war. Ihre Zungenspitze berührte mit einem einzelnen Stoß seine zitternden Lippen.

»Was tun Sie?«

»Oh«, seufzte sie, »lass dich einfach fallen und sag mir, wie du es gerne hättest.«

»Wie ich … was?« Er presste seine Hände gegen die Liege und versuchte, sich aufzustützen. Eliza machte seine Bemühungen zunichte, indem sie über seine Haut kitzelte. Ihn küsste und neckte, wie es eine verspielte Liebhaberin tat.

Aber sie war nicht seine Liebhaberin. Er kannte diese Frau nicht, und obendrein hätte sie lebensgefährlich verletzt sein sollen. Eliza konnte die Gedanken hören, die in seinem Kopf tobten. Er konnte sich nicht vorstellen, dass sie ihn verführen wollte.

»Hör schon auf, so viel darüber nachzudenken. Du solltest deine letzten Minuten besser ausnutzen.«

»Meine letzten Minuten?«

Ehe er sichs versah, lag er auf dem Rücken, und sie saß rittlings auf ihm. Sie rollte den Stoff seines Shirts hinauf bis zu seinem Kinn. Ihre Fingerspitzen tanzten über seinen nackten Oberkörper, während sie begann, ihren Unterleib in rhythmischen Bewegungen gegen den seinen zu reiben. Obwohl er sich wehrte, konnte er die Erektion nicht verhindern. Verräterisch pochte sein Glied unter dem Stoff.

Eliza öffnete seine Hose. Er zuckte zusammen, als sie seinen Penis ergriff und in sich einführte. Innerlich war er zerrissen, zwischen der Lust, die er plötzlich empfand, und der Angst, die ihm die Fremde bereitete.

Die heftigen Stöße, die sie ihm abrang, löschten bald jeden klaren Gedanken aus. Er gab sich dem Trieb hin und zuckte schließlich ungeniert, als er seinen Höhepunkt erreichte.

Halb betäubt blieb er liegen, und noch ehe er etwas anderes registrierte, war sein Leben verloren.

Die Nacht neigte sich dem Ende entgegen. Damian hatte früher mit Elizas Rückkehr gerechnet, und als sie polternd durch die Tür stolperte, war er von ihrem Anblick entsetzt. Ihr schwarzer Catsuit wies an mehreren Stellen Risse auf. Die Schnüre ihrer Stiefel saßen locker. Doch am meisten störten ihn die Blutreste in ihren Mundwinkeln. Sie hatte sich nicht die Mühe gemacht, ihr Äußeres zu richten, um ihm zu gefallen. Das war untypisch für eine Werwölfin wie Eliza.

Er spürte ihre Wut. Wie eine mächtige Gewitterwolke brodelte sie über ihr und drohte sich jeden Augenblick zu entladen. Er ging davon aus, dass ihre Mission unglücklich verlaufen war.

Damian Black ergötzte sich stets an den Misserfolgen anderer. Dieses Mal betraf der Misserfolg aber auch ihn. Eliza hatte den Vampir und seine nervtötende menschliche Freundin nicht erwischen können. Davon war Damian wenig angetan.

»Du hast versagt«, lautete seine Begrüßung.

»Du hast mir nicht gesagt, dass es sich bei diesem Vampir um einen der Alten handelt. Einen der Mächtigen. Bist du es nicht gewesen, der behauptet hat, den letzten der Mächtigen getötet zu haben?« Eliza sprang über den Schreibtisch auf ihn zu. Damian saß in seinem großen Bürostuhl. Er rollte ein Stück zurück, damit die Werwölfin vor ihm auf den Füßen landen konnte. Sie beugte sich zu ihm herab, stützte sich mit den Händen auf den Armlehnen ab. Ihr Mund kam dem seinen so nahe, als wolle sie ihn küssen. Stattdessen knurrte sie ihn an.

»Ich dachte, das wäre kein Problem für dich.«

Eliza lachte verächtlich auf.

»Aber da habe ich mich anscheinend getäuscht.« Er griff sie bei den Handgelenken. »Vielleicht brauchst du ja eine kleine Anregung, um dir das nächste Mal mehr Mühe zu geben.«

Während er sich gemächlich aufrichtete, schob er sie gleichzeitig von sich, bis sie mit dem Po gegen die Schreibtischkante stieß. Damian brachte sie dazu, ihren Oberkörper weit zurückzubeugen. Ihre Arme schob er hinter ihren Rücken. Er drückte so stark zu, dass es ihr hätte weh tun müssen, wenn sie in der Lage gewesen wäre, Schmerzen zu empfinden. Aber er wusste, dass sie nichts spürte, abgesehen von seinem Körpergewicht. Er presste sich ihr entgegen.

Plötzlich ließen seine Hände von ihren Armen ab und wanderten zu ihrer Hüfte. Er hob Eliza hoch, um sie auf den Schreibtisch zu setzen. Die Schnüre ihrer Stiefel öffneten sich wie von selbst, ebenso wie die Reißverschlüsse ihres Catsuits. Der dünne, glatte Stoff schälte sich wie die abgestorbene Haut einer Schlange von ihr. Schließlich saß sie vollkommen nackt vor ihm.

Erwartungsvoll blickte sie ihn an.

»Eine kleine Anregung?«, wiederholte Eliza. Sie streckte einen Fuß aus, um mit ihren Zehenspitzen an seinem Bein heraufzufahren. »An was hast du da gedacht?«

Anstelle einer Antwort begann er, sie mit den Lippen zu liebkosen. Er küsste sie auf die Schulter, in die Halsbeuge und suchte sich seinen Weg zu ihrem Busen. Dort kitzelte seine Zunge ihre rosigen Knospen, die sich unter diesem Einfluss steil aufrichteten. Ein deutliches Zeichen ihrer steigenden Lust.

Damian leckte über ihre Haut. Er kostete jede einzelne Stelle, ließ seine Zunge sogar in ihren Bauchnabel vorstoßen und brachte sie damit in Verzückung.

»Weiter«, forderte sie ungeduldig. »Weiter nach unten.« Sie spreizte ihre Beine weit und schob ihren Unterleib vor. Ihm war sofort klar, was sie von ihm wollte. Ohne zu zögern, sank er hinab, um einen Kuss auf ihren Venushügel zu hauchen. Dann öffnete er den Mund und fuhr mit seinen Zähnen über ihre Haut. Er neckte sie, indem er tat, als wolle er sie genau an dieser Stelle beißen.

Eliza zuckte zusammen. Sie fürchtete sich gewiss nicht vor Damian, aber er wusste, dass sein Spiel ihr Inneres in Wallung brachte. Die Erwartung auf das, was als Nächstes kam, machte sie stets halb besinnungslos vor Erregung.

Doch Damian wollte sie auf die Folter spannen. Seine Hände streichelten über die Innenseiten ihrer Schenkel. Zunächst sanft, wurden seine Berührungen mit jeder Sekunde fester. Er tastete sich wieder hinauf, sparte ihren Intimbereich aus und fuhr unter ihre Pobacken, um diese ausgiebig zu kneten.

Eliza stöhnte. Sie war unzufrieden. Ungeduld war eine lästige Freundin. Das entnahm Damian jeder ihrer gereizten Bewegungen. Ihre Beine schlossen sich ein Stück weit, so dass sie mit den Füßen erneut nach Damian angeln konnte, wie um ihm einen Schubs zu verpassen. Doch es veranlasste ihn lediglich dazu, seine Bemühungen einzustellen. So lange, bis sie wieder artig und ruhig verharrte. Erst dann beugte er sich vor. Nur leicht berührte seine Zungenspitze ihre äußeren Schamlippen, schon begann sie, lustvoll zu zucken.

Eliza legte sich zurück, so dass sie mit dem Rücken

auf dem Schreibtisch lag. Das goldblonde Haar fiel lang über die Kante hinab und berührte mit seinen Spitzen den Boden.

Damians Zunge wagte sich weiter vor. Sie stieß in Elizas erwartungsfrohe Feuchte und bewegte sich schnell, beinahe vibrationsartig. Die Werwölfin jauchzte vor Freude. Ihre klauenartigen Fingernägel kratzten über das dunkle Holz der Schreibtischoberfläche und hinterließen tiefe Spuren. Angespannt drückte sie den Rücken durch. Krampfhaft keuchte sie ihm entgegen. Als sie kurz vor einem gewaltigen Orgasmus schien, hörte Damian auf und zog sich aus ihr zurück.

Unzufrieden sank Eliza zusammen. Ihre Muskeln entspannten sich. Die Welle war an ihr vorbeigeschwappt und würde sich erst wieder aufbauen, wenn Damian weitermachte.

»Du willst doch nicht etwa ohne mich kommen?« Er schnalzte abwertend. Seine Hände griffen hart nach ihren Brüsten. Grob massierte er sie. Die Fähigkeit, gefühlvoll zu agieren, schien ihm allmählich zu versagen. »Wolltest du nicht auf mich warten? Du Schlampe?«

Eliza machte es nichts aus, von ihm beschimpft zu werden. Sie genoss es sogar, wenn er sie erniedrigte und ihren Körper benutzte, als wäre sie nur ein Stück willenloses Fleisch. Nun würde es gleich so weit sein. Der animalische Trieb in ihm würde erwachen.

Stöhnend machte sich Eliza für ihn bereit. Mit beiden Händen hielt sie sich an der Tischkante fest. Sie öffnete sich für sein Vordringen, und sogleich stieß er sein gewaltiges Glied in sie hinein. Er verfiel in einen schnellen, fordernden Rhythmus. Mit jeder seiner heftigen Bewegungen schien er tiefer in sie einzutauchen, breitete sich in ihrem Körper aus – vollkommen von ihr Besitz ergreifend.

Damian packte Eliza bei den Hüften. Ein letztes Mal stieß er wollüstig in sie und bescherte ihnen beiden einen ekstatischen Höhepunkt.

Befriedigt erschlaffte Elizas Körper. Sie schnurrte wie ein zutrauliches Kätzchen, als sie Damian das zerzauste Haar kraulte. Doch der reagierte auf Zutraulichkeiten dieser Art nicht. Er löste sich von ihr und sank zurück in seinen Bürostuhl.

»Ich hoffe, das war dir Anregung genug. Nun geh und erledige deine Aufgabe zu meiner Zufriedenheit.« Mit einer Hand machte er eine abfällige Geste.

Wütend sprang Eliza auf die Füße. Sie funkelte ihn an, als hätte sie am liebsten in sein Gesicht geschlagen. Doch auf der anderen Seite war sie bereit, beinahe alles für ihn zu tun.

Sie schnippte mit den Fingern. Ein neuer schwarzer Catsuit überzog ihren wohlgeformten Körper. Dieses Mal waren auch ihre Schnürstiefel schwarz, mit gewaltigen, klobigen Absätzen. Damit würde sie nicht nur lästiges Ungeziefer zertreten können.

Werwolfs-Erwachen

Pete hatte angenommen, dass Cedric sehr bald in das Reich unterhalb des Friedhofs zurückkehren würde. Doch die Zeit verging, ohne eine Spur von Cedric.

Asha kümmerte sich derweil mit großer Hingabe um den jungen Mann, der so unverhofft in ihre düstere Welt hineingezerrt worden war. Sie hatte ihn Luc genannt. Das wäre eine Ableitung von Lykantroph, Werwolf, und würde ganz gut zu ihm passen, meinte sie.

Während Pete ungeduldig wartete, fiel sein Blick immer wieder auf die Inderin, die mit einem feuchten Tuch über die glühende Haut ihres Patienten tupfte. Ihre Haut glänzte im Schein der Kerzen. Asha trug ein luftiges Trägerkleid aus orangerotem Stoff. Es umspielte ihren Körper wie ein warmer Sommerwind.

Den Mann hatte sie auf einem Steinaltar aufgebahrt – als wäre er ein Opfer. In gewisser Weise war er das auch. Die verfluchten Kreaturen hatten ihn vor eine heimtückische Wahl gestellt, zwischen dem Tod und dem Dasein als einer ihresgleichen. Keines von beidem sollte erstrebenswert sein, so glaubte Pete. Zwar respektierte er die Werwölfe und hatte mit einigen sogar Freundschaft geschlossen, doch er wusste, dass die meisten schlichtweg unberechenbar waren. Ihre Lebensweise glich der von wilden Tieren, die ihre Launen dem Wetter anpassten.

»Was ist mit ihm?«, fragte er unvermittelt.

Asha antwortete, ohne aufzusehen. »Wen meinst du? Ihn hier oder Cedric?«

Pete legte eine Hand ans Kinn und grübelte einen Moment über ihre Frage. Tatsächlich musste er sich eingestehen, dass sich sein Mitgefühl für den Verletzten in Grenzen hielt. Gefühle empfand er schon lange nicht mehr so intensiv. Aber er wollte Asha gegenüber auch nicht desinteressiert wirken.

»Ich meine deinen Patienten.« Um seine Aussage zu untermauern, trat er an ihre Seite und beugte sich ein Stück vor. Er betrachtete den Mann, versuchte, ein Anzeichen seines Zustandes auszumachen. Doch alles, was er in dessen Geist las, war Verwirrung. Das Chaos breitete sich in dem Mann aus. Ein Kampf zwischen Mensch und Tier, und bislang war unklar, wer die Oberhand gewinnen würde. »Wird er sich verwandeln?«

Endlich hielt Asha inne. Sie lehnte sich zurück und zuckte mit den Schultern. »Schon möglich«, sagte sie. »Er hat gute Chancen, durchzukommen. In seinem Körper sind kaum noch Spuren von dem tödlichen Gift zu finden. Das hat er Cedric zu verdanken.«

»Ja.« Pete wirkte abwesend.

»Das ist großartig, findest du nicht?« Sie blickte ihm so lange von der Seite ins Gesicht, bis er sich ihr wieder zuwandte. »Er ist sehr stark, und offenbar existiert er schon sehr lange. Hältst du es für möglich, dass er einer der Alten ist?«

»Vermutlich.« Er sah ihr kurz in die Augen. Dann drehte er ihr den Rücken zu und machte Anstalten, zu gehen.

»Vermutlich?« Ashas Hände krallten sich an der Kante des Steinaltars fest. »Du weißt es, habe ich recht?«

»Nein.« Pete suchte nach einer Ausflucht, doch er wusste, dass er sie nicht lange hinhalten konnte. Sie würde ihn bedrängen, bis er nachgab und sich ihren Fragen stellte. »Ich weiß es nicht. Aber ich halte es für wahrscheinlich.«

Asha sprang auf. Mit einem einzigen Satz war sie über den Steinaltar hinweg an Pete vorbei, um ihm den Weg zu versperren.

»Du hältst es nur für wahrscheinlich?« Sie zeigte ihm eine wütende Grimasse. Einen Zug, den Pete bislang nicht an ihr kannte. Er hatte sie immer als beherrscht und zurückhaltend kennengelernt. Die plötzliche Wandlung passte nicht zu ihrem Wesen.

»Ja«, antwortete er.

»Ist dir nicht klar, was das bedeuten würde?«

Pete verharrte reglos. Er verstand ihren Aufruhr nicht.

»Er könnte uns die Macht zurückgeben.«

»Ich weiß nicht, wovon du redest.« Er versuchte, sie beiseitezuschieben. So schnell wollte sie allerdings nicht aufgeben. Sie hielt ihn an der Schulter zurück. Ihre langen Fingernägel bohrten sich in sein Fleisch. Jedem gewöhnlichen Menschen hätte sie damit Schmerzen verursacht.

»Du weißt es sehr wohl«, knurrte sie. »Mit seiner Hilfe könnten wir Damian Black ein für alle Mal erledigen. Als einer der Alten hat er Kräfte, von denen wir nur träumen. Du solltest nicht zögern. Du solltest gehen und ihn bitten. Wir haben das Leben hier unten satt. Wir wollen uns nicht länger verstecken.«

Pete seufzte. »Selbst wenn er einer der Alten ist, heißt das noch lange nicht, dass er tatsächlich etwas gegen Damian ausrichten kann.«

»Aber er könnte es versuchen«, beharrte Asha.

Sie hatte offensichtlich keinerlei Gewissensbisse, jemanden für ihre Sache zu opfern, den sie nicht einmal kannte. Cedric verfügte über ungewöhnliche Kräfte. Das war das Einzige, was für sie zählte. Wenn er sie nicht aus diesem Erdloch herausholen konnte – wer dann?

Beim ersten Mal, als der Name »Damian« im Gespräch fiel, zuckte der Mann auf dem Steinaltar unmerklich zusammen. Doch beim zweiten Mal, so kurz aufeinander, öffnete er die Augen. Das Leben durchströmte seinen Körper – auch wenn es auf eine andere, ungewohnte Weise geschah. Er gewann an Stärke, fühlte sich kräftig genug, um aufzustehen.

Ein Hämmern in seinem Kopf trieb ihn an. Eine rauchige Stimme flüsterte ihm etwas zu. Sie erinnerte ihn an etwas. Einen Auftrag, der mit Gewalt und Zerstörung zu tun hatte. Er sollte etwas oder jemanden vernichten. Sein Geist war zu verwirrt, um die Aufgabe genauer zu lokalisieren. Doch er war sich sicher, dass die beiden Gestalten, die vor seinen Augen miteinander stritten, darunterfielen.

Schon streckte er seine Arme aus. Seine schmalen, menschlichen Hände verwandelten sich in Pranken mit gefährlich aussehenden Krallen. Er musste sie selbst einen Moment bestaunen, ehe er weiter auf das Paar zuging. Sie bemerkten nicht, wie er sich ihnen näherte. Offenbar vermuteten sie nicht einmal, dass er dazu in der Lage wäre.

Röchelnd packte er sie beide an ihren Schöpfen. Die Frau schrie auf. Schrill und durchdringend keifte sie und schlug gleichzeitig mit beiden Armen um sich. Sie war vermutlich viel zu überrascht, um eine andere Form der Gegenwehr einzusetzen.

Der Mann hingegen entwand sich dem Griff mit einer geschickten Drehung. Schnell war er unter dem Arm seines Angreifers hindurchgeschlüpft, tauchte hinter ihm wieder auf und ließ ihn mit einem gewaltigen Stoß in den Rücken nach vorn stolpern.

Pete sah den Mann fallen. Es war offensichtlich, dass er nicht die volle Kontrolle über seinen Körper besaß. Unbeholfen ergab er sich dem Sturz. Mit einer Hand hielt er Asha nach wie vor fest. Sie starrte ihn an, ungläubig und nicht in der Lage, sich seinem Anblick zu entziehen. Bevor er sie unter sich begraben konnte, schritt Pete ein. Er entriss sie den Armen des Angreifers und lehnte sie mit dem Rücken gegen die Wand, wo sie augenblicklich zu Boden rutschte.

»Ich habe das Böse in ihm gefühlt«, brachte sie tonlos hervor.

Der Mann brach in sich zusammen. Er brummte unverständliche Worte, drehte sich, trat mit den Füßen aus – doch das alles half nichts. Die Koordination seiner Gliedmaßen blieb auf ein Minimum beschränkt.

Mit Hilfe seiner dunklen Magie drehte Pete ihn herum und ließ ihn sich halb aufrichten. Weit genug, um in sein sabberndes, vom Wahnsinn gezeichnetes Gesicht sehen zu können.

»Damian«, brachte er hervor. »Auftrag ausführen … Vampire töten …«

Pete wollte nicht glauben, was er hörte. Hatte Damian Black diesen Mann mit seiner Bösartigkeit infiziert?

Unterschlupf

Libba starrte eine Weile ins Leere und versuchte, sich zu überreden, die Augen zu öffnen. Anschließend kniff sie sich in den Unterarm und stieß mit dem Schienbein gegen die Kante des Sessels. Beides verursachte ihr Schmerzen und zeigte deutlich, dass sie nicht schlief.

»Ich könnte dich beißen, wenn es dir hilft, die Wahrheit zu akzeptieren.« Mit einem Mal war Cedric neben ihr. Er berührte sie nicht, und dennoch spürte sie ihn so überdeutlich, dass ihr beinahe schwindelig wurde. Seine Ausstrahlung war atemberaubend. Libba konnte sich nicht entscheiden, ob sie vor Angst sterben oder vor Sehnsucht vergehen wollte. Diese Empfindungen lagen so dicht beieinander, dass sie fast verschmolzen.

Libba verzog das Gesicht. »Erst rettest du mich, und dann willst du mich beißen?«

»Wenn es dir hilft.«

Sie schüttelte den Kopf.

»Dann kann ich nichts weiter tun.« Er stand auf und

ging ein paar Schritte durch den Raum. Sofort brach in Libba Panik aus. Was, wenn er sie alleine zurückließ? Wenn er kein weiteres Mal kommen und sie aus den Fängen irgendeiner dieser Höllenkreaturen befreien würde?

»Warte!« Blitzschnell hüpfte sie aus dem Sessel, ihm hinterher. »Wo willst du hin?«

Cedric betrachtete sie mitleidig. Natürlich konnte er sie nicht zurücklassen. Das würde ihren sicheren Tod bedeuten. Obwohl er sich nicht im Klaren war, warum er so empfand, musste er sie beschützen.

Sie war eine von den Frauen, die Cedric normalerweise gar nicht beachten würde. Auf ihr Äußeres legte sie augenscheinlich keinerlei Wert. Die stumpfen halblangen Haare passten nicht zu dem blassen Mondgesicht mit der kleinen Stupsnase und den farblosen Lippen. Auch ihre breiten Hüften und ihre kurzen stämmigen Beine schienen sie selbst überhaupt nicht zu stören. Sie war mit sich zufrieden, und vielleicht war genau das der Grund, der sie trotz allem attraktiv erscheinen ließ.

Cedric musste sich außerdem eingestehen, dass sie einen angenehmen Duft verströmte. Ihr Blut würde sehr frisch und süß schmecken. Bei dem Gedanken daran fuhr er mit der Zungenspitze über seine Oberlippe. Die Versuchung war enorm, doch er durfte sich nicht hinreißen lassen.

Libba schüttelte sich innerlich. Cedric vermittelte den Eindruck, als könne er sie durchschauen. Als wisse er im Vorfeld, was sie tun oder sagen wollte. Der Gedanke erschreckte sie.

Seine gierigen Blicke verwirrten sie. Obwohl sie in einem Kleid steckte, fühlte sie sich entblößt. Es wäre ihr unangenehm gewesen, nackt vor ihm zu stehen, und doch vermittelte die Vorstellung einen unbestimmten Reiz. Dieser Mann war so schrecklich attraktiv und noch dazu ein Vampir. Zumindest behauptete er das von sich. Libba konnte nicht umhin, darüber nachzudenken, wie es wohl wäre, mit ihm zu schlafen. Würde sie einen Unterschied zwischen ihm und einem normalen Menschen feststellen? Als er mit der Zungenspitze über seine Oberlippe fuhr, brachte es sie zum Erschaudern.

Cedric spürte ihre Erregung mit jeder Faser. Ihr Duft änderte sich von süßlich zu erotisch. Sie benebelte ihn geradezu, je länger sie so nahe vor ihm stehen blieb. Wie selbständig streckte sich seine Hand aus, fuhr über ihr Haar bis in den Nacken. Libba legte den Kopf ein Stück zurück und ließ sich von ihm kraulen. Kein Zweifel, dass es sich für sie sehr angenehm anfühlte.

Doch schließlich hörte er auf und räusperte sich, um das betretene Schweigen zu brechen.

»Wir können hier nicht länger bleiben«, sagte er. »Der Tag bricht bald an.«

»Oh«, entfuhr es Libba. Das Knistern zwischen ihnen war schlagartig zum Erliegen gekommen. Cedric konnte hören, wie sich ihre Gedanken überschlugen. Wie sie in ihrem Gedächtnis nach allem kramte, was sie jemals in Büchern und Filmen über Vampire erfahren hatte. »Du legst dich tagsüber in deinen Sarg, nicht wahr?« Ihre erstarrten Gesichtszüge zeigten, dass diese Vorstellung sie gruselte. Lebendig begraben – zumindest soweit man seinen Zustand als lebendig bezeichnen konnte.

»Nein, kein Sarg.« Er lachte. »Ihr Menschen seid manchmal wirklich sehr komisch. Nur weil wir dazu gezwungen sind, tagsüber zu ruhen, müssen wir das nicht gleich in einem Sarg tun. Ein gewöhnliches Bett genügt mir auch.«

Libba sah sich um. In diesem Hotelzimmer gab es ein solches Bett. Die Werwölfin war verschwunden, und niemand sonst wusste von ihrer Anwesenheit hier. »Wir müssen nicht verschwinden. Du kannst hier schlafen, und ich passe auf, dass dich niemand stört. Immerhin wäre das bestimmt sehr schlecht.«

»Ja, das wäre es. Deshalb können wir auch nicht bleiben. Hör mir zu«, er sah ihr fest in die Augen, »wir sind hier nicht sicher. Die Wolfsfrau kennt diesen Ort und wird zurückkehren, sobald sie sich erholt hat.«

»Aber …« Libba schnappte nach Luft. »Aber du hast sie aus dem Fenster geworfen. Sie ist tot. Sie muss tot sein.«

»Nein, so schnell wirst du einen Werwolf nicht los. Dazu braucht es mindestens ein, zwei Silberkugeln – oder gewisse andere Mittel.«

»Wie?« Libba fasste sich an den Kopf, als würde er unsagbar schmerzen. »Das heißt …«

»Sie wird zurückkommen, um ihre Aufgabe zu beenden. Wir müssen uns einen anderen Unterschlupf suchen. Etwas, wo wir sicher sind. Ich weiß auch, wo das sein kann. Aber dafür musst du mir vertrauen. Dieser Ort könnte dir Angst machen. Ebenso die Art und Weise, wie ich dich dorthin bringen möchte.«

Libba machte ein wenig überzeugtes Gesicht. Was hatte er vor? Kurz wog sie die Möglichkeiten ab, die ihr zur Verfügung standen, und stellte fest, dass keine vielversprechend klang. Daher beschloss sie kurzerhand, Cedrics Angebot anzunehmen und ihm zu vertrauen.

Er schüttelte seine Arme zu den Seiten aus. Dabei fiel schwarzer Stoff von seinen Schultern und ergoss sich über seinen Körper bis zum Boden.

In einen Umhang gehüllt stand er vor ihr. Er sah genauso elegant aus wie zuvor, nur etwas altertümlicher.

Sie verstand nicht, weshalb Cedric seine Kleidung wechselte. Auch nicht, als er auf sie zukam, sie an seine Brust zog und sie mit in den Umhang einwickelte. Wenn es ihm nach Körperkontakt verlangte, hätte er das auch auf andere Weise erreichen können, dachte sie noch, aber schon im nächsten Moment begann sich der Raum um sie zu drehen. Sie wurde in einen heftigen, tiefdunklen Strudel gezogen. Ihr Herz raste. Ein unbekanntes, erschreckendes Gefühl bemächtigte sich ihrer. Als würde sich ihr Körper in viele klitzekleine Stücke auflösen.

Kurz darauf war alles vorbei. Cedric hielt sie noch immer, aber sie waren nicht mehr in den Umhang eingewickelt. Er fasste sie bei den Schultern, da sie auf ihren wackeligen Beinen zu stürzen drohte.

Sie hielten sich draußen auf. In einer Art Vorgarten. Obwohl ihr Kopf zwischenzeitlich zu dröhnen begonnen hatte, versuchte Libba, einen klaren Verstand zu behalten. Sie sah sich um, entdeckte Bäume und einen Weg. Ohne es zu bemerken, schritt sie an Cedrics Seite weiter voran. Ein Gebäude ragte vor ihr auf. Die hohen Mauern einer Kirche.

»Wo sind wir?«, fragte Libba. Sie fühlte sich betrunken, obwohl sie keinen Schluck zu sich genommen hatte.

»An einem sicheren Ort.« Cedric führte sie links an der Kirche vorbei, bis sie an eine Stelle mit einer seltsamen Markierung in der Wand angelangten. Eine Art Vogel, der in den Stein geritzt war. Über ihm ein Halbkreis, der wie ein Dach wirkte.

Cedric bedeckte die Markierung mit einer Handfläche. Er sprach ein seltsames Wort, und schon tat sich in der Mauer eine dunkle Spalte auf. Groß genug, damit Mensch und Vampir gemeinsam hindurchschlüpfen konnten. Libba wusste nicht, wie ihr geschah, schon fand sie sich auf der anderen Seite wieder. Eine enge Zelle, die durch ein Eisengitter von dem Innenraum der Kirche abgetrennt war.

»Was ist das hier?«, entfuhr es Libba panisch.

Erneut ergriff Cedric sie bei den Schultern und schob sie vorwärts in die Dunkelheit hinein. Libba stolperte und fluchte. Sie wollte sich an den Wänden entlangtasten, schürfte sich jedoch nur die Haut auf.

»Wo hast du mich hingebracht?«, verlangte sie zu wissen. Ihre Stimme nahm deutlich an Kraft zu. »Willst du es etwa doch tun? Mich umbringen?« Sie schnaufte verächtlich. »Klar, hier wird mich so schnell niemand finden.«

»Hör auf damit.«

Ein Licht flammte auf, deren Quelle Libba nicht ausmachen konnte. Doch sie war dankbar, endlich wieder die Hand vor Augen sehen zu können.

»Hier sind wir sicher. Das ist alles.«

Sie hatten ihr Ziel erreicht. Einen in Stein gehauenen Raum ohne Fenster oder sonstige Öffnung. Es gab lediglich den Gang, durch den sie hierhergelangt waren, und darin erkannte Libba vor Finsternis rein gar nichts.

»Hier können wir bleiben.«

»Was soll das heißen?« Die Panik drohte ihr die Kehle zuzuschnüren. »Du erwartest doch nicht etwa, dass ich mit dir hier den Tag verbringe? Was ist das schon für eine Alternative zu einem Sarg?«

»Nun, du wirst kaum eine andere Wahl haben.« Cedric legte eine Hand unter ihr Kinn und zwang sie mit sanfter Gewalt, ihm in die Augen zu blicken.

Sie beruhigte sich schnell. Ihr Pulsschlag wurde stetig langsamer. Schließlich gähnte Libba schläfrig. Willenlos sank sie in seine Arme.

Dort würde sie den Tag über bleiben, bis die Sonne das nächste Mal unterging.

Rachegelüste

Eliza kehrte etwas später in der Nacht zurück zum Hotel. Dieses Mal schlich sie sich vom Hinterhof her an und kletterte an der Außenfassade hinauf. Sie entdeckte ein weit geöffnetes Fenster. Eine Gelegenheit, die sie nicht verstreichen ließ. Gleich durch dieses Fenster verschaffte sie sich Einlass in das Hotel.

Aus dem Badezimmer hörte sie Geräusche. Offensichtlich vergnügte sich dort ein Paar unter der Dusche. Sie überlegte, ob sie sich dazugesellen sollte. Die beiden wären ein willkommener Snack, aber sie verwarf den Gedanken wieder. Es würde sie nur unnötig Zeit kosten.

Das Paar sollte von ihr nichts hören oder sehen, abgesehen von dem Klacken der Tür, als sie das Zimmer verließ.

Schlendernd durchquerte Eliza den Flur. Das Zimmer des Vampirs und seiner Menschenfreundin lag in unmittelbarer Nähe. Sie freute sich auf die Reaktion der Frau, die gewiss nicht mit ihrem neuerlichen Auftauchen rechnete.

Vor der Tür angekommen, blieb Eliza grinsend stehen. Gleich würde es so weit sein. Ihre Rache war nah. Sie holte aus und trat mit dem rechten ihrer Plateauabsätze die Tür ein. Das Holz krachte zu Boden. Eliza stellte sich mitten hinein und ließ die Splitter durch den gesamten Raum fliegen. Staub wirbelte auf und tanzte um sie herum.

Sie schnupperte. Der Geruch des Vampirs und seiner Freundin hing noch in der Luft, doch in dem Zimmer regte sich nichts. Mit einem Handwink schob Eliza die Möbel beiseite. Sie ließ sie gegen die Wände donnern und brachte die Fensterscheiben zur Erschütterung.

Cedric hatte ihr eine Falle gestellt. Er hatte eine perfekte Illusion geschaffen, die Eliza glauben machte, sie hielten sich noch immer in dem Hotel auf.

Hinter ihr tauchte plötzlich ein Mann auf. Ein Hotelangestellter, wie sie an seiner Kleidung erkannte. Er war jung und schmächtig. Seine Augen weiteten sich bei ihrem Anblick und dem des verwüsteten Zimmers.

»Komm, mein Junge«, lockte sie ihn. »Komm zu mir.«

Sie streckte ihre schwarzen langen Fingernägel in seine Richtung. Der Mann schluckte. Sie sah seinen Adamsapfel nervös vibrieren. Doch er folgte ihrer Aufforderung, wurde in den Bann ihrer magischen Kraft hineingezogen. Immer weiter kam er auf sie zu, bis er die Hand ausstreckte und nach ihr griff.

Kaum berührte er sie, riss Eliza ihn herum. Sie wirbelte ihn durch das Zimmer, bis sie ihn mit brachialer Gewalt zu Boden warf. Hustend krümmte sich der Mann. Sein Gesicht war kreidebleich.

Eliza schubste ihn mit ihren Plateaustiefeln an. Sie dirigierte ihn in Rückenlage, um sich rittlings auf ihm abzusetzen. In dieser Position verharrte sie, trommelte mit ihren langen Fingernägeln auf seinem Oberkörper. Dann endlich sah er zu ihr auf.

»Was …?«, setzte er an. Doch Eliza legte ihren Zeigefinger gegen die Lippen und brachte ihn mit einem »Schhh« zum Schweigen.

Die Nacht war weit vorangeschritten und ihre Suche noch lange nicht beendet. Da würde es nichts mehr ausmachen, wenn sie sich ein wenig vergnügte. Schließlich hatte sie bereits auf das Paar unter der Dusche verzichtet. Ihr Opfer war jung, vielleicht 20 Jahre alt. Er zitterte unter ihr, was Eliza belustigte. Sie hätte ihn in die Wange kneifen und ihm über das Haupt tätscheln sollen. So wie man es bei Kindern machte, denn er verhielt sich wie eines.

»Du fürchtest dich«, flüsterte sie ihm zu. »Aber das musst du nicht. Ich kann sehr zärtlich sein. Möchtest du wissen, wie sehr?«

Sie hypnotisierte den Mann mit einem Augenschlag, legte ein helles Leuchten in ihren Blick – und einen Hauch von Boshaftigkeit. Im nächsten Moment packte sie zu, drückte fest gegen seinen Hodensack. Sie lachte heiser, während sie seine empfindlichsten Regionen eine Weile quetschte und ihn eher Schmerz als Lust empfinden ließ. Er wollte nach ihr treten. Sein rechtes Bein begann zu zucken. Die volle Kontrolle darüber blieb ihm jedoch versagt. Ihre Macht fesselte ihn an den Boden und zwang ihn zur Reglosigkeit.

»Ohooo …«, machte Eliza. Sie zeigte ihm die Zähne. Eine Reihe spitzer Beißer, die ihm mehr als ungewöhnlich erscheinen musste.

Er bäumte sich auf, wollte sich mit aller Macht von ihr fortbewegen, und als Eliza diesen Zustand bemerkte, lockerte sich ihr Griff. Ganz sanft betastete sie ihn. Sie massierte ihn, rieb ihn, bis sich sein Glied hart gegen den Stoff seiner Hose drängte. Er konnte nicht verhindern, dass ihm ein Stöhnen entschlüpfte.

»Ja«, hauchte Eliza verführerisch, »so ist es gut, habe ich recht? So magst du es.«

Ihre Bewegungen wurden schneller. Sie knetete seinen

Penis auf derart erregende Weise, dass der störende Stoff in Vergessenheit geriet und er sie anflehte, ihm mehr zu geben. Bald lag er willenlos ergeben unter ihr auf dem Boden. Sie hätte alles mit ihm machen können, würde er nur seinen Höhepunkt erreichen. Eliza spielte mit dem Tempo. Sie reizte ihr Opfer, bis er beinahe zum Orgasmus kam, hörte jedoch kurz vorher auf. Das Gleiche wiederholte sie mehrere Male. Seine angestrengt zusammengepressten Lippen und die tiefe Falte in seiner Stirn waren ein herrlicher Anblick. Die lustvolle Qual, die sie ihm zufügte, erregte sie. Es fühlte sich für sie erfüllender an als ihre eigene sexuelle Befriedigung.

Erst als sie Geräusche vernahm, die sich von unten die Treppe hinauf, über den Flur und in das Zimmer zu schleichen drohten, fand Eliza ein Ende. Mit einer knappen Handbewegung brachte sie den Mann zur Ejakulation. Er stöhnte ein letztes Mal auf und sank wie ein Ballon, dem die Luft ausging, in sich zusammen.

Beinahe tat es ihr leid, dass sie ihn nicht am Leben lassen konnte.

Nun musste Eliza doch wieder aus dem Vorderfenster heraus. Es blieb ihr nichts anderes übrig, als erneut vor dem Eingang des Hotels auf dem Bürgersteig zu landen. Dieses Mal kam sie wie eine Katze auf den Füßen zum Stehen.

Zu dieser Uhrzeit hielten sich nur wenige Menschen auf der Straße auf. Die meisten konnte Eliza mit ihrem schnellen Verschwinden täuschen, und den anderen würde man vermutlich keinen Glauben schenken, wenn sie von ihrem Erlebnis erzählten.

Sie durchstreifte in ihrer extremen Geschwindigkeit die Straßen. Wie ein dunkler Schatten huschte sie an den Häusern vorbei, stieß alles zur Seite, was ihr dabei im

Weg stand. Sie verfolgte die Spur des Vampirs, was kein einfaches Unterfangen war, denn zwischendurch verlor sie sich immer wieder. Eliza fluchte. Die Nacht neigte sich dem Ende, und als einzigen Anhaltspunkt machte sie die Temple Church aus. Dort war die übernatürliche Ausstrahlung am stärksten. Allerdings konnte sich Eliza kaum vorstellen, dass sich Cedric tatsächlich in der Nähe aufhielt. Das war nicht gerade der perfekte Ort für einen Vampir.

»Na gut, was soll's«, zischte sie. »Dann warte ich hier eben bis zum nächsten Sonnenuntergang.«

Sie sah sich um. Im Dach der Kirche entdeckte sie einen Spalt. Nicht groß, aber ausreichend. Geschwind stieg sie an der Wand hinauf und schlüpfte durch die Öffnung ins Innere. Eine Taubenfamilie hatte sich dort eingerichtet, und es bereitete Eliza Freude, sie aus ihrem Nest zu vertreiben. Dies war nun ihr Unterschlupf. Als Werwölfin konnte ihr die Sonne zwar nichts anhaben, dennoch hielt sie sich lieber von ihr fern. Die Nacht war ihr Revier.

Damian tobte. Nicht aus Zorn, sondern vielmehr aus Ungeduld. Die Sonne drohte unterzugehen, und Eliza war noch nicht zurückgekehrt, um ihm von einer erfolgreichen Mission zu berichten.

»Muss ich mich etwa erst selbst auf den Weg machen?« Er sprang von seinem Stuhl. Sein Blick fixierte die alte Underwood-Schreibmaschine. Ohne weiter nachzudenken, griff er das Gerät und warf es in die nächste Ecke. Es schepperte.

Paul zog den Kopf ein. Er hatte die ganze Zeit über vor Damians Schreibtisch gestanden und den Wutausbruch seines Meisters verfolgt.

»Ich dachte, das wäre eines Ihrer Lieblingsstücke.«

Damian grollte. »Das war es auch.« Er ging um den Tisch herum auf die Maschine zu und trat gegen sie. Einmal, zweimal – bis sie nur noch ein Klumpen war, den man zu nichts mehr gebrauchen konnte.

»Schaff das weg«, wies er Paul an.

Paul setzte sich schnell in Bewegung, da er fürchtete, ansonsten in Ungnade fallen zu können. Er führte sämtliche Befehle von Damian aus, ohne sie jemals zu hinterfragen. Nun hob er die zertrümmerte Schreibmaschine vom Boden auf. Er wollte sie hinausbringen, doch Damian hielt ihn an der Schulter fest.

»Ich habe nichts davon gesagt, dass du schon gehen darfst.«

Paul spürte das Knurren in seinem Nacken. Es versetzte ihm eine Gänsehaut. Seine Finger krallten sich an den Geräteklumpen und drückten ihn fest gegen seine Bauchdecke. Es fühlte sich beinahe so an, als würde Damian dem Druck noch ein wenig nachhelfen. Paul brachte kein Wort über die Lippen. Er wartete ab.

Sein Meister legte ihm eine Hand auf die Schulter. »Warte noch einen Moment.«

Von einem gewaltigen Schub erfasst, glaubte Paul, er müsse vornüberkippen. Eine unsichtbare Macht wollte ihn gen Boden zwingen. Er taumelte. Doch er blieb standhaft. Bis das Bild vor seinen Augen allmählich verschwamm. Dann nahm Damian die Hand von ihm und entließ ihn stolpernd.

»Jetzt darfst du gehen.« Sein Gesicht zeigte ein diabolisches Grinsen.

Pete gelang es, den jungen Werwolfmann unter einen Bann zu stellen. Er dirigierte ihn zurück auf den Steinaltar. Dort legte er sich ab, mit ausgestreckten Gliedern, die wie unter Drogeneinfluss zu zittern begannen.

»Vielleicht hätten wir ihn nicht retten sollen«, warf Asha ein. »Vielleicht …« Sie stockte. Die folgenden Worte kamen ihr schwerfällig über die Lippen. »Könnte es möglich sein, dass Cedric etwas damit zu tun hat? Dass er mit Damian zusammenarbeitet?«

Eiskalt war der Blick, den Pete ihr daraufhin schenkte.

Noch vor wenigen Augenblicken hatte sie Cedric als ihren einzig möglichen Erlöser beschworen. Nun hielt sie ihn offenbar für das Böse höchstpersönlich. Wie schnell ihre Meinung umschwenkte. Es widerte Pete an.

Wenigstens innerhalb ihrer eigenen Reihen sollten sie zusammenhalten. Wie sollten sie es auf andere Weise schaffen, einen Krieg zu gewinnen?

»Du solltest deine Anschuldigungen nicht so mutwillig durch die Gegend schleudern.«

Er beobachtete, wie sie die Arme vor der Brust verschränkte. Ohne Zweifel hatte er sie beleidigt.

»Nun«, entgegnete sie, »du wirst schon wissen, was du tust. Aber er«, sie deutete mit dem Kopf auf den Jungwolf, »sollte nicht hierbleiben.«

»Wir können ihn nicht einfach vor die Tür setzen. Er kennt unser Versteck und wird es mit Sicherheit an Damian verraten.«

»Es gibt auch andere Möglichkeiten.« Asha blickte erwartungsvoll.

»Nein«, sagte er, denn er ahnte, worauf sie hinauswollte. »Wir werden ihn nicht töten oder irgendwem zum Fraß vorwerfen.«

»Und was hast du dann vor? Willst du ihn in einen Käfig sperren und darauf warten, dass er ausbricht und dich tötet?« Sie verspottete ihn. Sie glaubte offenbar nicht daran, dass man einen Werwolf auf Dauer unter Kontrolle halten konnte. Selbst Pete wusste, dass dies kaum möglich war. Schon gar nicht bei einem, der gerade erst am Anfang seiner Entwicklung stand. Beim nächsten Vollmond würde er sich verwandeln. Das Ausmaß der Kräfte und Fähigkeiten, die er entwickeln würde, war nicht vorhersehbar.

»Ein Käfig ist gar keine schlechte Idee.« Im Geiste formte Pete bereits ein großes Gestell aus Eisenstangen. Eines, das den Raum um den Steinaltar ausfüllen sollte. Die Tür würde er mit einer Silberkette verschließen, so dass kein Werwolf in der Lage wäre, sie zu öffnen.

Noch während er darüber nachdachte, wuchsen die Eisenstangen aus dem Boden. Sie schlossen sich ringsum an den Wänden zu einer Einheit zusammen.

Asha bekam mit, wie in seinen Händen eine Silberkette aus dem Nichts erschien. Sie hatte zuvor nicht gewusst, dass er über derlei Kräfte verfügte. Nun hatte er sich ihr offenbart.

Cedric betrachtete die schlafende Libba. Er fuhr die weichen Züge ihres runden Gesichts mit seinem Zeigefinger nach. Auf ihrer Nase entdeckte er mehrere Sommersprossen. Er wunderte sich, denn die kleinen, blassen Flecken waren ihm zuvor nicht aufgefallen. Eigenartig, dass ihm dieses Detail entgangen war. Es verlieh ihr einen liebenswerten Ausdruck.

Liebenswert. Cedric grübelte über dieses Wort nach

und fragte sich, zu welcher Gelegenheit er es zuletzt benutzt hatte.

Während Libba leise schmatzte, kuschelte sie sich an seine Brust. Ihre Finger glitten über seinen Körper, als wäre es das Normalste der Welt. Sie drehte den Kopf ein wenig, so dass ihre Lippen seinen Handrücken streiften. Eben noch hatte er sie berührt, nun erstarrte er. War ihr Schlaf so fest, wie er meinte?

Er spürte ihren Atem. In gleichmäßigen Zügen traf er auf seine Finger, die bei jedem neuen Hauch ein Stück zurückzuckten. Schließlich versteifte sich Cedric. Er richtete sich auf, schob Libba von sich und lehnte sie mit dem Rücken gegen die Wand.

Doch ehe er sie weckte, erschuf er mehrere Kerzen, deren Schein den Raum erhellte.

»Wach auf«, flüsterte er ihr zu, und sie schlug die Augen auf, als hätte sie nur auf sein Kommando gewartet.

Libba wurde von einer scheinbar unkontrollierbaren Angst erfasst. Sie zitterte – mehr innerlich als nach außen, und doch klapperten ihre Zähne, sobald sie den Versuch unternahm, etwas zu sagen. Es war ihr unangenehm, sich nicht unter Kontrolle zu haben. Daher presste sie die Lippen aufeinander und sah fragend zu Cedric auf.

Er musste den feuchten Glanz in ihren Augen bemerkt haben. Wie sie dasaß und die Arme vor dem Oberkörper verschränkte, als wolle sie sich umarmen, bot sie ganz sicher einen jämmerlichen Anblick. Doch er sagte nichts. Er schwieg sie an, mit einer unerklärlich verschlossenen Miene. Etwas musste ihn verstimmt haben. Aber was?

Endlich nahm Libba ihren Mut zusammen. Sie atmete tief ein, um die Frage mit einem Zug aus sich herauszupressen. »Ist es endlich wieder Nacht, und können wir jetzt gehen?«

Cedric war erstaunt über ihr Begehren. Vor wenigen Augenblicken hatte er noch angenommen, sie fühle sich in seiner Gegenwart mehr als wohl. Offensichtlich eine Täuschung, sagte er sich und konnte nicht fassen, wie traurig ihn dies stimmte. Hatte er sich – tief in seinem Inneren – etwas anderes erhofft?

Er schüttelte den Gedanken ab. Was sollte er mit einer Frau wie Libba anfangen?

»Ja, es ist wieder Nacht«, sagte er und stand auf. »Halt dich hinter mir, wenn wir hinausgehen. Du kannst im Dunklen nicht so gut sehen. Ich werde dich führen.«

»Ich könnte den Weg auch alleine finden«, gab sie kühn zur Antwort.

»Nein, könntest du nicht.« Er schritt durch die Dunkelheit. Libbas Bemühungen, sich an ihm vorbeizudrängen, brachten ihn nicht aus dem Konzept. Sie waren albern, und er belächelte sie. Allerdings war die Versuchung groß, sie blindlings in die Irre laufen zu lassen, um ihr zu beweisen, dass sie falschlag.

Nach endlos scheinenden Minuten erreichten sie das Gitter, das sie von dem Innenraum der Kirche trennte. Cedric streckte seine Hand nach der im Dunkeln liegenden Wand aus. Er berührte einen bestimmten Punkt. Diesen hätte Libba nicht ohne seine Hilfe ausmachen können. Sie hätte auch nicht gewusst, wie sein Trick funktionierte, einen Spalt in der Wand entstehen zu lassen. Wie angewurzelt blieb sie stehen, bis Cedric sie mit sich nach draußen zog.

Eliza hatte sich gerade aus dem Schlaf erhoben. Da hörte sie auch schon Geräusche, die von unten bis zu ihrem Versteck hinaufdrangen. Als sie ihre imaginären Fühler ausstreckte, strömte ein ganzer Schwall an Empfindungen auf sie zu. Angst, Wut und etwas ... Eliza hielt inne.

Konnte es sein, dass sie da einen Anflug von Verliebtheit wahrnahm?

Sie schlüpfte aus dem beengenden Dachboden ins Freie. Sie hangelte sich an der Wand hinab, stoppte etwas unterhalb der Mitte. An der Kante eines Fensters hielt sie sich fest.

Vor sich, im Schein des Mondes, erkannte sie ein Paar, das sich von der Temple Church fortstahl. Es waren die beiden Verliebten, die offenbar miteinander stritten und ihre Emotionen in der Luft verteilten.

»Wie köstlich.« Eliza schnalzte mit der Zunge, als sie sah, dass es sich bei dem Paar um Cedric und seine Menschenfreundin handelte. Sie waren abgelenkt und mit sich selbst beschäftigt. Die perfekte Gelegenheit, um sie zu überraschen.

Schnell sprang die Wolfsfrau weiter nach unten, bis sie mit den Füßen auf dem Erdboden landete. Sie durchbrach alle Raum- und Zeitverhältnisse und tauchte mit einem Mal vor dem Vampir auf. Der lange Nagel ihres ausgestreckten Zeigefingers bohrte sich in Cedrics Brust.

Er machte einen Schritt zurück. Sein Gesichtsausdruck zeigte, dass es ihr gelungen war, ihn zu überrumpeln.

»Du schon wieder.« Der seufzende Unterton in seiner Stimme sprach für Arroganz. »Hast du noch nicht genug von unserer letzten Begegnung?«

Eliza betrachtete ihn und seine Freundin abschätzend. »Hättest du mich nicht auf eine belebte Straße geworfen, wäre ich wesentlich früher zurückgewesen.«

»Oh, sag bloß, du bist gegen die Überzahl an Menschen nicht angekommen.«

»Nein.« Sie nahm ihren Finger von seiner Brust, um die Arme zu verschränken. »Aber das Rendezvous mit dem Rettungssanitäter konnte ich mir unmöglich entgehen lassen.« Ihre Zunge fuhr genussvoll über ihre Oberlippe. Selbstzufrieden registrierte sie Cedrics Abscheu.

Libbas Blicke irrten zwischen dem Vampir und ihr hin und her. Sie versuchte offenbar zu verstehen, über was sie redeten. »Sie hat ihn umgebracht, oder?«, fragte sie unsicher an Cedric gewandt. »Das ist widerwärtig.«

»Nicht so widerwärtig wie das, was ich mit dir vorhabe«, drohte Eliza. Sie packte Libba am Kragen und zog sie zu sich heran, bis ihre Nasenspitzen sich berührten und sie über Libbas Wange lecken konnte. Die schüttelte sich vor Ekel, war jedoch unfähig, sich aus den kräftigen Klauen zu lösen. Cedric fasste sie von hinten um die Taille, befreite sie und versetzte der Wölfin anschließend einen Schlag in die Magengrube.

Eliza fing ihren Sturz mit einer geschickten Drehung ab. Sie machte einen Salto durch die Luft und landete im Rücken des Vampirs. Mit voller Wucht trat sie ihm ins Kreuz. Er ließ von Libba ab, die nach vorne fiel und sich am Boden zusammenkrümmte.

Cedric wich zur Seite aus. Halb in der Hocke sah er zu Eliza auf. Seine Augen funkelten wütend.

»Du hast tatsächlich noch nicht genug.«

»Nein«, sagte sie lachend, »so schnell stellst du mich nicht zufrieden.«

»Wenn ich mit dir fertig bin, wirst du nie wieder die Gelegenheit haben, zufrieden zu sein«, knurrte Cedric. Er machte sich bereit zum Sprung.

»Das werden wir ja sehen.«

In einem Satz, den ein menschliches Auge kaum erfassen konnte, trafen Vampir und Werwölfin aufeinander. Ihre Körper verkeilten sich miteinander im Kampf. Wie ein Strudel der Dunkelheit fegten sie über den Erdboden.

Libba wagte es nur zaghaft, sich zu regen. Ungläubig beobachtete sie das Szenario. Wer von beiden einen Treffer erzielte und dem anderen Schaden zufügen konnte, erkannte sie nicht. Die Gestalten verschmolzen beinahe mit der Dunkelheit. Nur Schatten von einem Arm oder einem Kopf blitzten gelegentlich auf, um gleich wieder zu verschwinden.

Langsam kroch Libba über den Boden. Mit jedem Stück, das sie vorankam, richtete sie sich etwas mehr auf. Dann erreichte sie einen Baum, an dem sie Halt suchte und hinter dem sie sich versteckte. Aus dieser Position spähte sie auf den Platz, wo Vampir und Werwölfin sich bekriegten.

Libbas Knie waren weich, und sie spürte, wie sie von einem Zittern erfasst wurde. Sie hatte Angst, dass die Werwölfin gewinnen und Cedric vernichten könnte. Vielleicht sollte sie nicht darauf warten. Vielleicht sollte sie sich auf der Stelle aus dem Staub machen.

Dann fiel unverhofft ein Schuss.

Libba erstarrte, als wäre sie getroffen worden. Sie brauchte einen Moment, um das Geschehen verarbeiten zu können, dann stellte sie fest, dass ihr nichts fehlte. Es war lediglich der Schreck gewesen.

Der dunkle Strudel kam zum Erlahmen. Eine Gestalt sackte zu Boden, die andere thronte in grausamer Erscheinung über der Gefallenen auf.

Kurz hielt Libba den Atem an. Ihr Herz schien für einen Schlag auszusetzen. Doch schließlich konnte sie in den Schemen des triumphierenden Wesens das Gesicht von Cedric erkennen. Er trat von der verletzten Werwölfin zurück. Die wimmerte leise und presste beide Hände auf ihren rechten Oberschenkel. Es floss kein Blut, doch die Wunde vergrößerte sich auf seltsame Weise.

Der Vampir wirbelte herum, suchte, woher der Schuss

so plötzlich gekommen war. Aus den Schatten der Temple Church trat ein Ordensmann.

»Du wirst mir nichts anhaben können.« In den Händen hielt der Mann eine Pistole mit einem langen, schmalen Abzug. An der einen Seite war ein Glasröhrchen mit einer Reihe Silberkugeln befestigt. Das Röhrchen auf der anderen Seite enthielt eine Flüssigkeit. Weihwasser vermutete Libba.

»Das haben Sie schon mal gesagt«, sprach Cedric aus und schenkte dem Mann einen besänftigenden Blick. »Warum glauben Sie, dass ich Ihnen etwas tun würde?«

»Du bist das Böse.« Der Mönch setzte die Pistole an und betätigte am Abzug den Hebel für das Weihwasser. Mit einem Klick war die Munition geladen. Nun brauchte er sie nur noch abfeuern.

»Nein«, schrie Libba aus ihrem Versteck hinter dem Baum. Dass Cedric den Kampf mit der Werwölfin überlebt hatte und nun von einem Geistlichen niedergestreckt wurde, wollte sie auf keinen Fall zulassen. Sie wusste nicht, was sie ohne den Vampir tun sollte. Der Gedanke, ihn möglicherweise zu verlieren, zerriss ihr das Herz.

»Was ist das? Noch eine von euch?« Die Hände des Mannes begannen zu zittern. Libba lief auf ihn zu, was ihn so sehr erschreckte, dass er den Abzug durchdrückte. Das Wasser schoss aus der Pistole und traf Cedric mitten ins Gesicht.

Libba wusste nicht viel über Vampire und die Mittel, die man gegen sie verwenden konnte. Aber da der Ordensmann das Wasser als Waffe benutzte, glaubte sie, dass es bei Cedric eine ätzende Wirkung – oder zumindest etwas in der Art – erzielte. Erschrocken stoppte sie, legte eine Hand auf die Brust und wartete ab, was geschah.

Der Mann machte einen Schritt zur Seite und richtete seine Pistole auf Libba. Sie beachtete ihn nicht. Sie hatte nur Augen für ihren Vampir, der sich das Weihwasser emotionslos aus dem Gesicht wischte. Es hatte ihm nichts anhaben können. Libba wäre ihm am liebsten um den Hals gefallen, nur aufgrund der Tatsache, dass er sie nicht allein zurückließ.

Ein weiterer Spritzer kam aus der Pistole und klatschte an Libbas Schläfe. Sie zog den Kopf ein, denn das Wasser hatte sie eiskalt erwischt.

Der Geistliche brachte seinen Unmut über die Unwirksamkeit seiner Mittel lautstark zum Ausdruck. Er schüttelte seine Waffe, als könne er damit etwas bewirken. »Bei allen Heiligen«, rief er aus. »Was seid ihr für Kreaturen?«

»Sie ist ein Mensch, du Dummkopf.« Einen Wimpernschlag später war Cedric bei ihm und hielt seine Hände fest. »Aber ich bin ein Vampir, wie du schon sehr richtig bemerkt hast.«

Er leistete keinen Widerstand, sondern ließ die Pistole auf den Boden fallen und winselte um Gnade.

»Du wirst ihm doch nichts tun, oder?« Libba war zu ihnen gekommen. Sie fasste Cedric am Arm. Ein schwacher Versuch, ihn von dem Gottesmann loszubekommen. Doch sie bemerkte, dass sein Griff nicht sehr fest war. Sein Blick war weder hart noch erbarmungslos. Viel eher amüsierte er sich über die Panik seines Gegenübers.

»Nein«, sagte er schlicht und ließ von ihm ab.

Als er sich umdrehte, verfinsterte sich seine Stimmung. Die Werwölfin hatte sich aus dem Staub gemacht. Er spürte ihre Gegenwart nicht mehr.

Es gelang Eliza perfekt, ihre Ausstrahlung zu verbergen. So konnte sie in aller Ruhe auf dem Dach der Kirche sitzen und zu ihnen hinunterlugen.

Ihr Bein schmerzte. Es machte sie langsam in ihren Bewegungen, doch es brachte sie nicht um und auch nicht dazu, aufzugeben. Sie schwor sich, dass Cedric dafür büßen würde.

Fatale Nacht

Er hatte den gesamten Tag über nicht in den Schlaf gefunden. Ruhelos war er durch seinen Käfig geschlichen und immer wieder gegen die Eisenstangen gesprungen. Doch er musste einsehen, dass seine Versuche erfolglos blieben. Jedes Mal wenn er mit der Silberkette an der Tür in Berührung kam, durchzuckte es ihn, als hätte er sich verbrannt. Bei Anbruch des Abends gab er schließlich auf. Er hatte niemanden aus dem Schlaf reißen können, und auch jetzt schaffte er es nicht, Aufmerksamkeit auf sich zu ziehen.

Er setzte sich im Schneidersitz in die Mitte des Käfigs. Den Kopf stützte er in die Hände. Seine Gedanken waren ein einziges Chaos. An seine Vergangenheit konnte er sich nicht erinnern, ganz gleich, wie sehr er sich bemühte. Sein Leben schien mit dem Erwachen in dieser Höhle begonnen zu haben. In einem Körper, dessen Kräfte sich gerade erst entwickelten, und mit einem Auftrag, der fest in ihm verwurzelt war. Er sollte Damian Black zu Diensten sein. Obwohl er sich nicht erinnern konnte, ihm jemals begegnet zu sein, hatte er das Bild von ihm genau vor Augen.

Aber wie sollte er sich aus seiner Lage befreien?

Und wer waren die anderen, die ihn hier gefangen hielten? Sie gehörten nicht zu denen, die er vernichten sollte – dessen war er sich nach reiflicher Überlegung sicher. Aber auch sie spielten eine Rolle in dem großen Plan seines Meisters.

»Wie ist dein Name?«, hörte er plötzlich jemanden fragen. Als er aufsah, erkannte er den Vampir, der ihn gebannt und in den Käfig gesteckt hatte. Sofort war er wieder auf den Füßen und sprang ihm entgegen. Er krachte gegen die Eisenstäbe. Abermals verbrannte er sich an der Silberkette. Ein weiterer Striemen zeichnete seinen nackten Oberkörper. Knurrend wich er zurück. In angriffslustiger Haltung blieb er stehen und stierte den Vampir an.

»Hast du überhaupt einen Namen?«

»Wer will das wissen?«, grunzte er.

»Ich glaube nicht, dass du in der Lage bist, die Fragen zu stellen. Aber wenn es dich glücklich macht: Mein Name ist Pete.«

»Pete.« Er spuckte aus. »Und warum hältst du mich hier fest, Pete?«

»Du hast meine Frage noch nicht beantwortet. Wie ist dein Name?«

Sie standen sich so dicht gegenüber, dass zwischen ihnen die Luft zu brennen schien. Er ballte die Hände. Gäbe es keine Gitterstäbe, hätte er den ersten Schlag längst getan. Doch so, wie die Dinge lagen, blieb ihm keine Chance. Er musste über seinen Namen grübeln. Tatsächlich wollte ihm nicht einmal dieses einfache Detail seiner Existenz in den Sinn kommen. Er schüttelte den Kopf.

»Nun?«, fragte Pete nach. »Hast du etwa keinen Namen?«

»Jeder hat einen Namen.«

»Aber du kannst dich nicht erinnern.«

Diese Feststellung quittierte er mit einem unzufriedenen Brummen. Er war nicht bereit, das Offensichtliche zuzugeben.

»Dann werde ich dich einfach ›Luc‹ nennen – so wie Asha.« Pete fasste mit einer Hand nach einem der Gitterstäbe. Er lehnte sich vor, vermittelte ihm mit einer Geste, dass er ihm nichts Böses wollte. »Und zu deiner anderen Frage: Ich kann dich nicht gehen lassen. Damian Black ist unser Feind. Er will uns alle vernichten. Also wirst du verstehen, dass ich dich nicht einfach zu ihm zurücklaufen lassen kann.«

Luc. Obwohl sein richtiger Name sicherlich anders lautete, beschloss er, dass ihm dieser gefiel. Er passte zu ihm und zu dem, was er war – was auch immer das sein mochte. Es bedeutete jedoch nicht, dass er für den Vampir irgendeine Art von Sympathie empfand.

»Ich werde dich töten, sobald ich die Gelegenheit bekomme.«

Pete quittierte diese Drohung mit keiner Miene. »Da bin ich mir sicher«, sagte er und wandte sich zum Gehen.

Libba klammerte sich an Cedrics Arm. Sie fühlte sich nicht wohl, nach den jüngsten Erlebnissen durch die Nacht zu spazieren. Noch verstört von ihrem Aufenthalt in einem unterirdischen Verlies, waren sie von einer Werwölfin überfallen worden. Dem nicht genug, hatte sich ein Ordensmann dazugesellt. Nachdem Cedric von ihm abgelassen hatte, war er ohne ein weiteres Wort davongelaufen. Das alles war verwirrend und beängstigend.

»Was glaubst du, wo sie hin ist?«, fragte Libba, um die grauenhafte Stille nicht länger ertragen zu müssen.

»Sie könnte überall sein. Sie wird sich ihre Wunden lecken und danach wieder auftauchen.«

»Und …« Libba war es unangenehm, dass ihre Stimme so verdammt schwach klang. »Und … wie lange wird das dauern? Ich meine, bis sie wieder auftaucht?«

Cedric hielt an. Er drehte Libba zu sich herum und zwang sie mit sanfter Gewalt, ihm in die Augen zu sehen. Sie waren dunkel und unergründlich. Libba hätte sich in ihnen verlieren können.

»Ich kann nicht vorhersehen, wann sie uns das nächste Mal angreift. Aber ich kann dich beschützen. Glaub mir. Wenn du in meiner Nähe bleibst, musst du dich vor nichts fürchten.« Seine rechte Hand lag plötzlich an ihrer Wange. Er streichelte sie auf unglaublich sanfte Weise. Libba fuhr es heiß-kalt den Rücken hinunter.

»Möchtest du in meiner Nähe bleiben?«, fragte er.

Sie nickte abwesend. Seine Berührungen fühlten sich so gut an. Genau so hatte sie es sich immer vorgestellt. In diesem Moment war sie sich sicher, dass sie ihn bereits ihr Leben lang ersehnt hatte.

Ihr staunender Gesichtsausdruck faszinierte Cedric. Sie wirkte unschuldig. Unberührt. Einer Frau wie ihr war er nie zuvor begegnet. Sie war keine Schönheit, bestenfalls gewöhnlich. Ihre Ausstrahlung war bieder und langweilig, aber nur, solange man nicht genauer hinsah. Er hatte ihren verborgenen Liebreiz längst entdeckt. Ihre Wärme umschmeichelte ihn mit einer Süße, derer er sich nicht erwehren wollte.

Auch Libba spürte es in ihrem Inneren brodeln. Ihre Emotionen wollten sich an die Oberfläche kämpfen, und es machte keinen Sinn, sie länger zu unterdrücken. Durfte sie nicht schwach werden und dem Charme eines so betörenden Mannes erliegen?

Cedric beugte den Kopf ein Stück herab. Sein Atem

legte sich wie prickelnder Sommerwind auf ihre Haut. Er streichelte sie mit jedem Zug, und sie fühlte bereits die ersehnte Feuchte seiner Lippen, ehe sie tatsächlich ihren Mund verschlossen. Seine Zunge tastete sich vor, erkundete ihren Mundraum. Sie kosteten voneinander und vergaßen sich völlig in diesem unglaublichen Moment.

Libbas Hände schoben sich flach auf seine Oberarme. Sie wollte sich an ihm festhalten, denn sie konnte nicht glauben, dass sie gerade einen Vampir küsste. Würde er sie beißen? Nein, entschied sie sogleich, dafür verhielt er sich viel zu bedacht.

Seine Zunge massierte die ihre. Er neckte sie, forderte sie auf, es ihm gleichzutun. Im nächsten Moment spürte sie seine Hände an ihrem Po. Sachte knetete er ihre runden Backen, bis sie die Hitze in ihrem Körper nicht mehr unterdrücken konnte. Sie wollte nicht länger vernünftig sein. Wie von einem Sturm ergriffen, schlang sie die Arme um ihn. Ihre Finger fuhren in seinen Nacken, tauchten in sein langes, schwarzes Haar.

Libbas voller Busen presste sich gegen Cedrics Oberkörper.

Es fühlte sich gut an. Cedric wollte ihr das Kleid vom Leib reißen und ihre nackte Haut mit seinen Lippen erkunden. An ihren Nippeln wollte er saugen und lecken.

Es fiel ihm schwer, diesen Wunsch nicht hemmungslos auszuleben. Er war es gewohnt, sich das zu nehmen, wonach es ihm verlangte. Doch bei Libba – da war er sicher – musste er sich langsam vorantasten, um sie nicht zu verschrecken.

Er wagte es, den Saum ihres Kleides hinaufzuraffen, damit seine Hände unter den Stoff gelangten und ihre Haut berührten. Auf eine Reaktion von ihr musste er nicht lange warten. Libbas Inneres zog sich zusammen. Sie war noch nicht bereit loszulassen. Seine Zärtlichkeiten genoss sie jedoch.

Cedric wusste, dass er sie besitzen konnte, wenn er sich noch ein klein wenig in Geduld übte. Am Ende würde sie ihm mit Haut und Haar verfallen.

Für Libba war es wie ein Schock, als er sich plötzlich von ihr löste.

»Gehen wir«, sagte er mit rauer Stimme. »Ich kenne ein besseres Versteck als diesen Ort.«

Mit letzter Kraft krallte sich Eliza an dem Dach der Kirche fest. Sie hatte alles gut beobachten können. Den fliehenden Ordensmann und auch das turtelnde Paar.

Der Vampir und seine Menschenfrau waren endlich verschwunden, wodurch sie ihren Schutzmantel aufgeben konnte. Erleichtert atmete sie auf. Die Tarnung hatte ihr ein enormes Maß an Energie abgefordert. Kraftlos rutschte sie von ihrem Aussichtspunkt hinunter. Sie fiel und schaffte es gerade, ihren Sturz abzufangen, so dass sie nicht allzu hart am Boden aufschlug.

Nur eine Minute blieb Eliza reglos liegen. Dann stützte sie sich mit den Armen in die Höhe. Sie setzte sich auf die Seite und begutachtete die Wunde an ihrem Oberschenkel. Das Silber hatte sich mittlerweile in ihrem Bein ausgebreitet und machte es steif und unbeweglich. Dafür sollte dieser verfluchte Mensch ebenso bluten wie sie selbst.

Sie ging tief in sich und sammelte ihre versteckten Energiereserven für einen Angriff. Ihr Kopf schmerzte, und sie fühlte, wie ihre Augen aufglühten, als sie sich erhob und über den Boden schwebte. Schneller und schneller in die Richtung, in die sie den Ordensmann hatte verschwinden sehen. Sie wurde zu einem flammenden Schatten, der sich durch jede Ritze stehlen konnte.

Mit voller Wucht zerschmetterte sie die Eingangstür eines Hauses. Dort hielt er sich auf, zitternd und mit vor Schreck geweiteten Augen. Er sah sie direkt an, als sie auf ihn zukam. In seinen Händen befand sich noch immer die Pistole. Seine Finger drückten den Abzug durch. Die Silberkugeln flogen durch die Luft. Aber dieses Mal war Eliza auf seinen Angriff vorbereitet. Sie wich jeder Kugel aus, bis das kleine Glasröhrchen der Pistole leer war.

Sie materialisierte sich dicht vor ihm. Es gelang ihr, den Mann am Kragen zu packen und ihm ins Gesicht zu knurren.

»Eine Kugel ins Bein tötet uns nicht. Das hättest du bedenken sollen, als du auf mich geschossen hast.«

Es waren die letzten Worte, die der Geistliche zu hören bekam. Daraufhin verlor er das Bewusstsein und sollte es nie wieder zurückerlangen. Eliza benutzte ihn, um ihre Energien aufzuladen. Schließlich erlangte sie ihre Stärke so weit zurück, dass sie das Silber in ihrem Oberschenkel mit einem flüchtigen Gedanken aus dem Fleisch herausquetschen konnte. Die Kugel fiel zu Boden, kullerte in den offenen Kamin. Eliza beobachtete sie einen Moment und brachte sie mit einem Blick dazu, sich im Feuer schwarz zu verfärben.

Ihr Bein heilte schnell. Die Wunde schloss sich, und schon bald fühlte sich ihre Haut wieder glatt und geschmeidig an wie zuvor. Sie fuhr mit einer Hand über den zerfetzten Stoff, der sich ebenfalls zusammenfügte. Als wäre niemals etwas geschehen, stand sie aufrecht da und blickte auf ihr Opfer hinab.

»Du hättest mir gleich ins Herz schießen sollen, Trottel.« Sie schenkte ihm ein Grinsen, ehe sie seinen leblosen Körper zurückließ.

Libba war verwirrt. Sie wusste weder, was sie denken, noch, wie sie sich Cedric gegenüber verhalten sollte. Ohne Vorwarnung hatte er sie geküsst und in ihr die kühnsten Hoffnungen ausgelöst. Sie war im Begriff gewesen, sich ihm hinzugeben. Doch genauso schnell, wie er begonnen hatte, hatte er von ihr abgelassen.

Seitdem suchte sie nach den richtigen Worten, um ein Gespräch zu beginnen. Aber ihr wollte beim besten Willen nichts Vernünftiges einfallen. Daher ging sie schweigsam neben ihm her. Dieses Mal verzichtete er darauf, sie in seiner unmenschlichen Geschwindigkeit durch London zu katapultieren. Zumindest für den Augenblick. Er führte sie durch einen Park, den Libba nicht kannte.

Während sie grübelte und Cedrics Blicken auszuweichen versuchte, hatte sie viel Zeit, die Umgebung zu betrachten. Ihr fiel auf, dass sie nur sehr wenig von dieser Stadt kannte. Vermutlich würde sie sich hoffnungslos verirren, sollte er auf den Gedanken kommen, sie auszusetzen.

»Wir sind in Lincoln's Inn Fields.« Er schien in ihrem Kopf zu lesen wie in einem offenen Buch.

»Der Weg da vorn«, er zeigte in die entsprechende Richtung, »führt zur High Holborn. Wenn du der Straße immer Richtung Osten folgst, kommst du von allein nach Hause.«

»Oh«, machte Libba. »Aber das werde ich nicht tun, richtig?«

»Nein.« Cedric schmunzelte. »Ich dachte nur, es beruhigt dich vielleicht, zu wissen, wo du bist.«

Zitternd atmete sie ein. Der Aufruhr in ihrem Inneren

war kaum unter Kontrolle zu bringen. »Ja sicher«, sagte sie nach einer langen Pause. »Was für ein Platz ist das hier?«

»Ein öffentlicher Park, was sonst?«

»Mehr nicht?«

»Früher wurden hier öffentlich Menschen hingerichtet.«

Libba erschauderte bei der unverhofften Erklärung. Doch auf der anderen Seite weckte es ihre Neugier. Sie fragte sich, wie lange ein Vampir existieren konnte und ob Cedric diesen Park zu früheren Zeiten auch schon besucht hatte.

»Bist du dabei gewesen?«

»Ich lebe in der Nacht, wie dir sicher schon aufgefallen ist.«

Libba kam sich unglaublich dumm vor. Da wagte sie endlich einen Vorstoß, um etwas über ihn zu erfahren, und scheiterte grandios.

Cedric beobachtete ihre Reaktion aus den Augenwinkeln. Sie knetete sich die Hände und wusste nicht recht, wohin sie schauen sollte.

»Ich bin zu diesen Zeiten in London gewesen«, sagte er. Es schien ihm nicht leichtzufallen, sich zu öffnen. »Aber diese Spektakel sind nichts für Vampire. Dabei fließt Blut. Wenn wir hungrig sind, könnten wir es nicht ertragen, dabei zuzusehen.«

Das klang plausibel. Auch daran hatte Libba nicht gedacht. Warum war es so verdammt schwer, sich mit einem Vampir zu unterhalten?

Cedric fasste sie plötzlich am Arm und brachte sie zum Stehen. Er schien in die Nacht hineinzulauschen. Sein Gesicht wirkte ernst. Womöglich spürte er das Herannahen einer Gefahr.

Libba spitzte ebenfalls die Ohren. Ein Rascheln hinter ihr ließ sie zusammenzucken. Ihr entfuhr ein leiser Schrei. Mit einem Satz wirbelte sie herum und starrte auf einen Busch, der sich unkontrolliert bewegte. Im nächsten Moment plumpste eine Gestalt daraus ins Freie und blieb flach auf dem Rücken liegen. Ein abgerissener Mann mittleren Alters. Er lallte unverständliche Worte, sang zwischendurch und ging letztlich zu einem Schnarchen über.

Libba entspannte sich. »Der tut uns wohl nichts.«

»Der nicht.« Cedric lauschte noch immer. »Aber da gibt es noch jemanden, der uns auf der Spur ist.« Dass es sich dabei um die Werwölfin handelte, ahnte Libba, auch ohne dass er es erwähnte. Sie hatte sich erneut ungewöhnlich schnell von ihrer Verwundung erholt. Eine hartnäckige Gegnerin, die sich nicht abschütteln lassen wollte. Libba hoffte, dass es Cedric gelang, sie bei ihrem nächsten Aufeinandertreffen endgültig zu vernichten.

»Es tut mir leid. Wir haben keine Zeit mehr. Wir müssen schneller vorankommen.«

Als er sie an sich drückte und seinen Umhang um ihre Schultern legte, wehrte sie sich nicht. Sie schloss die Augen und presste die Lippen aufeinander, da sie fürchtete, ihr würde übel werden. Schließlich durchquerte ein Mensch für gewöhnlich nicht auf derartige Weise die Straßen.

Für Eliza war es ein Leichtes gewesen, dem Vampir und seiner Menschenfreundin zu folgen. Wie gedankenlos von ihnen, durch einen Park zu schlendern. Dabei hätte Cedric klar sein müssen, dass sich eine Wölfin wie sie nicht so einfach abschütteln ließ. Er legte ihr nicht gerade Hindernisse in den Weg. Eliza war enttäuscht, wie wenig sie sich bemühen musste. Ein Kinderspiel, ihnen auf den Fersen zu bleiben.

Der direkte Kampf mit dem Vampir bereitete ihr allerdings Kopfzerbrechen. Ihre Kräfte unterlagen den seinen deutlich. Vielleicht war das auch der Grund, warum er sie hinter sich herlaufen ließ. Sie könnte zu Damian Black zurückgehen und ihn um Verstärkung bitten. Aber zuerst wollte sie es mit einer letzten Taktik gegen Cedric versuchen. Sie besaß eine Fähigkeit, von der bislang nicht einmal Damian etwas ahnte. Ihre große Stärke, die sie sich für einen ganz besonderen Moment aufgehoben hatte.

Eliza war es, die den schlafenden Betrunkenen von seinem Platz auf einer Bank weggezerrt hatte, um ihn durch den Busch zu schleudern. Anschließend duckte sie sich hinter dem Gestrüpp. Cedric nahm ihre Anwesenheit wahr, glaubte sie jedoch weiter entfernt, als sie tatsächlich war. Mit einem Fingerschnippen verfolgte sie seinen Weg bis hinauf zu St. Pancras.

Falsche Sicherheit

Ziellos durchstreifte Pete die unterirdischen Gänge. Er suchte den zweiten Ausgang auf, der für gewöhnlich einem Notfall vorbehalten war.

Alle Vorsichtsmaßnahmen außer Acht lassend, schob Pete die Erde beiseite und öffnete die Tür. Er stieg aus der Hinterkammer einer Kapelle. Das Gemäuer war halb verfallen und wurde von den Menschen nicht mehr genutzt. Sie scherten sich nicht darum. Auch der Rest des Friedhofes sah verwahrlost aus. Die Gräber waren alt. Offensichtlich gab es keine Hinterbliebenen mehr, die sich darum kümmerten.

Pete sprang auf einen der Steine und blieb in der Hocke sitzen. Er überlegte, ob er sich in eine Krähe verwandeln und die Nacht durchstreifen sollte. Das hatte er früher oft und gerne getan. Bevor Damian Black aus dem Nichts aufgetaucht war, um einen Krieg zu beginnen.

Seufzend streckte er ein Bein nach unten aus. Langsam ließ er sich in einen festen Stand auf den Boden gleiten. Er richtete sich auf. Hocherhobenen Hauptes wanderte er über den Friedhof, umkreiste ihn ganze dreimal und blieb am Ende wieder vor der Kapelle stehen. Er konnte sich gut erinnern, wie das Gebäude bei seiner Erbauung ausgesehen hatte. Kein Vergleich zu der jetzigen Ruine.

So vieles hatte sich in den vergangenen Jahren verändert. Die Werwölfe. Der Krieg. Und Samantha. Eine Träne schlich sich in seinen Augenwinkel, als er an seine Geliebte zurückdachte. Nie hätte er es für möglich gehalten, dass ihn der Verlust eines Menschen so sehr schmerzen könnte.

Eines Nachts würde er sich dafür an Damian rächen – und wenn er bis in alle Ewigkeit auf diese Stunde warten musste.

Die Ankunft eines Vampirs im unterirdischen Reich riss Pete aus seiner melancholischen Stimmung.

»Cedric«, flüsterte er. Die Aura des Düsteren – wie er ihn in Gedanken nannte – war unverkennbar. Endlich kehrte er zurück, und Pete hoffte, dass er Neuigkeiten mit sich brachte.

Er verschloss den Ausgang zu dem alten Friedhof gründlich. Er achtete auf jedes Detail und erschuf sogar einen zusätzlichen Schutzschild. Es war eine Art Zauber, der beim Eindringen durch einen Unbefugten Alarm schlagen würde.

Im nächsten Atemzug machte er sich auf. Blitzartig schoss er durch die Gänge und kam an seinem Ziel wie zur Salzsäule erstarrt zum Stehen. Cedric war nicht allein zurückgekehrt. Eine Frau drückte sich an seine Seite. Sie versteckte sich halb hinter der imposanten Gestalt des Vampirs. Pete konnte ihr Unbehagen riechen, und er roch noch etwas an ihr, das ihm missfiel. Sie war keine von ihnen.

»Was soll das? Du bringst einen Menschen hierher?« Pete hatte alle Mühe, seine aufkeimende Wut zu unterdrücken. »Wir haben dich gerade erst in unserer Mitte aufgenommen, und schon trittst du unser Vertrauen mit Füßen.«

Die Frau hinter Cedric trat nervös auf der Stelle und machte Anstalten, davonzulaufen. Doch Cedrics Hand schloss sich klauengleich um ihren Arm. Er hielt sie fest.

»Lass mich erklären, bevor du mich verurteilst«, bat er Pete. »Diese Frau braucht unseren Schutz. Andernfalls wird Damian Black sie töten lassen. Eine Wölfin ist bereits hinter uns her.«

»Das ist nicht mein Problem. Kannst du dir nicht vorstellen, wie gefährlich die Anwesenheit eines Menschen ist? Nicht nur für uns, sondern auch für sie. Wir haben Werwölfe unter uns, die ihre Instinkte vielleicht nicht unter Kontrolle haben. Einer könnte sie anfallen und töten.«

»Das wird niemand tun.« Selbstsicher legte Cedric seine Arme um Libba. Er sah Pete nicht in die Augen. Allem Anschein nach wusste er, wie falsch seine Handlung war. Er hätte Libba nicht in die unterirdische Welt mitbringen dürfen. »Ich beschütze sie. Ich allein. Du brauchst dich nicht darum zu kümmern.«

»Das ist völliger Blödsinn.« Pete fasste Cedric an der

Schulter. Er zwang ihn, ihm ins Gesicht zu blicken. »Wir kümmern uns alle umeinander. Nur so können wir überleben. So viel solltest du mittlerweile wissen.«

»Sagtest du nicht eben noch, dass es nicht dein Problem sei?«

Pete atmete scharf ein. Er wandte sich ab, durchstreifte hastig den Raum. Mit einer Hand fuhr er sich durch das Haar, die Schläfe entlang und legte den Zeigefinger an seine Lippen. »Cedric, lass mich ehrlich zu dir sein«, setzte er zum Sprechen an. »Ich würde dich töten, wenn du nicht unsere letzte Hoffnung wärst.«

Das war weder ein Kompliment noch eine Beleidigung. Cedrics Miene blieb unbewegt. Er verstand ganz sicher, worauf Pete hinauswollte. Nur gemeinsam konnten sie den Kampf gewinnen und die Herrschaft über Londons Untergrund zurückgewinnen.

»Aber ich vertraue dir«, sagte Pete. »Wir werden deine Menschenfreundin beschützen.«

»Danke.«

Die beiden Vampire reichten sich die Hände. Diese Geste sollte ihren Pakt bekräftigen.

Als Pete mit Cedric in Berührung kam, spürte er dessen Schwäche. Er musste in dieser Nacht sehr viel Energie verschwendet haben. Würde er sich nicht bald nährn, wäre er ein leichtes Opfer für seine Feinde.

»Du weißt, wo unsere Vorratskammer ist.«

»Und du weißt, was ich von euren Konserven halte.« Trotz der ernsten Lage gelang es Cedric, mit dieser Bemerkung für Erheiterung zu sorgen und Pete zum Lächeln zu bringen. Er war wirklich ein sturer Vertreter der Vampirwelt. Vermutlich würde er lieber kraftlos zusammenbrechen, als eine der abgepackten Blutreserven anzurühren.

Pete rang mit sich. Er wollte ihm helfen. Aber dafür

gab es nur einen Weg, und er hoffte, dass er diesen später nicht bereuen würde.

»Dann geh«, sagte er.

»Wie meinst du das?« Cedric hielt Libba immer noch in den Armen. Es sah aus, als wollte er sie für nichts auf der Welt hergeben.

»Geh hinaus und beschaff dir deine Nahrung. Deine Menschenfreundin kann hierbleiben. Ich werde aufpassen, dass ihr nichts geschieht.«

Es war ein großzügiges Angebot. Doch Cedric rührte sich nicht.

»Vertrau mir«, sagte Pete, »und ich vertraue dir.«

Cedric nahm seine Hände von Libba, ließ sie auf ihren eigenen Füßen stehen.

»Du willst mich hier alleine lassen?«, sprach sie sein Vorhaben aus.

»Dir wird nichts geschehen.«

»Du bist sicher.« Pete nickte ihnen zu. Es schien ihm, als hätte der Vampir Gefühle für die Menschenfrau. Undenkbar, wenn er sie betrachtete. Dieses einfache Mädchen verfügte über keinerlei Ausstrahlung.

Die abschätzenden Blicke entgingen Libba nicht. Dadurch wurde ihr bewusst, wie wenig attraktiv sie in den Augen eines Vampirs sein musste – mit ihrer hellen Haut, dem nichtssagenden Gesicht und am meisten vermutlich mit ihrer kräftigen Figur. Es fühlte sich nicht sehr angenehm an. Sie hätte sich gerne in ein Loch verkrochen, um ihre Unvollkommenheit zu verstecken.

Zu allem Überfluss setzte Cedric sein Vorhaben in die Tat um. Er verließ die Höhle, die sie gerade erst an seiner Seite betreten hatte. Mutterseelenallein blieb sie zurück, abgesehen von dem anderen Vampir und einer Frau, die plötzlich hinter ihm auftauchte.

Lange schwarze Haare fielen wie Seide über ihre Schultern. Mit anmutigen Bewegungen näherte sie sich, und ihre wunderschönen Augen blickten sie neugierig an. Sie war so unwirklich hübsch, dass Libba sich wünschte, ebenso auszusehen.

Der Vampir stellte sich als Pete vor und die Frau als Asha. Er fragte Libba nach ihrem Namen, doch sie reagierte zunächst nicht. Diese perfekten Kreaturen machten sie unsicher – und obendrein wurde sie neidisch. Vermischt mit der Panik, ihnen schutzlos gegenüberzustehen, war sie wie gelähmt.

»Wie heißt du, Kind?«, versuchte es die schöne Asha mit ihrer sanften Stimme. In Libbas Ohren klang sie geradezu melodiös. Ein Singsang, der sich vom Kopf bis in den Brustkorb fraß und ihr Herz zwang, sich nicht länger vor Aufregung zu überschlagen.

»Libba«, sagte sie tonlos, überrascht, dass sie überhaupt etwas über die Lippen brachte. »Mein Name ist Libba.« Sie fragte sich, warum ihre Stimme sich so fremd anhörte.

»Dann komm, Libba.« Die Schöne fasste sie am Arm und wollte die Führung übernehmen. Libba ließ sie gewähren. »Ich bringe dich in einen Raum, in dem du dich ausruhen kannst.«

Pete folgte ihnen wortlos. In gewisser Weise war er froh, dass Asha sich der Menschenfrau annahm. Er konnte dieser Libba nichts abgewinnen, und er hätte auch nicht gewusst, was er mit ihr anfangen sollte.

Eine geheime Fähigkeit

Eliza hockte in einer Baumkrone und stierte hinab auf den Verschlag, durch den Cedric mit seiner Menschenfreundin verschwunden war. Ungläubig schüttelte sie den Kopf. Erst eine Kirche und nun die Kapelle auf einem Friedhof. Was dachte sich dieser Vampir eigentlich?

Sie streckte sich auf einem starken Arm des Baumes aus und überlegte in dieser Position, ob sie den beiden folgen sollte. Was konnte sich schon dort unten befinden? Nur ein weiterer Unterschlupf. Nichts, was ihr gefährlich werden konnte. Und doch sagten ihre Instinkte, dass sie lieber vorsichtig sein sollte. Beim Betreten des Friedhofes hatte sie den Geruch anderer Werwölfe wahrgenommen, was nüchtern betrachtet nicht sein konnte.

Alle Werwölfe Londons hielten sich in Damians Club auf. Sie alle waren seine Gefolgsleute. Eine Weile blieb sie liegen. Wie eine schnurrende Katze, die darauf wartete, dass die Maus aus ihrem Loch hervorkam, schmunzelte sie in sich hinein.

Die Beine ließ sie baumeln, den Kopf stützte sie mit den Händen ab. Der Mond schien ihr durch das Geäst ins Gesicht. Er war beinahe rund. Schon morgen Nacht würden sie Vollmond haben. Eliza sehnte diese Zeiten stets herbei. Vollmondnächte waren zugleich auch Wolfsnächte und somit etwas ganz Besonderes.

Ein Schatten huschte aus dem Verschlag über den Friedhof. Eliza fuhr hoch. Beinahe im gleichen Augenblick war sie auf die Füße gesprungen. Die Äste raschelten unter ihr. Zuerst fürchtete sie, sich durch ihre hektischen Bewegungen verraten zu haben. Doch das flüchtende Wesen – der Vampir – registrierte sie nicht. Er schien es sehr eilig zu haben. Geschwind löste er sich vom Erdboden. Er sprang in die Luft und verwandelte sich in eine Krähe, die sich rasend schnell in die Nacht hineinstürzte.

Das alles geschah in nur wenigen Sekunden. Als Eliza vom Baum hinabsprang, war sie wieder allein. Die Stille um sie herum wirkte regelrecht unheimlich. Obwohl die Aura des Vampirs an ihr vorbeigeströmt war, hatte sie das Gefühl, sie hinge noch immer in der Luft. Außerdem gab es da diesen anderen Geruch, der ihr nicht aus der Nase gehen wollte. Als wäre sie von Werwölfen umzingelt.

Sie entschied, dass dies der richtige Zeitpunkt für ihre geheime Fähigkeit war. Wie lange hatte sie darauf gewartet, ihren ganz persönlichen Trumpf ausspielen zu können. Die Gabe, die ihre Mutter – ein Mischwesen – an sie weitergegeben hatte, bevor sie in Elizas Klauen gestorben war.

Eliza fühlte sich nicht schuldig, wenn sie an diese Tat zurückdachte. Ihr Vater hätte sich nicht mit einer solch dreckigen Hure einlassen sollen, die letztendlich ihre Familienehre zerstört hatte. Aber wenigstens verhalf diese Herkunft ihr zu einer Fähigkeit, die kein anderer Werwolf beherrschte.

Sie verschränkte die Arme vor der Brust und schloss die Augen. Im Geiste beschwor sie das Bild des Vampirs herauf. Sie musste sich stark konzentrieren, um keinen Fehler zu machen. Ihre letzte Verwandlung war lange her. Daher gelang es ihr nicht auf Anhieb, in die Gestalt von Cedric zu schlüpfen. Sie verharrte still. Jeden Windzug und jedes Rascheln um sich herum vernahm sie in vielfacher Lautstärke. Die Welt begann sich zu drehen. Schneller und schneller. Eliza wurde in einen gewaltigen Strudel gerissen, der sie taumelnd stolpern ließ. Sie fiel zu Boden, würgte, weil sich die Luft mit einem Schlag aus ihren Lungen presste, und blieb auf dem Rücken liegen. Ihre Glieder zuckten unkontrolliert, begannen jedoch im nächsten Moment mit der Verformung.

Arme und Beine nahmen an Umfang zu, während ihr langes Haar sich in ihren Kopf zurückzog. Markante männliche Züge zeichneten ihr Gesicht. Ein unbekanntes Lebensgefühl.

Die Verwandlung war abgeschlossen, und Eliza rappelte sich als perfekte Kopie von Cedric auf. Sie wusste nicht, ob ihre Haltung oder ihr Gang korrekt waren. Aber das zählte für den kurzen Zeitraum auch nicht. Für die Menschenfrau würde sie überzeugend genug wirken. Sie ging zu dem Verschlag und trat ein. Nach einem kurzen dunklen Eingang fand sie sich in einer Höhle wieder – oder vielmehr einem ganzen Komplex von Höhlen, die offenbar miteinander verbunden waren. Eliza traute weder ihren Augen noch ihrer Nase. Denn erst einmal dort unten angekommen, wurde ihr klar, woher die Werwolfgerüche kamen.

Neugierig sah sie sich um. Sie wagte sich weit vor, steckte ihre Nase sogar in einen Raum, wo Vampire und Werwölfe gemeinsam ihrer erotischen Leidenschaft frönten. Eine Vampirin tanzte für ihren Liebhaber. Sie war lediglich mit einem durchsichtigen Negligé bekleidet. Ihre großen Brüste wippten im Takt ihrer Bewegungen. Ihrem vampirischen Liebhaber trat vor Gier der Speichel auf die Lippen. Da er nackt dort saß, konnte Eliza erkennen, wie sich sein Glied zu enormer Größe aufrichtete. Wie gerne hätte sie sich dazugesellt und den prallen Schaft mit ihrem Mund liebkost. Allein bei dem Gedanken stöhnte sie leise auf.

Ihr unbändiger Sexualtrieb war in diesem Moment ein regelrechter Fluch. Sie wusste, dass sie sich nicht davon verleiten lassen durfte. Dann wäre sie aufgeflogen und damit auch ihr lang gehütetes Geheimnis.

Sie riss sich von dem Anblick los und streckte ihre Fühler aus. Den Geruch der Menschenfrau kannte sie bereits. Nun musste sie ihn nur ausfindig machen, was angesichts der vielen verschiedenen Ausstrahlungen nicht einfach war. Gerade wollte sie in einen Gang abzweigen, da hörte sie hinter sich jemanden rufen. Sie reagierte spät, da sie es nicht gewohnt war, auf den Namen »Cedric« zu hören.

Ein unbekannter Vampir kam ihr in die Quere. Er baute sich vor ihr auf, versperrte ihr den Weg. Sie konnte ihn vom ersten Moment an nicht gut riechen.

»Wo willst du hin?«, fragte er.

Eliza verpasste Cedrics Gesicht einen grimmigen Ausdruck, ohne eine Antwort zu geben.

»Suchst du nach Libba?«

»Ja.« Sie nickte. »Libba. Natürlich.«

Sie hätte nicht gedacht, dass es so einfach sein würde. Nun zeigte sie ein dümmliches Lächeln. Es passte nicht zu Cedric, und der andere zeigte seine Verwunderung über das merkwürdige Verhalten. Dennoch führte er sie durch das Tunnelsystem.

Sie kamen in einen Raum, in dessen Mitte zwei bequeme Sofas standen. Ein kleiner, runder Mahagonitisch befand sich davor, und an den Wänden waren mehrere gepolsterte Stühle aufgereiht. Abgesehen von einem sechsarmigen Kerzenständer im Hintergrund, fehlte dem Raum jeglicher weitere Schmuck.

Die Menschenfrau hatte sich auf eines der Sofas gelegt. Als sie Cedric durch den Eingang treten sah, rappelte sie sich auf. Sie rückte ihr biederes Kleid zurecht.

Auf dem anderen Sofa saß eine Vampirin mit exotischschöner Haut und langem schwarzen Haar. Sie zog die

Nase kraus, als sie den beiden Männern entgegenblickte. Dass mit Cedric etwas nicht stimmte, schien ihr wie ein bestialischer Gestank entgegenzuschlagen. Sie sprach es jedoch nicht aus, sondern musterte Eliza in ihrer geliehenen Gestalt nur.

»Libba und ich müssen noch etwas erledigen«, sagte sie völlig unvermittelt und mit einer Bestimmtheit, die auf jeden der drei seltsam wirken musste.

Aber sie kannten Cedric erst kurz und wussten nur wenig – wenn nicht sogar gar nichts – über ihn und seine Beweggründe.

Libba fand als Erste die Sprache. »Wohin gehen wir?«

»Später.« Eliza musste aufpassen, dass ihre Augen nicht vor Ungeduld zu funkeln begannen. »Ich erkläre dir alles später. Aber jetzt müssen wir uns dringend auf den Weg machen.«

»Ihr seid doch gerade erst gekommen«, warf Asha ein. »Was kann es jetzt so Dringendes zu erledigen geben?«

Eliza ignorierte die Frage. Sie streckte eine Hand nach Libba aus und wollte sie zu sich locken. »Komm schon. Wir haben nicht die ganze Nacht Zeit.«

Nur langsam entfernte sich Libba von dem Sofa. Ihr Körper wusste anscheinend ganz genau, was er tun sollte. Er entwickelte einen eigenen Willen und trieb Libba in Cedrics Arme – als wäre er ein Magnet, der sie an sich heranzog.

»So ist es brav.« Eliza streichelte ihr über den Kopf. »Komm, wir gehen.« Ohne Umschweife trieb sie Libba aus dem Raum und durch die Höhle Richtung Ausgang. Doch bevor sie den Ort verlassen konnten, holte Pete sie ein und versperrte ihnen den Weg.

»Ich werde euch begleiten.« Es war eine Feststellung, die Eliza so nicht hinnehmen wollte.

»Nein«, sagte sie und wollte an ihm vorbei. Erneut hielt er sie zurück. Dieses Mal fasste er sie an der Schulter. Einen Moment lang stockte ihm der Atem.

Er ließ seine Hand sinken und schüttelte sich.

»Du wirst uns nicht aufhalten«, projizierte Eliza ihm ein. Ein Befehl, wirkungsvoll mit einem kleinen Zauber unterstützt.

Reglos blieb Pete stehen. Eine eisige Starre hatte sich seines Körpers bemächtigt. So stark, dass er nicht in der Lage war, sie abzuwenden. Erst als der wahre Cedric zurückkehrte, fiel der Bann von ihm ab.

»Was soll das?« Wütend fletschte er die Zähne. »Was hast du mit mir gemacht?« Pete sprang auf Cedric zu. Er packte ihn am Kragen und drückte ihn rücklings an die nächste Wand.

Cedric wusste nicht, wie ihm geschah. Wut und Verwirrung standen ihm ins Gesicht geschrieben. Er bedachte Pete mit einem verständnislosen Blick.

»Ich kann mir schon denken, was du vorhattest. Mich außer Gefecht setzen, damit du freie Bahn hast. Damit ich nicht herausfinden kann, was du sonst noch treibst. Du scheinst wirklich viele Geheimnisse zu haben, wenn du sie so sehr verteidigen musst.« Pete redete sich geradezu in Rage.

»Ich weiß nicht, worauf du hinauswillst. Lass mich los.« Er befreite sich mit einem Schlag aus Petes Griff. Nun war Cedric es, der die Oberhand gewann. »Ich hoffe für dich, dass es Libba gutgeht.«

Pete wand sich unter ihm fort. Er machte einen Sprung zur Seite. Cedric ließ ihn nicht aus den Augen, und so tänzelten sie wie zwei Kampfhähne umeinander, jeder bereit, auf den anderen einzuhacken.

»Was soll das überhaupt?«, fragte Pete angriffslustig.

»Was meinst du?«

»Libba. Du hoffst, dass es ihr gutgeht? Du warst es doch, der sie hier weggeschafft hat.«

»Nein.«

Cedric hielt inne. Seine Gesichtszüge wirkten angestrengt, seine Augen kniff er zu schmalen Schlitzen zusammen. Eine gefährliche Ausstrahlung braute sich um ihn herum zusammen.

»Ich habe sie nicht weggeschafft. Das weißt du genau so gut wie ich.«

Asha tauchte hinter Pete auf. Beruhigend legte sie ihm die Hände auf die Schultern, denn es war deutlich, dass sich die Kampfeslust in ihm noch nicht verflüchtigt hatte.

»Du bist hier gewesen«, sagte sie mit sanfter Stimme. »Es ist nur wenige Augenblicke her. Da bist du hier hereinstolziert und hast Libba ohne eine Erklärung mitgenommen.«

Cedrics Gesichtsausdruck geriet aus der Fassung.

»Ich habe mir gleich gedacht, dass mit dir etwas nicht stimmt.« Leicht rüttelte Asha Pete am Arm. »Wir hätten ihn aufhalten sollen. Wer auch immer das war. Es war nicht Cedric.«

»Aber er wollte sich nicht aufhalten lassen«, entgegnete Pete. Noch immer war er misstrauisch, entspannte sich allerdings zunehmend. Er beäugte Cedric kritisch, während er weitersprach. »Er hat mich mit seinen Fähigkeiten überrascht. Ich war gefangen, bevor ich überhaupt wusste, dass ich einen Gegner habe.«

»Cedric ist unser Freund. Das hast du selbst gesagt.« Ashas Hand legte sich auf Petes, die sich zur Faust geballt hatte. Sie wirkte vernünftig. All ihre Vorurteile waren wie weggeblasen.

»Vergiss deinen Zorn. Du solltest jetzt wichtigere

Dinge im Kopf haben. Wer immer Libba von hier fortgeschafft hat, kennt unser Versteck. Wir sind nicht mehr länger sicher. Ich schlage vor, ihr begrabt euren Streit und legt euch so schnell wie möglich einen Plan zurecht. Was ist, wenn Damian von uns erfährt und angreift?«

Daran hatte Pete überhaupt nicht gedacht.

Im Sog der Dunkelheit

Die Welt begann, sich um Libba zu drehen. Sie fand keinen Halt mehr. Nicht an Cedric und nicht an etwas anderem.

Der Vampir zog sie durch die Nacht. Er durchquerte mit ihr die Zeit und die Straßen. Das alles war nicht mehr als ein flüchtiger Windhauch.

Bei ihrer Reise zuvor hatte Cedric sie an seine starke Brust gepresst gehalten, sie fest mit beiden Armen umschlossen, damit sie ihm nicht entgleiten konnte. Dieses Mal fasste er sie lediglich am Handgelenk und schleifte sie wie eine Gefangene hinter sich her.

»Halt an«, flehte sie immer wieder. Doch Cedric hörte ihr nicht zu. Stur trieb er sie weiter voran, bis Libba übel wurde und sie ohnmächtig in sich zusammenzubrechen drohte.

Endlich verlangsamte sich ihr Tempo. Die Umgebung klärte sich auf – soweit sich eine heruntergekommene Häuserzeile im Mondschein aufklären konnte.

Libba erkannte die Straße sofort – ihr schräg gegenüber ein Schild, das Gewissheit verschaffte. Der Name »Highfield« prangte darauf. Unter ihm das Datum der angestrebten Fertigstellung des Neubaus.

»Der Nachtclub«, brachte sie tonlos hervor. »Damian Black.«

Was um alles in der Welt hatte Cedric vor?

Wie in Trance drehte sie den Kopf zur Seite. Bei dem Anblick, der sich ihr bot, klappte ihr der Kiefer herunter. Sie musste nicht mehr alle Sinne beisammenhaben. Fassungslos betrachtete sie das Gesicht der Werwölfin. Blanker Hohn sprach daraus.

Wie war das passiert? Wo war Cedric?

»Überraschung«, flötete Eliza, als wäre es ein gelungener Scherz.

Libba war alles andere als zum Lachen zumute. Vergeblich bemühte sie sich, der Wolfsfrau ihren Arm zu entziehen. Die drückte noch fester zu. Sie fuhr ihre spitzen Fingernägel aus, um ihrer Gefangenen weitere Schmerzen zu bereiten.

»Was hast du mit Cedric gemacht?«

Ihre Stimme zitterte. Sie hätte heulen können, und beinahe wäre ihr ein Schluchzen über die Lippen gekommen.

»Ich habe gar nichts mit ihm gemacht.« Eliza setzte eine Unschuldsmiene auf. »Du denkst so schlecht von mir. Dabei bin ich selbst nur ein Opfer. Ich bin praktisch gezwungen, dich Damian auszuliefern.«

»Nein!« Libba schrie auf. Wie eine Wahnsinnige schlug sie nach der Werwölfin. Sie wehrte sich mit Händen und Füßen, erreichte damit aber nichts.

»Es muss sehr frustrierend sein, in dem Körper eines schwächlichen Menschleins zu stecken.«

Plötzlich lag Libba am Boden, und die Wölfin ragte in überdimensionaler Größe über ihr auf.

»Zum Glück war ich noch nie in dieser Lage. Ich bin als Werwölfin geboren. Ich war schon immer stärker als die anderen. Nicht mal meine eigene Mutter hatte mich unter Kontrolle. Du siehst also: Deine Mühe ist sinnlos.«

Sie packte Libba am Kragen und zog sie zurück auf die Füße. Das Kleid rutschte hoch und legte den Ansatz ihres Pos frei. Sofort wollte sie es hinunterziehen, wurde jedoch von der Werwölfin gehindert.

»Vorwärts!« Sie versetzte Libba einen heftigen Stoß, der sie nach vorne taumeln ließ. »Du vertrödelst meine Zeit.«

Eliza ergriff sie von hinten und setzte zum Sprung an – direkt auf das Gebäude zu. Gemeinsam hoben sie vom Boden ab. Libba versteifte sich und schrie aus Leibeskräften, als sie die Außenfassade auf sich zurasen sah. Gleich würde sie gegen die Mauern prallen.

Ihr Schrei erstickte.

Es fühlte sich an wie das Eintauchen in Wasser. Unfähig zu atmen, wurde sie von der Strömung mitgerissen, hinein in die Dunkelheit.

Obwohl es jenseits ihrer Vorstellungskraft lag, wusste sie, dass sie mitten durch das Gebäude geschleudert wurde. Sie wünschte sich ein rasches Ende, denn diese Beklemmung war unerträglich. Ihre Körperfunktionen starben ab und ließen nichts als gähnende Taubheit zurück.

Libba konnte ihren Sturz nicht abfangen. Zu schwach waren ihre Beine, zu erdrückend der plötzliche Luftschub in ihren Lungen.

Über ihr braute sich etwas zusammen. Eine gewaltige Wolke der Boshaftigkeit. Sie zog den Kopf ein, denn sie glaubte, das ganze Übel würde im nächsten Augenblick auf sie herabregnen. Stattdessen hörte sie ein Lachen. Es genügte, um ihr weitere Schmerzen zu verursachen. Sie presste die Hände auf die Ohren und hoffte, dass die Geräusche schnell wieder verstummten.

Eliza trippelte durch den Raum und stellte sich an die Seite von Damian Black. Sie hakte sich mit einem Arm bei ihm unter. Glückselig strahlte sie ihn an, wusste sie doch, dass sie ihre Aufgabe erledigt hatte und eine Belohnung verdiente.

»Wo wollen wir es jetzt treiben, mein wilder Tiger?« Sie reckte sich, knabberte an seinem Ohrläppchen, was ihn zum Grunzen brachte.

»Wie kommst du darauf, dass ich es mit dir treiben will?« Damian schubste sie unsanft von sich. Er straffte seine schmalen Schultern und bediente sich seiner Kräfte, um sich in einen eindrucksvolleren Körper zu versetzen.

Die Muskeln seiner Arme bliesen sich auf. Sein Kreuz wuchs auf die doppelte Breite, und in seinem grausam deformierten Gesicht lagen die rotglühenden Augen in tiefen Höhlen.

Damian drehte sich halb herum und starrte Eliza böse an, als sie erneut versuchte, sich ihm zu nähern.

»Wo ist dein Problem, du Missgeburt?«, schrie sie ihn an. Sie war außer sich vor Zorn. »Ich habe meine Aufgabe erledigt. Sieh, da steht sie vor dir, dieses Menschending. Und jetzt gib mir meine Belohnung.«

Sein großes Maul mit den gefährlichen Hauern verzog sich zu einem breiten Grinsen. Ihm war nicht anzusehen, ob er sich amüsierte oder Eliza in Stücke zerreißen wollte. Sie machte sich auf alles gefasst. Nie zuvor hatte sie sich vor Damian gefürchtet. Doch in diesem Moment, in dem seine Gestalt sich in ein grobschlächtiges Monster verwandelte, spürte sie einen Funken Angst aufsteigen.

Sie wich zurück. Die Knie leicht durchgedrückt und die Arme angriffslustig zu den Seiten angespannt, fauchte sie ihn an. Wie ein kriegerisches Katzenwesen.

Libba nahm die Hände von ihren Ohren. Da nichts weiter mit ihr geschehen war, wagte sie es, die Augen zu öffnen, um ihre Umgebung einzuschätzen.

Sie befand sich in einer düsteren Kammer. Das schwache Licht, das sich durch einige Ritzen hineinstahl, schaffte es nicht, die Dunkelheit zu durchbrechen. Daher brauchte sie eine Weile, bis ihre Augen sich daran gewöhnten und sie etwas erkennen konnte.

Zwei Gestalten befanden sich in unmittelbarer Nähe. Die Wölfin, die sie hierher verbracht hatte, und bei dem anderen musste es sich um Damian Black handeln.

Sie konnte nicht sehen, was vor sich ging, aber einige Wortfetzen flogen zu ihr herüber. Die beiden waren offensichtlich in Streit geraten.

Er knurrte. Sie fauchte.

»Tiere«, schoss es Libba durch den Kopf. Sie sollte die Gelegenheit nutzen und sich aus dem Staub machen.

Unbeholfen tastete sie sich durch die Dunkelheit. Die beiden Kreaturen schienen ihre Bemühungen nicht zu bemerken. Nicht einmal, als es ihr gelang, aufzustehen und sich an der Wand entlangzutasten.

Libbas Finger fuhren über eine eigenartige Tapete. Sie fühlte sich weich und klebrig an. Wie dreckiger Samtstoff. Was genau in ihm klebte, wollte sie lieber nicht wissen. Unbeirrt kämpfte sie sich durch den Raum. Er war größer, als sie vermutete. Keine Kammer. Vielleicht handelte es sich um das Büro Damian Blacks. Libba versuchte, sich zu erinnern, wie es ausgesehen hatte und an welcher Stelle sich die Tür befinden mochte.

Die Stimmen im Hintergrund wurden lauter. Damian und die Werwölfin schleuderten sich gegenseitig entsetzliche Schimpfwörter zu.

In Gedanken zählte sie ihre Schritte. »… 12, 13, 14 …«

Sie stockte. Ihre Fingerspitzen stießen gegen etwas, das sich verdammt nach einem Türrahmen anfühlte. Innerlich begann sie zu jubeln, so sehr, dass sie ein freudiges Zittern nicht unterdrücken konnte. Mit beiden Händen fuhr sie über die Kante des Rahmens.

Da war sie. Die goldene Türklinke blitzte ihr aus der Dunkelheit entgegen. Sie griff danach, drückte sie hinunter und wurde mit Kerzenlicht begrüßt. Vor ihr tat sich der Flur auf, der in den Innenraum des Clubs führte, und am Ende sah sie Schatten von tanzenden Gästen. Davon war sie im ersten Moment überzeugt.

Doch die Schatten wuchsen, und es dauerte nur Sekunden, bis ihr bewusst wurde, dass sich die dazugehörigen Personen nicht am Ende des Flurs, sondern direkt hinter ihr befanden.

Damian packte Libba an beiden Handgelenken. Er schleuderte sie herum, wobei er ihre Arme auf dem Rücken verkeilte. Gequält verzog sie das Gesicht, gab jedoch keinen Laut von sich. Mit aufeinandergepressten Lippen blickte sie zur Seite.

»Wie nett«, sagte Eliza. Sie machte die Tür wieder zu, steckte einen Schlüssel ins Schloss und drehte ihn zweimal herum. Anschließend öffnete sie einen Reißverschluss am Dekolleté ihres Overalls und ließ den Schlüssel darin verschwinden.

»Sie hat wirklich geglaubt, sie könnte einfach so verschwinden.«

»Vielleicht wäre ihr das sogar gelungen, wenn ich nicht so scharfsichtig gewesen wäre, sie aufzuhalten.«

»Oh, jetzt ist es meine Schuld. Ich verstehe.« Eliza warf ihre goldblonden Haare zurück und setzte eine beleidigte Miene auf.

Damian schnipste mit einer seiner gewaltigen Pranken, woraufhin der Raum in Licht getaucht wurde. Direkt über ihnen rauschte ein Kronleuchter von der Decke herab. Libba wäre vor Schreck zu Boden gefallen, hätte Damian sie nicht festgehalten. Der Leuchter baumelte über ihr. Die elektrischen Lampen verströmten ein grellweißes Licht, das ihr in den Augen brannte. Sie blinzelte mehrmals.

»Du strapazierst meine Nerven.« Damian ergriff die Werwölfin ebenfalls am Arm. Er schleifte beide hinter sich her, quer durch den Raum.

Vor dem Vollmond

Pete überlegte, wann er sich zuletzt einer derart ausweglosen Situation gegenübergesehen hatte – und wenn ja, wie hatte er sich aus dieser herausgewunden?

Er musste Cedric mit aller Macht festhalten, damit der sich nicht erneut davonmachte und die anderen ihrem Schicksal überließ. Vollkommen planlos wollte er loslaufen und Libba aus den Fängen der Werwölfin befreien. Zum wiederholten Male.

Aber wie lange sollte dieses Spiel gehen, ehe einer von ihnen umkam? Nein, dieses Mal blieb ihnen keine andere Wahl als die Offensive. Zumal die Werwölfin nun ihr Versteck kannte. Damian Black würde nicht lange fackeln, um zu einem vernichtenden Schlag auszuholen.

Morgen war Vollmond. Eine Tatsache, die Pete gleichzeitig beruhigte und nervös machte.

Viele Werwölfe waren nur in Vollmondnächten in der Lage, sich zu verwandeln. Das traf auf die Verbündeten Damian Blacks ebenso zu wie auf seine eigenen, die mit ihm in den unterirdischen Höhlen lebten. In ihrer gewöhnlichen Gestalt waren sie kaum zu einem Angriff zu überreden. Sie würden den Vollmond abwarten wollen.

Pete suchte seine Verbündeten auf. Wie jede Nacht lümmelten sie auf ihrer Spielwiese herum – sie trieben es mit Werwölfinnen und Vampirinnen.

Er lehnte im Türrahmen und beobachtete das Geschehen eine Weile, ohne etwas wahrzunehmen. Sein Blick ging durch die Anwesenden hindurch und verlor sich im Nichts.

Ein feiner Hauch streifte seine Wange. Im nächsten Moment legte sich eine Hand auf seine Schulter. Aus dem Augenwinkel erkannte er bereits die verräterischen roten Locken. Er sah zur Seite und Claudia direkt ins Gesicht. Ihre feuchten Lippen boten sich ihm bereitwillig an.

»Vermisst du es nicht?«, fragte sie.

»Was meinst du?« Pete wollte sich ihrer betörenden Umgarnung entziehen. Doch Claudia hielt ihn zurück.

»Die Leidenschaft.« Sie schlang die Arme um seinen Hals. »Wie lange ist es her, seit Samantha gestorben ist?«

Pete antwortete nicht.

»Viel zu lange, habe ich recht?« Claudia streichelte seine Wange. Sie küsste ihn, leckte über seine Haut. Ihre Zunge massierte ihn mit kreisenden Bewegungen. Eine Reaktion erzielte sie jedoch nicht.

»Du solltest endlich über sie hinwegkommen.«

Das genügte, um Pete wütend zu machen. Er riss sich von Claudia los, stolperte wie irre in den Raum. Einer der Werwölfe nahm Notiz von ihm. Er sah auf und knurrte, da er offenbar glaubte, man wolle ihn bei seinem Liebesspiel unterbrechen, aber Pete achtete kaum auf ihn.

»Wie kommst du dazu, so etwas zu sagen? Dazu hast du kein Recht.«

»O doch, ich habe jedes Recht der Welt, dich endlich aus deiner elendigen Trauerphase zu holen.« Strähnen ihres roten Haars fielen ihr wild ins Gesicht. Derart erregt wirkte sie noch hübscher als sonst.

»Hör endlich auf, dich zu verkriechen. Du kannst Samantha nicht zurückholen. Aber du kannst den Rest deines Daseins genießen. So, wie wir alle es tun.«

Petes Blicke glitten von ihrem Gesicht hinab zu ihrem vor Aufregung bebenden Busen, der in einem Korsett eingeschnürten schlanken Taille und schließlich zu ihren Schenkeln. Sie trug lediglich ein kurzes Spitzchenhöschen.

Ihre unglaublichen Kurven machten ihn heiß. Sie war sexy.

»Sie war die letzte Frau, die ich berührt habe.«

»Das wissen wir.« Claudias Atmung wurde ruhiger. »Aber sie sollte nicht die Letzte bleiben. Meinst du nicht auch?«

Sie näherte sich ihm, streichelte über sein Haar und kraulte ihn im Nacken. Dieses Mal ließ er sie gewähren. Er schloss die Augen.

»Ich weiß, was du vorhast«, flüsterte sie. »Du willst Damian Black angreifen. Morgen haben wir Vollmond, und die Kräfte der Werwölfe werden sich in ihrem vollen Maß entfalten. Niemand kann vorhersagen, was dann geschieht. Nicht einmal du.«

Er nickte.

»Wir könnten alle sterben. Wäre es da nicht recht und billig, wenn du vorher noch eine Nacht für dich hättest? Eine Nacht, in der du alles vergessen kannst?«

Wieder nickte er.

»Ich könnte dir helfen.«

Er wehrte sich nicht gegen ihre Berührungen. Sie küsste ihn. Ganz sacht legten sich ihre Lippen auf die seinen. Sie sog an seiner Unterlippe, kitzelte ihn mit der Zungenspitze, und er öffnete den Mund, gewährte ihr einen weiteren Vorstoß.

Immer enger presste sie sich an ihn. Ihre Finger öffneten die Knöpfe seines Hemdes. Sie streifte den Stoff von seinen Schultern. Für einen Moment drückte sie ihm seine Arme hinter den Rücken, wickelte das Hemd um seine Handgelenke.

Dann ließ sie ihn mit einem Mal los. Das Hemd fiel zu Boden, und sogleich begann seine Hose, sich wie von selbst zu öffnen. Claudia bedeckte Petes Oberkörper mit Küssen. Verzückt behielt sie seine Hose im Blick, die sich über seinen Po und seine Beine hinabschälte. Pete stieg mit den Füßen heraus.

»Trägst du niemals Unterwäsche?«, fragte Claudia.

Zum ersten Mal sah sie ihn nackt. Sein Glied richtete sich steil auf. Pete wusste, was in ihr vorging. Sie bewunderte seinen mächtigen und wundervollen Schwanz wie ihn selbst. Claudia spürte, wie sich die Feuchte zwischen ihren Schenkeln sammelte, allein bei dem Gedanken, ihn gleich in sich zu spüren.

Nicht weil er sich einen Vorteil verschaffen wollte, sondern weil er ihre Gefühle des belanglosen Sex auch für sich selbst brauchte, drang er in ihren Geist ein. Er musste sich beweisen, dass es nichts bedeutete. Es war nur Lust und Leidenschaft, die seine Existenz ebenso sicherte, wie das Blut seinen Durst stillte.

Mit einem einzigen Handgriff hatte Pete das Spitzenhöschen von Claudia zerrissen. Seine Finger tasteten sich über ihre rasierte Scham. Ohne Mühe fand er ihre Lustperle. Er brauchte nur leicht reiben, um Claudia in lüsterne Zuckungen zu versetzen. Sie juchzte, während ihre Hände Halt an seinen Schultern suchten.

Pete drückte sie zu Boden. Willenlos gab sie nach,

legte sich flach auf den Rücken und spreizte die Beine. Sie stöhnte, noch ehe er sich in ihr versenkte.

Als er sie endlich ausfüllte, glaubte Claudia, es würde sie innerlich zerreißen.

Er war nicht wie Leo, ihr Werwolfliebhaber, der beinahe jede Nacht wie eine Bestie über sie herfiel. Pete war anders. Fordernd, aber gefühlvoll. Ungeduldig, und doch bewegte er sich in einem wesentlich langsameren Tempo, als Leo es tat.

Bei jedem Stoß erzitterte Claudia. Pete musste sie halten und lenken, denn sie war gefangen in einem Strudel der Ekstase. Ihr Geist schien außerhalb ihres Körpers zu schweben, so dass sie aus nichts weiter als ihren intensiven Empfindungen bestand. Pete tauchte in sie ein. Nicht nur physisch. Er raubte ein Stück ihrer Leidenschaft, verging mit ihr in dem erotischen Akt. Eine ganze Weile ritt er sich in lustvoller Qual zu seinem Höhepunkt. Dann erstarrten ihre Leiber für ein oder zwei Sekunden, um gleich darauf kraftlos in sich zusammenzusinken.

Pete zog sich nicht aus ihr zurück, und Claudia wollte ihn auch gar nicht loslassen. Er legte sich mit ihr auf die Seite.

Damian Black, die Werwölfe, Cedric und Libba – das alles geriet in Vergessenheit. Eng umschlungen verharrten Pete und Claudia in ihrer Position, um letztlich einzuschlafen.

Cedric hatte lange und angespannt gewartet. Nun konnte er sich nicht mehr zurückhalten. Pete war nicht – wie versprochen – innerhalb kürzester Zeit zurückgekehrt. Er fragte sich, warum es so lange dauerte, mit den Werwölfen zu sprechen. Hatte er sie nicht von einem Angriff überzeugen können? Oder ließen sie sich am Ende nicht bei ihren Beschäftigungen stören?

Das alles wäre ihm gleichgültig. Er würde sich auch alleine auf den Weg machen, um gegen Damian Black anzutreten.

Als er den Raum für die erotischen Spielereien erreichte, stolperte er beinahe über den Grund für Petes Abwesenheit. Mit der Rothaarigen in den Armen lag er vor ihm am Boden. Ihr Sexrausch hatte sie eingeschläfert. Vermutlich würden sie in dieser Nacht nicht mehr erwachen.

Angewidert verzog Cedric das Gesicht. Er hätte nicht gedacht, dass Pete so schwach war. Auf einen wie ihn konnte er nicht als Kampfesgefährten vertrauen. Mit einem Fluch drehte er ihm den Rücken zu.

Als er hinausstürmen wollte, stellte sich ihm Asha in den Weg. Ihre exotische Schönheit verblasste im Angesicht ihres übergroßen Misstrauens.

»Ich habe gleich gewusst, dass du nur Ärger machst. Und jetzt willst du dich aus dem Staub machen. Uns zurücklassen. Es ist dir egal, was aus uns wird.«

Ohne eine Erwiderung schob Cedric sie beiseite.

Lust und Gier

Libba ließ sich fallen. Sie glaubte, wenn sie erst einmal am Boden lag, würde Damian von ihr ablassen oder zumindest stehen bleiben. Nichts dergleichen tat er, sondern zog sie weiter hinter sich her. Schmerzhaft bekam Libba zu spüren, wie der Boden ihre Haut aufschürfte. Als sie mit dem Kopf gegen ein Stuhlbein stieß, protestierte sie lautstark und versuchte, mit der freien Hand nach ihrem Peiniger zu schlagen.

Seufzend hielt Damian an. Er bettete die Werwölfin auf den Kissenberg inmitten seines Büros.

Dann half er Libba auf die Beine, um sie gleich mit dem Hintern auf einen Stuhl zu verfrachten. Er machte sich nicht die Mühe, sie zu fesseln. Nach einem lässigen Fingerschnipsen schlangen sich die Stricke von ganz allein um ihre Hand- und Fußgelenke.

Nicht schon wieder. Libba konnte ein Schluchzen nicht unterdrücken. Was sollte sie jetzt tun? Erneut darauf hoffen, dass Cedric sie befreite? Das konnte doch nicht ewig so weitergehen.

Eliza kuschelte sich in die samtenen Kissen. Sie legte sich auf eine Seite und brachte sich aufreizend in Pose. Mit einer Hand fuhr sie ihren Körper entlang. Der schwarze Catsuit verwandelte sich in einen knappen Body aus Lack. Ihre Brüste und ihre Scham blieben vom Stoff ausgespart.

»Bekomme ich jetzt meine Belohnung?«, hauchte sie. Ihre blutroten Lippen formten sich zu einem verführerischen Kussmund.

Jeder normale Mann wäre ihren Reizen erlegen. Damian hingegen ließ sich Zeit. Er betrachtete Libba eine Weile, drehte sich um seine Achse und machte ein paar Schritte durch den Raum.

Eliza wusste, dass er sie damit lediglich quälte. Er gab sich bewusst desinteressiert, um sie warten zu lassen. Sie sollte vor Verlangen nach ihm sterben – das wäre ihm am liebsten gewesen.

»Damian«, drängte sie.

Als er sich zu ihr umdrehte, nahm sie ihren Zeigefinger in den Mund, zeigte ihm, wie kunstfertig sie mit ihrer Zunge spielen konnte. Mit der feuchten Fingerspitze umkreiste sie ihre Brustwarzen. Sie waren klein, rosig und reckten sich ihm aufrecht entgegen.

»Damian«, wiederholte sie, »komm zu mir.«

Nun lockte sie ihn mit ihrem Zeigefinger an. Sie versuchte, ihn geistig zu beeinflussen, obwohl sie ahnte, dass es ihr niemals gelingen würde. Er hatte viel zu viel Macht – sie konnte das Ausmaß nicht einschätzen.

Lächelnd näherte sich Damian. Er ging vor ihr in die Hocke, streckte eine Hand aus.

Eliza nahm Damians Finger und legte sie gegen ihre Schläfe. Wie eine schnurrende Katze rieb sie sich daran. Die Augen geschlossen, kostete sie jede einzelne Sekunde aus.

»Du willst eine Belohnung, ja?«

Sie nickte geistesabwesend.

»Dann sollst du eine bekommen.«

Er streichelte an den Innenseiten ihrer Arme entlang, fuhr herauf bis zu den Achseln, kitzelte sie, bis Eliza sich lächelnd zur Seite drehte. Für sie war es ein Spiel. Ihr Körper rekelte sich in den Kissen.

Als Damian für einen Moment innehielt, öffnete Eliza die Augen und sah ihn fragend an. Ihr Blick sagte: »Mach weiter«, doch über ihre Lippen kam kein Wort.

»Was willst du eigentlich von mir?«

Gefährlich röchelnd stützte Damian sich vor auf seine Hände und schob seinen Oberkörper über Eliza. »Glaubst du wirklich, du könntest mich halten?«

»Ich kann dich glücklich machen«, wisperte sie. Davon war sie fest überzeugt.

Damian senkte den Kopf. Seine Lippen fanden eine ihrer Brustwarzen. Er saugte kurz an ihr, dann zerrissen seine Zähne den Stoff unterhalb ihrer Brust.

Wie ein böser Geist ragte Damian über ihr auf. Er ließ

seine Finger unter die Fetzen an ihrem Körper gleiten und befreite sie auch von dem letzten Rest Stoff.

Aus den einzelnen Stücken knotete er ein Band, das er mit Hilfe eines Zaubers verlängerte. Am Ende sah es wie eine Kordel aus Lack und Leder aus.

Ehe Eliza bewusst wurde, was er vorhatte, wickelte er die Kordel um ihre Handgelenke. Er nahm ihre Arme und führte sie über seinen Kopf, so dass ihre Fingerspitzen gegen seinen Nacken stießen.

Eliza beobachtete sein Vorgehen. Sie hatte bislang keine Erfahrung darin, von ihm gefesselt zu werden. Normalerweise wehrte sie sich gegen derlei Spielarten. Sie war es gewohnt, die Oberhand zu behalten. Ihn zu kontrollieren und ihn in die Richtung zu lenken, in die sie gerne wollte.

Doch in diesem Moment wagte sie keine Gegenwehr, aus Angst, ihn zu verlieren.

Damian hielt die Enden der Kordel in einer Hand fest. Er zog daran und amüsierte sich ungeniert über den unterdrückten Schmerz, der sich auf Elizas Gesicht widerspiegeln musste.

Seine andere Hand war damit beschäftigt, ihre Beine zu spreizen. Mit einem Finger drang er unvorbereitet in sie ein. Grob und ruckartig stieß er in sie vor. Sie empfand keinerlei Lust, sondern fragte sich, was er da eigentlich tat.

Gequält stöhnend wollte sie unter ihm fortrutschen. Es machte ihr keinen Spaß, und genau das wollte sie Damian auch vermitteln.

Unbeeindruckt hielt er sie fest. Er presste sich mit seinem vollen Gewicht auf sie. Sein Mund war leicht geöffnet, und ein Fauchen drang daraus, als er sich zu ihr hinabbeugte. Er leckte über ihre Lippen. Wie ein Tier. Sein Atem roch übel.

Eliza konnte sich nicht erinnern, dass es je etwas an ihm gegeben hatte, woran sie sich störte. Nun spürte sie einen Anflug von Ekel in sich aufsteigen.

Aufheulend versuchte sie, sich freizustrampeln. Vergebens. Damian drückte sie in die Kissen. Er zog fester an ihren Fesseln. Mittlerweile waren ihre Arme halb taub.

Eliza fühlte sich schwach und unfähig und hätte am liebsten geweint. Aber sie war eine Werwölfin – und Werwölfe heulten nicht wie normale Menschen. Gegenwehr half ihr nichts. Ebenso wenig wie die Abscheu, die sie empfand. Ihr Verhalten machte alles nur schlimmer. Damian gefiel es augenscheinlich, sie leiden zu lassen. Die Erkenntnis traf sie mit einem Schlag.

Je länger sie zappelte, desto mehr würde er ihr zusetzen.

Ihre Züge hellten sich auf. Ein Lächeln schlich sich in ihr Gesicht. Erwartungsfroh sah sie zu Damian auf.

»Na los«, schmeichelte sie ihm, »mach weiter. Du bist ein wundervoller Liebhaber. Ich kriege nicht genug von deinen Berührungen.«

Er grunzte, zog seinen Finger aus ihr und ging dazu über, ihre Brüste zu quetschen.

»Ja, genau so. Du weißt, wie ich es mag.« Sie zwang sich zu einem Lächeln. Doch sie erreichte schließlich, dass Damian den Druck auf sie verringerte. Er wurde zurückhaltender, bis seine groben Streicheleinheiten einen Hauch von Zärtlichkeit annahmen.

Entspannt legte Eliza den Kopf zurück. Auf diese Weise genoss sie seine Nähe. Sie musste nicht lange darauf warten, ihn in sich zu spüren. Seine Kleidung floss in einem einzigen Hauch von seinem Körper. Nun drängte er sich nackt zwischen ihre Beine. Sein Penis streifte die Innenseite ihrer Schenkel und bescherte ihr einen angenehmen Schauder.

Voller Verzückung nahm sie ihn in sich auf. Bei jedem seiner Stöße fühlte Eliza, wie die Kissen über ihre Haut rieben. Es prickelte überall. Auf ihr und in ihr. Damians freie Hand packte sie an der Taille. Er spreizte ihre Beine noch weiter, drang noch tiefer in sie ein und füllte sie aus wie niemals zuvor. Sein wilder Rhythmus versetzte sie in einen Rausch. Sie konnte keinen klaren Gedanken mehr fassen.

Ihr Orgasmus überrollte sie wie eine gewaltige Flutwelle. Er spülte alles hinfort. Bewusstlos sank sie in die Kissen. Damians Hand, die sich auf ihre Stirn gelegt hatte, nahm sie kaum noch wahr.

Libba hatte dem Treiben der Werwölfe zugesehen. Zuerst hatte sie den Kopf zur Seite gedreht und sich geschworen, sie nicht zu beobachten. Doch die eigenartigen Laute waren allzu verlockend gewesen.

Und wie sie ineinander verknotet in den Kissen gelegen hatten, hatte es beinahe so gewirkt, als trügen sie einen Kampf aus.

Einen Vorteil brachte das wilde Spiel mit sich. Libba fühlte sich nicht mehr so ängstlich und verzweifelt wie noch vor wenigen Augenblicken. Sie hatte den Eindruck gewonnen, diese ganzen Feindseligkeiten – wo immer sie herrührten – hatten im Prinzip nichts mit ihr persönlich zu tun. Außerdem waren diese sonderbaren Kreaturen unheimlich sexbesessen. Schlimmer noch hatte Libba das Bedürfnis, es ebenfalls mit jemandem zu treiben. Auch wenn diese ganzen Situationen skurril wirkten, lösten sie ein tiefes Verlangen in ihr aus.

Sie dachte an Cedric und wie er sie beinahe im Park verführt hätte.

Ein erstickter Schrei riss sie aus den Gedanken. Verwirrt sah sie wieder zu den Werwölfen. Damian hatte seine Hand flach auf die Stirn seiner Gespielin gelegt. Deren Körper ruhte tief in die Kissen gedrückt, erhob sich jedoch weiter und weiter, bis er ein Stück in der Luft zu schweben schien.

Dann fuhr mit einem Mal ein Ruck durch die Werwölfin. Sie erwachte aus einer Art Trance, legte den Kopf schief und starrte Damian fassungslos an.

»Du wirst mir nichts antun«, keuchte sie schwach. In ihren Augen glitzerten Tränen.

Ihr Anblick versetzte Libba in Erstaunen. Nie im Leben hätte sie vermutet, dass ein schreckliches Wesen – wie sie es war – Gefühle besaß.

»Ich liebe dich doch.« Ihre Stimme brach, ging in ein Heulen über.

»Liebe«, spottete Damian. »Ein Werwolf liebt nicht. Ein Werwolf lebt seine Triebe aus. Er herrscht und vernichtet die Schwächeren. So etwas wie Liebe existiert bei uns nicht.«

Es war nicht schwer zu erraten, dass die Wölfin von seiner Aussage stark getroffen wurde. Sie litt unter Damians Worten. Vermutlich hatte sie sich von dieser Beziehung mehr versprochen als hemmungslosen Sex. Damian hingegen blieb eiskalt.

»Hör auf zu heulen.« Er stieß sie mit der freien Hand in die Seite. Die andere hatte er nach wie vor auf ihrer Stirn abgelegt.

Etwas geschah mit der Werwölfin. Sie zappelte und wehrte sich, während ihr Körper noch weiter hinaufschwebte. Damians Hand verfärbte sich schwarz.

Erst jetzt bemerkte Libba, dass die Wölfin langsam in die Bewusstlosigkeit hinüberglitt. Um ihre Taille schlang sich plötzlich eine dunkle Wolke. Sie wickelte sich um ihren Brustkorb, fuhr über ihren Hals und über ihr Kinn, bis sie die Stelle erreichte, an der Damian seine Hand auf die Stirn gepresst hielt. Die Wolke teilte sich in viele kleine Ströme auf, die sich um den Arm des Werwolfs legten. Adern pulsierten unter seiner Haut.

Zwischen Damian und der Frau musste sich eine Verbindung aufgebaut haben. Erschreckenderweise ergraute die Gestalt der Werwölfin. Sie alterte in einem rasend schnellen Prozess. Erst fielen ihre Wangen ein, dann öffnete sich ihr Mund, um einen letzten Atemzug auszuhauchen.

Währenddessen nahm Damians Körper an Masse zu. Die Muskeln an seinem Oberkörper prägten sich weiter aus, sein Rücken wuchs in die Breite.

Als sich die dunklen Wolken auflösten, lagen Damians Augen tiefschwarz in großen Höhlen, und der Körper der Werwölfin fiel schlaff in die Kissen. Sie zuckte ein letztes Mal, ehe sie leblos in sich zusammensank.

Es sah aus, als hätte Damian ihr die Kraft ausgesaugt. Libbas Verstand sagte ihr, dass so etwas unmöglich war.

Im nächsten Augenblick geschah etwas Seltsames. Libbas Sinne mussten ihr einen Streich spielen. Der gewaltige Körper von Damian Black schrumpfte in sich zusammen. Er veränderte sich. Aus seinem verfilzten, zotteligen Haar wurden goldblonde Strähnen, die ihm lang über den schlanken Rücken hinabfielen. Plötzlich besaß er eine Taille und einen üppigen Busen, und sein Gesicht war das der Wölfin.

Libba sah dem Schauspiel ungläubig zu.

Mit einem Mal hockte nicht mehr Damian Black, sondern eine zweite Frau in den Kissen. Das perfekte Ebenbild der Werwölfin. Allerdings war diese nun weitaus lebendiger als das Original.

Sie betrachtete ihre Finger, blickte an ihrem Körper hinab und befühlte die Größe ihrer Brüste.

»Das hast du mir also all die Jahre verschwiegen«, sagte sie zu der Leblosen. »Eine verdammte Gestaltwandlerin. Diese Fähigkeit hätte ich schon viel eher gebrauchen können.«

Während sie sich erhob, wechselte ihre Gestalt zurück in die von Damian Black.

»Miststück!« Er spuckte auf die Werwölfin. Dann verließ er wortlos den Raum.

Libba war allein.

Waffensuche

In dieser Nacht lief oder flog Cedric nicht durch die Stadt. Er sprang durch Raum und Zeit. Mit einem gewaltigen Satz gelangte er von dem Friedhof quer durch die Stadt bis auf das oberste Dach der Temple Church. Wie eine Statue blieb er stehen. Die Brust geschwollen, die Arme angespannt, starrte er zum Mond hinauf.

Morgen war es so weit. Wolfsnacht.

Cedric wusste, was das bedeutete. In der Vollmondnacht würde sich alles entscheiden. Selbst wenn seine Vampirkräfte nicht ausreichen würden, um Damian Black standzuhalten, würde er vorbereitet sein.

Der Ordensmann verbarg in seinem Haus einige Schätze, mit Hilfe derer er sich seit Jahren erfolgreich gegen alle Kreaturen der Dunkelheit wehrte. Cedric hatte ihn lange aus seinem Versteck in der Temple Church heraus beobachten können. Die Werwölfin war nicht die Erste gewesen, die seine Silberkugeln zu spüren bekommen hatte.

Sicherlich würden einige der Waffen jetzt auch Cedric von Nutzen sein können.

Er machte einen erneuten Satz. Dieses Mal vom Dach hinunter auf die Straße. Er verfolgte die Spur zum Haus des Ordensmannes.

Es lag in einer vom Hauptweg abzweigenden Gasse. Ein ungewöhnlich großes Haus für einen Mann wie ihn. Cedric verweilte kurz, um es ausgiebig von außen zu betrachten. Die hölzerne Eingangstür war verwittert, die vielen Fenster verdreckt und von schiefen, reparaturbedürftigen Rahmen eingefasst. Offensichtlich legte der Geistliche Wert auf ein unauffälliges, zurückgezogenes Leben.

Hier tüftelte er in aller Seelenruhe an seinen Waffen. Cedric zog die Nase kraus. Er öffnete die Tür mit einem Wink seiner Hand.

Ein eigenartiger Geruch strömte ihm entgegen. Etwas stimmte ganz und gar nicht. Als er den Flur durchschritt und in die Wohnstube kam, wurde ihm schnell klar, woher sein ungutes Gefühl rührte.

Der Hausbesitzer lag am Boden. Seine Gliedmaßen waren leicht verdreht, der Oberkörper auf der Seite und der Kopf in den Nacken gelegt. Aus weit geöffneten Augen starrte er an die Decke.

Cedric ging auf ihn zu. Die Spuren der Werwölfin hingen noch im Raum. Damit hätte er rechnen müssen.

Er kniete nieder und schloss dem Mann die Augen. Anschließend drehte er ihn auf den Rücken und richtete seine Arme und Beine, so dass er kerzengerade lag. Die Hände faltete er ihm vor der Brust.

»Tut mir leid«, sagte Cedric, als wäre er der Schuldige.

Er richtete sich auf und sah sich in dem Raum um. Das Feuer in dem offenen Kamin war längst erloschen. In der Asche erkannte er eine schwarz angelaufene Silberkugel.

Auf einem Sims standen mehrere Kelche in einer geordneten Reihe. Allesamt aus Silber. Unnützer Zierrat, wie Cedric befand. Ein Werwolf würde einen solchen Kelch nicht in die Hand nehmen, geschweige denn daraus trinken. In dem mittleren befand sich eine Flüssigkeit. Vermutlich Weihwasser, allerdings war Cedric nicht in der Lage, es von gewöhnlichem Wasser zu unterscheiden. Es besaß keinerlei Wirkung auf ihn, und es interessierte ihn auch nicht.

Er ließ seinen Blick über die Wände gleiten. Dort hingen Gemälde von Engeln und eines von einer Frau, die in rotblaue Tücher gehüllt war und ein Kreuz in beiden Händen hielt.

Es gab einen unbequem aussehenden Stuhl und einen runden Tisch aus dunklem Holz. Letzterer war überfüllt mit Papierkram und einem Stapel alter Bücher mit zerschlissenen Einbänden. Kein Radio. Kein Fernseher. Nichts, was in irgendeiner Form den modernen Zeiten entsprach. Selbst der rote Teppichboden wirkte, als entstamme er dem Altertum.

In diesem Raum würde er nichts finden. Daher ging er weiter, durch den Flur, in die Küche und in ein weiteres nichtssagendes Zimmer. Eine Treppe führte in den zweiten Stock. Sie knarrte bei jedem Schritt, den Cedric tat. Doch er ließ sich Zeit, um jede Einzelheit des Hauses genau zu betrachten. Er wollte nicht, dass ihm auch nur ein Detail entging.

Oben angekommen, wurde es interessanter. Das Stockwerk bestand aus einem einzigen Raum, der durch mehrere dicke Holzpfeiler durchbrochen wurde. Hier befand sich die Waffenkammer des Ermordeten. Mit einer derartigen Vielfalt hatte Cedric nicht gerechnet. Pistolen, Armbrüste, Pfeil und Bogen, Speere – mit silbernen Kugeln oder Spitzen bestückt.

An einer Wandseite war ein ganzes Arsenal von Weihwasser, Knoblauch, Holzpfählen und Kreuzen in den verschiedensten Arten aufgebaut. Aber nach alledem suchte Cedric nicht. Es musste etwas Kraftvolleres geben. Eine Waffe, die Damian Black verletzen oder – besser noch – vernichten konnte.

Vor einem großen Tisch blieb er stehen. Darauf lagen jede Menge Einzelteile, hauptsächlich aus Silber. Der Ordensmann hatte offensichtlich gerade an einer neuen Gerätschaft gearbeitet. Was genau daraus hatte entstehen sollen, konnte Cedric nicht erkennen. Zu viele kleine Stücke waren auf der Platte verteilt.

Hinter dem Tisch entdeckte er eine alte Holztruhe. Er ging auf sie zu und öffnete die Klappe. Innen war die Truhe mit schwarzem Stoff ausgelegt. An beiden Seiten gab es Halterungen. In ihnen ruhte eine alte Waffe. Sie hatte einen schwarzen Griff und steckte in einer ebenfalls schwarzen Scheide.

Ein Schwert.

Behutsam, als hätte er einen unsagbar wertvollen Schatz gefunden, entnahm Cedric es mit beiden Händen. Er hielt es hoch, verweilte einen Moment, ehe er die Klinge aus ihrer Scheide zog. Der Schein des reinen Silbers brannte ihm in den Augen. Ein schönes Schmuckstück mit einer gefährlich scharfen Klinge.

Cedric beschloss, dass dies der einzige Gegenstand im Haus war, der ihm im Kampf nützlich sein konnte. Allerdings musste er sehr nah an seinen Gegner herankommen.

Ein einziger Gedanke genügte, und Cedrics Körper wurde von einem Umhang eingehüllt. Unter diesem Kleidungsstück war es ein Leichtes, das Schwert verborgen zu halten.

Dann trat er an das nächste Fenster und warf einen

Blick hinaus. Die Nacht war weit vorangeschritten. Nun würde es nicht mehr lange dauern, bis er sich Black gegenüberstellen konnte.

Asha hatte nicht lange überlegt. Nach Cedrics fluchtartigem Abgang war sie aus den unterirdischen Höhlen verschwunden. Sie hatte eine Weile auf dem Friedhof gestanden und sich vergeblich bemüht, eine Spur aufzunehmen.

Es gab keine Fährte, der sie folgen konnte. So machte sie sich auf den Weg zu dem Club in der River Street. Sie vermutete, dass Cedric am ehesten diesen Ort aufsuchen würde, um Libba aus den Fängen der Werwölfe zu retten.

Bisher hatte sie den Club nur einmal aufgesucht, und ihre Erinnerungen an diese Nacht waren alles andere als gut. Hätte Pete sie nicht gerettet, wer weiß, was Damian Black mit ihr angestellt hätte.

Jeden Gedanken an dieses Erlebnis schob sie beiseite, als sie die Türklinke hinunterdrückte, um den Club zu betreten. Schnell stellte sie fest, dass sich an der grauenhaften Atmosphäre nichts geändert hatte. Die schwarzen Vorhänge und die Rosenblätter zu ihren Füßen versetzten ihr eine Gänsehaut.

Zu ihrer Rechten gab es ein Fenster in der Wand. Sie wollte nicht stehen bleiben, wehrte sich dagegen und erlag letztendlich doch dem drängenden Impuls der Neugier. Ihre Handflächen schoben sich über das Glas. Wie gebannt starrte sie in den Raum auf der anderen Seite. Ein gutgebauter Dunkelhäutiger vergnügte sich dort mit zwei Frauen. Eine von ihnen trug eine lange Perlenkette.

Asha konnte nicht ahnen, dass es sich um die gleiche Szene handelte, die Libba vor einigen Tagen verfolgt hatte. Es war ein altes Spiel, das die Werwölfe hier spielten.

Die Vampirin spürte nicht die Gefahr, die sich von hinten heranschlich. Ganz langsam und ohne ein Geräusch zu verursachen. Erst als es zu spät war und sie von einer Klaue brutal im Nacken gepackt wurde, erkannte sie die Falle.

Jemand schleuderte sie herum, presste ihren Rücken neben das Fenster gegen die Wand. In den vergangenen Jahren hatte sie vergessen, was Schmerzen bedeuteten. Aber nicht nur das. Sie wusste auch nicht mehr, wie man sich einem Angreifer zur Wehr setzte. Wie eine Vampirin ihre Fähigkeiten im Kampf benutzte.

Die unterirdischen Höhlen waren ihr stets ein behütetes Versteck gewesen. Nicht einmal zum Jagen war sie hinausgegangen. Sie hatte sich von den Blutkonserven ernährt.

»Na, so was.«

Asha erkannte die raue Stimme.

Das monstergleiche Wesen, das sie auf rücksichtslose Weise an die Wand gedrückt hielt, veränderte seine Gestalt. Sein Gesicht wurde menschlich. Männlicher. Dennoch blieb es verunstaltet, und Asha erkannte, dass sie niemand anderem als Damian Black persönlich gegenüberstand.

»Welch Freude«, höhnte er. »Noch ein dummes Weibsstück, das mir von Nutzen sein kann. Und sie kommt auch noch freiwillig hierher. Ohne dass ich mich darum bemühen muss.« Er lachte laut und dreckig.

All die Erinnerungen an ihre erste und letzte Nacht im Club stürzten wie eine Lawine auf Asha ein. Ihr wurde übel. Sie wollte fliehen oder zumindest einen Hilferuf an Pete aussenden. Aber sie wusste nicht, wie sie es anstellen sollte.

Vollmondnacht

Pete erwachte mit einer eigenartigen Vorahnung. Für gewöhnlich träumte er nicht, doch an diesem Tag hatte er äußerst schlecht geträumt.

Sein Körper fühlte sich schwach und halb betäubt an. Er versuchte, sich an die Ereignisse zu erinnern, seinen Traum von der Realität zu trennen, und wurde sich schließlich der Frau neben sich bewusst. Ihre Arme schlangen sich um seine Taille, ihr Kopf ruhte an seine Brust geschmiegt. Die roten Locken verteilten sich wild zu allen Seiten.

Offensichtlich hatten sie den Tag über gemeinsam auf dem Boden geschlafen – nach dem Sex.

Seinen nackten Körper bedeckte Pete augenblicklich mit einer dunkelblauen Jeans und einem schwarzen Hemd. Als er aufstand, riss er Claudia aus dem Schlaf. Er schüttelte sie.

»Weißt du, was du getan hast?«

Unverständlich brummelnd regte sie sich.

»Was …?« Es fiel ihr offensichtlich schwer, ihre Situation zu erfassen.

»Du willst schon gehen? Hat es dir nicht gefallen – mit mir?«

»Hör auf. Ich könnte dich verfluchen!«

Sie zog eine Schnute. »Das hat noch niemand zu mir gesagt …«

Pete antwortete nicht. Er sah sich in dem Raum um und registrierte vier weitere Frauen, die schlafend in den Sofaarrangements lagen. Keiner der männlichen Vampire oder Werwölfe war anwesend. Sie hatten sich zurückgezogen.

Ohne Claudia eines weiteren Blickes zu würdigen, verließ er die Spielwiese. Zuallererst musste er sich stärken. Seine Motorik war viel zu langsam. Er schaffte es nicht einmal, in der gewohnten Geschwindigkeit die kurze Strecke zur Vorratskammer zurückzulegen.

Dort angekommen, schlug er die Zähne in die erste Blutkonserve, während seine Hände bereits nach der zweiten und dritten griffen. Er trank, bis sein Durst gestillt war und seine Kräfte auf das Maximum anschwollen. Nun hatte er genug Energien für große Anstrengungen – genug Kraft für einen Kampf.

Diese Nacht wurde vom Vollmond beherrscht. Pete spürte es in jeder Faser seines Seins. Es war die alles entscheidende Nacht, und er durfte keine Zeit verlieren, um seine Verbündeten zu mobilisieren.

Cedric wäre seine erste Anlaufperson gewesen, doch Pete konnte ihn nirgends finden. Nicht einmal den Hauch einer Spur hatte er hinterlassen. Das war nicht überraschend. Sicherlich war ihm das Warten zu lang geworden und er hatte sich aufgemacht, um Libba zu retten.

Wie konnte er nur so vernarrt in eine Menschenfrau sein, dass er sich in solch große Gefahr begab.

Pete schüttelte den Kopf. Letztendlich hatte das Auftauchen von Libba aber eine gute Seite. Er war zum Handeln gezwungen. Die längst überfällige Entscheidung über die Machtverteilung in Londons Untergrund würde in dieser Nacht fallen. Zwar fürchtete sich ein Teil von Pete vor dem Kampf und seinen Folgen, aber auf der anderen Seite war er unsagbar erleichtert. Sein Versteckspiel würde endlich ein Ende finden.

Er suchte die Werwölfe auf, um sie vor einem möglichen Angriff zu warnen. Danach sprach er mit den Vampiren. Sie waren es, die er als Unterstützung an seiner Seite haben wollte. Einige konnte er überzeugen, ihn in den Club in der River Street zu begleiten, andere entschlossen sich lieber zur Flucht.

Zum Schluss wollte er mit Asha sprechen, fand sie jedoch nirgends. Sie hielt sich nicht in ihrem Höhlenraum auf, und seit der vergangenen Nacht war sie auch von niemandem gesehen worden. Pete suchte vergebens nach ihrer Aura. Ganz gleich, wie sehr er seinen Geist anstrengte, er musste aufgeben.

Als letzte Möglichkeit fiel ihm der junge Werwolf ein, der in seiner Zelle lag und sich vermutlich quälte, da er bei Vollmond nicht hinauskonnte. Hatte er womöglich etwas mit Ashas Verschwinden zu tun?

Pete wurde enttäuscht.

Der junge Wolf saß allein im Schneidersitz inmitten seiner Zelle. Er sah aus, als befände er sich in tiefer Trance.

Pete lehnte sich gegen das Gitter, schloss die Hände um zwei der Stäbe.

Luc schien seine Gegenwart nicht zu registrieren. Er summte eine Melodie vor sich hin. Der Kopf begann, im Takt mitzuwiegen. Das ging eine Weile, in der Pete ihn stumm beobachtete. Dann hielt der Wolf unvermittelt inne. Seine Augen öffneten sich, glühten rot und gefährlich. Es fehlte nicht viel, und die Funken würden aus ihnen sprühen. Knurrend streckte er seine Glieder und verursachte bei jeder seiner Bewegungen ein grauenhaftes Knacken seiner Knochen.

Pete konnte kaum fassen, in welcher Weise sich Lucs Erscheinung verändert hatte. Er war größer, breiter und mit gewaltigen Muskeln bepackt. Seine Hände hatten sich in Pranken gewandelt, und sein offener Mund strotzte von langen Hauern. Mit einem Satz erhob sich der junge Wolf und sprang auf Pete zu.

Obwohl der wusste, dass Luc ihm nichts anhaben

konnte, solange er in seinem Käfig steckte, wich er zurück. Wieder überfiel ihn diese eigenartige Vorahnung, und noch während er nachdachte, wurde sie Wirklichkeit.

Luc packte die Gitterstäbe und schob sie auseinander – weit genug, um aus seiner Zelle auf Petes Seite hinüberzugelangen. Verächtlich schnaufend stand er vor seinem Gefängniswärter. Er überragte ihn um knapp zwei Kopflängen.

»Du bist noch nicht an der Reihe«, sagte er. »Aber wenn ich mit dem anderen fertig bin, komme ich zu dir zurück.« Dann machte er sich aus dem Staub.

Ungläubig starrte Pete ihm hinterher. Er konnte nicht begreifen, was da gerade geschehen war. Normalerweise entwickelte ein Werwolf seine Kräfte nur langsam im Laufe der Zeit. Die Aura von Luc war jedoch so stark, als wäre er bereits vor Hunderten von Jahren in seine Rolle hineingewachsen.

Cedric kroch aus seinem Versteck. Er kontrollierte den Griff an seiner Seite, zog die Klinge noch einmal hervor, um sie zu betrachten. Seine Finger glitten über das Silber. Mit einem Gedanken brachte er die Waffe zum Schwingen.

Perfekt!

Er steckte sie in die Scheide und verbarg sie unter seinem Umhang.

Bevor er durch den Spalt in der Wand ins Freie trat, sandte er seine Gedanken aus. Er spürte Libba nach, versuchte, ihre Empfindungen aufzufangen. Zwar waren sie vorhanden, allerdings nur schwach, und dafür konnte es nur zwei Erklärungen geben. Entweder schlief Libba, oder sie war am Ende ihrer Kräfte. Genauer konnte Cedric ihre Lage nicht ausmachen. Wenigstens hatte er erkannt, dass sie am Leben war, und das musste vorerst genügen.

Erhobenen Hauptes schritt er den Weg hinaus. Mit einem Wink verschloss er die Maueröffnung hinter sich. Er setzte sein Zeichen an diese Stelle, um sie beim nächsten Mal erneut zu benutzen.

Im nächsten Moment schoss er durch die Nacht, gleich einem Blitz, der sein Ziel suchte und vor dem Eingang des »Black Club« in der River Street aufschlug. Eine dunkle Wolke wuchs um ihn in die Höhe und verpuffte nur langsam. Er zog die Schwaden hinter sich her, als er sich Einlass verschaffte.

Die Werwölfe und die Menschen unter den Gästen ignorierte er. Paul stellte sich Cedric in den Weg, und er wollte ihn in seinem Zorn einfach beiseiteschieben. Doch der magere, junge Vampir mit dem Sommersprossengesicht war unnachgiebig. Er zog an Cedrics Umhang und hätte damit beinahe die Klinge enthüllt.

Wütend wirbelte Cedric herum. Paul tat einen vorsichtigen Schritt rückwärts.

»Was hast du vor?«, fragte er mit einer weitaus weniger provozierenden Stimme als sonst.

»Schwächling«, spottete Cedric und las ungeniert in Pauls Gedanken, der sich ängstlich fragte, ob es zum Krieg kam und für welche Seite er sich entscheiden solle. Cedric legte ein düsteres Funkeln in seine Augen.

»Lauf, so schnell du kannst. Es ist vielleicht deine letzte Gelegenheit.«

Das nächste Mal machte er erst vor der Tür zu Damians Büro halt.

Luc rannte. Beherrscht von einem unbegreiflichen Vernichtungsdrang, suchte er in den Straßen Londons nach seinen Opfern.

Ein Mann und eine Frau.

Der Mann war kein Mensch.

Etwas anderes. Ein Vampir?

Die Logik seines früheren Daseins brach sich mit den skurrilen Erkenntnissen, die ein Eigenleben zu entwickeln schienen.

Wolf. Vampir.

Vampir. Wolf.

Verwirrt stoppte er mitten auf einer Straße und schnupperte. Autos kamen mit quietschenden Reifen zum Stehen. Sie hupten wild. Einer der Fahrer lehnte sich aus dem Fenster und beschimpfte ihn.

Das alles interessierte Luc nicht. Er hatte Wichtigeres zu erledigen.

Ein Auftrag. Genau. Er durfte seinen Meister, Damian Black, nicht enttäuschen.

Der Mann im Auto schimpfte weiter. Nun öffnete er sogar die Tür. Er war schon halb draußen, da sprang Luc auf die Motorhaube und trampelte wie ein Wahnsinniger darauf herum. Tiefe Beulen gruben sich in das Blech.

Der Fahrer rutschte in seinen Sitz zurück. Vor Angst vergrub er den Kopf unter den Armen und begann, kläglich zu schlottern.

Luc rannte weiter.

Vor den großen Fenstern einer Bar hielt er das nächste Mal an. Er betastete die Scheiben mit seinen Pranken. Seine langen Krallen hinterließen Spuren darauf.

Im Innenraum hielten sich viele junge Menschen auf. Der Wolf konnte ihr frisches Fleisch riechen. Der Geruch stieg ihm köstlich in die Nase, obwohl sich zwischen ihnen die Scheibe befand.

Er lehnte seinen Kopf gegen das Glas, rieb sich daran.

Sein Brustkorb zog sich zusammen. Bilder tanzten vor seinen Augen – wie er sich an einem Stück Fleisch labte. Er wusste nicht, ob er sich dabei wohl fühlen sollte. Der schwache menschliche Funke, der in ihm noch vorhanden war, sagte ihm, dass es falsch und widerwärtig sei. Er fragte sich, woher dieses plötzliche Verlangen in ihm kam.

Er wandte sich ab, streifte durch die Nacht und geriet geradewegs in einen Park. Hier hätte er Ruhe finden sollen, um sich über seine Lage klarzuwerden. Stattdessen stürmte eine Vielzahl an Geräuschen und Gerüchen auf ihn ein. Das Rauschen des Windes in den Bäumen, eine jaulende Katze am anderen Ende des Parks und ein kleiner Vogel, der sich neben ihm auf einer Bank niederließ. Ohne zu überlegen, packte er das Tier und stopfte es sich in den Mund. Der Hunger hatte über seinen Verstand gesiegt, und ehe er begriff, was er tat, war es schon vorbei.

Würgend lief er fort, durchkreuzte die Straßen Londons, witterte nichts und alles, bis ihn sein Weg in die River Street führte. Vor einer verfallenen Häuserzeile blieb er stehen. Nur in einem Teil des Gebäudekomplexes konnte er eine Form von Leben ausmachen.

Etwas Dunkles. Etwas Böses.

Hier war er richtig.

Libba öffnete die Augen. Verwirrt blickte sie sich um. Sie konnte sich nicht erinnern, geschlafen zu haben, und doch musste es so gewesen sein.

Zuletzt hatte sie Damian Black den Raum verlassen sehen. Danach war alles dunkel geworden. Als hätte jemand ihr Bewusstsein ausgeschaltet und in ebendiesem Moment wieder zum Laufen gebracht.

Ihr gegenüber befand sich ein Käfig, der in der letzten

Nacht nicht dort gestanden hatte. Da war sich Libba sicher. In ihm saß eine Frau mit langen schwarzen Haaren, die sich wie ein Schleier vor ihr Gesicht legten. Das orangefarbene luftige Kleid wirkte vertraut, und Libba dachte angestrengt über den Grund nach.

Arm- und Fußgelenke der Frau lagen in Eisenketten, ebenso wie sich wohl um ihren Hals eine solche schlang, doch Libba konnte es nicht genau erkennen.

Schließlich hob die Frau den Kopf, offenbar aufgrund der neugierigen Blicke, die seit geraumer Zeit auf ihr ruhten.

Es war die indische Vampirschönheit, der sie in den Höhlen unter dem Friedhof zum ersten Mal begegnet war. Ihre Miene zeigte einen feindlichen Ausdruck. Geradezu hasserfüllt starrte sie Libba an. Sie öffnete den grimmig verzogenen Mund, als wolle sie etwas Bösartiges sagen, entschied sich aber anders. Denn gerade in diesem Moment unterbrach das Klicken der Türklinke die Stille.

Damian Black betrat sein Büro. Geschäftig stolzierte er zu seinem Schreibtisch, nahm in seinem Drehstuhl Platz und begann, in den Papierbergen zu wühlen. Die Frauen ignorierte er. Libba wollte sich nicht einfach von ihm ignorieren lassen.

»Mr Black«, rief sie ihm zu. An die möglichen Konsequenzen verschwendete sie keinen Gedanken.

»Was willst du, Miststück? Sind dir deine Fesseln zu eng?«

»Ähm … ja, aber …« Sie wusste nicht, was sie eigentlich hatte sagen wollen. Gab es überhaupt einen aussichtsreichen Plan, den man sich gegen dieses Monster zurechtlegen konnte?

»Ja, aber was?« Damian sah nicht auf, während er mit ihr sprach.

»Sie können mich hier doch nicht ewig gefangen halten.«

»Nein, das kann ich tatsächlich nicht«, sagte er gelangweilt. »Oder glaubst du etwa, ich könnte dein dummes Rumgejammer bis in alle Ewigkeit ertragen?«

Libba war fassungslos. Sie brauchte einen Moment, um sich zu fangen.

»Lassen Sie mich frei. Na los, machen Sie schon.« Als ob das einen Sinn hätte.

Während sie nachdachte, wie viel Zeit ihr blieb, ehe Damian sie erwürgen würde – oder was auch immer er mit ihr anstellen wollte –, zerrte sie unablässig an ihren Fesseln.

»Warum so aufgebracht?«, hörte sie Damian fragen. »Genieß lieber die letzten Stunden deines verdammten Lebens.«

Atemlos ballte sie die Hände zu Fäusten. Sie glaubte, ihre Lunge müsste sich augenblicklich zusammenziehen und sämtliche Luft aus ihr herausquetschen, bis sie hilflos hechelnd am Boden lag und in ewiger Dunkelheit versank.

So konnte – nein, so durfte – es nicht enden. Was war mit den Vampiren, und was war mit Cedric?

Als es an der Tür klopfte, grinste Damian Black unverhohlen. Er stand auf und verwandelte gleichzeitig seine Gestalt. Dieses Mal wurde aus ihm jedoch kein grauenhaftes Unwesen. Erneut nahm er die schlanke, wohlproportionierte Figur einer Frau an. Goldblondes Haar fiel ihm lang über die Schultern.

Libba erkannte die Werwölfin.

Pete brauchte nicht lange, um sich aufzurappeln. Cedric und Asha waren fort und nun auch der junge Werwolf. Höchste Zeit, zu handeln. Er machte sich auf in den großen Versammlungsraum. Dort stand ein Teil der Vampire bereit, und auf diejenigen, die seinem Ruf nicht gefolgt waren, konnte er verzichten. Er stürmte in die Mitte seiner Getreuen und berichtete in knappen Worten von den Ereignissen.

Zu neunt zogen sie los. Eine gute Zahl, wie Pete befand. Eine magische Zahl – und vielleicht würde genau das ihnen helfen, das Schicksal zu ihren Gunsten zu wenden.

Um kein Aufsehen zu erregen, wies er die Vampire an, die Höhle einzeln und mit etwas Abstand zu verlassen. Oben angekommen, sollten sie ihre Vogelgestalten annehmen, zur River Street fliegen und sich dort zusammenfinden. Dieser Ort sollte für diese Nacht zum Zentrum allen Grauens werden.

Aufeinanderprallen

Im Inneren regte sich etwas. Eine düstere Gefahr.

Aber da war noch etwas anderes. Ein Licht in all dem Dunkel. Er spürte Libbas Anwesenheit. Ihre Wut und auch ihre Angst. Sie fürchtete, dass ihr dieses Mal niemand rechtzeitig zu Hilfe kommen würde. Damian hatte sie offensichtlich als Mitternachtssnack auserkoren. Kein Wunder, dass sie am ganzen Leib zitterte.

Cedric lächelte.

Er würde sie befreien, wieder und wieder – und wenn es das Letzte war, was er tat.

Es war verrückt, und doch spürte er, dass es richtig war und er ihre Nähe brauchte.

Plötzlich wurde ihm bewusst, dass es im Inneren von Damians Büro still geworden war.

Er schickte seine Sinne voran, um den Raum abzutasten. Abgesehen von Libba, gab es zwei weitere Existenzen.

Eine Vampirin, deren Aura ihm bekannt vorkam. Es war die Inderin. In ihren Gedanken las er, dass sie nach ihm gesucht hatte und in den Fängen von Damian Black gelandet war. Sie ärgerte sich, was Cedric kein bisschen leidtat. Im Gegenteil. Er wusste von ihren unausgesprochenen Empfindungen, unter anderem auch, dass sie ihm nicht traute und ihn für einen arroganten Widerling hielt. Es war ihm ein Rätsel, warum Pete sich mit dieser Frau abgab. Derartige Verbündete konnten schnell zu Feinden werden.

Die letzte Existenz in dem Raum war schwer einzuschätzen. Eine eigenartige Mischung aus einer Frau und einem Mann, jedoch definitiv ein Werwolf. Ob es sich um Damian Black handelte, hätte Cedric nicht sagen können, bevor er das Wesen zu Gesicht bekam.

Er öffnete die Tür nicht, sondern ging einfach hindurch. Für den Bruchteil einer Sekunde löste sich seine Gestalt auf, um sich auf der anderen Seite zu materialisieren.

Weiter hinten im Büro, Cedric direkt gegenüber, stand der Schreibtisch von Damian Black. Ein großes altes Möbelstück aus dunklem Holz, überladen mit irgendwelchem Zeug. Teils waren die Zettel heruntergeflogen, lagen auf dem Boden verstreut – zerknüllt, zertreten oder verdreckt.

Der Rest des Raumes wirkte nicht weniger chaotisch. Der Teppichboden war stellenweise zerfetzt und blutverschmiert. Bilder hingen schief an den Wänden. Ein Stuhl in einer Ecke wies ein aufgerissenes Polster auf.

Libba saß gefesselt auf einem weiteren Stuhl. Mit einem flehenden Gesichtsausdruck sah sie zu Cedric. Ihr Geist sagte: »Sie ist es nicht. Sie ist es nicht.«

Er verstand nicht, was sie ihm mitteilen wollte, aber eine Chance, sich besser zu erklären, bekam sie nicht. Ihr Kopf sackte auf ihre Brust. Vom einen auf den anderen Moment war sie bewusstlos. Eine fremde Macht hatte sie zum Schweigen gebracht.

Die Wölfin, die belustigt ihre Zähne bleckte, hatte ihre imaginären Hände nach der Menschenfrau ausgestreckt.

In einem Käfig zu seiner anderen Seite saß Asha. Mit Ketten behängt, lehnte sie gegen die Gitterstäbe und vermittelte einen desinteressierten Eindruck. Es war ihr anscheinend egal, was um sie herum geschah, denn solange sie dort gefesselt saß, musste sie nicht in einen Kampf eingreifen.

Dann endlich widmete Cedric seine Aufmerksamkeit der Frau, die sich in dem Bürostuhl lümmelte. Ihre Füße steckten in High Heels mit hohen Pfennigabsätzen und waren auf der Tischplatte abgelegt. Sie hatte abgewartet und ihren Gast beobachtet.

»Du bist so lästig wie die Pest«, sagte Cedric. Äußerlich blieb er ausdruckslos.

»Könnte ich das von dir nicht genauso behaupten?« Ihr Lächeln war viel zu aufgesetzt, um ehrlich zu wirken. »Was willst du eigentlich hier in London? Du mischst dich in etwas ein, das dich nichts angeht.«

»Das glaubst du wirklich, ja?« Eher unbeabsichtigt wanderte sein Blick von der Wölfin kurz hinüber zu Libba.

»Ah.« Eliza sprang vom Stuhl auf und war mit einem Satz über den Schreibtisch hinweg. Nun brachte sie ihren Körper in Pose. Etwas ungeschickt, wie Cedric verwundert feststellte. Es machte den Eindruck, als wisse sie nicht so recht mit ihren weiblichen Reizen umzugehen.

»Hat der große böse Vampir sich etwa verliebt?«, machte sie sich über ihn lustig. Während sie widerwärtig lachte, warf sie die Arme und den Oberkörper zurück. Sie verhielt sich auffällig undamenhaft und ganz und gar nicht so, wie sie Cedric sonst begegnet war. Etwas an ihr schien fürchterlich falsch. Er konnte den Ursprung nicht begreifen.

»Lass sie da raus. Sie hat damit nichts zu tun. Sie ist nur ein Mensch, der uns zufällig in die Quere gekommen ist.«

Nach wie vor zeigte Cedric keine Regung. Er blieb versteinert wie eine Statue – ohne jeglichen Gefühlsausdruck. Sein Blick war starr und düster, als er sich der Werwölfin näherte.

Sie wich nicht von der Stelle, drückte den Po lasziv gegen die Tischkante hinter sich und stützte sich mit beiden Händen auf der Platte ab. Den Kopf legte sie zur Seite. Mit einem verträumten Augenaufschlag erwartete sie den Vampir.

»Ich verstehe nicht, was du an ihr findest«, säuselte sie. »Du musst schon zugeben, dass ich viel besser aussehe als die Schlampe da. Schau dir nur meine dicken Titten an. Jeder Mann träumt davon, sie zu begrapschen.«

Cedric hatte sie beinahe erreicht.

»Pass auf!« Plötzlich war Asha in ihrem Käfig aufgesprungen und streckte eine Hand durch die Gitterstäbe in seine Richtung.

Luc hasste Türen. Welchen Sinn hatten sie, und warum standen sie niemals offen, sondern versperrten ihm immer nur den Weg?

Mit brachialer Gewalt hob er die Eingangstür zum

»Black Club« aus den Angeln. Er warf sie weit fort, so dass sie splitternd auseinanderbrach.

Auch die schwarzen Wandbehänge in dem Flur hasste er. Sie waren ohne jeden Nutzen. Er riss sie von der Decke, zerfetzte sie und schleuderte einzelne Stücke durch den Flur gegen die Kerzenleuchter.

Luc ging achtlos weiter. Es interessierte ihn nicht, ob hier irgendetwas Feuer fing oder nicht. Grunzend stampfte er durch den Flur auf den Innenraum zu. Eintönige Musik schallte ihm entgegen. Sie hämmerte in seinem Kopf und war ebenso verachtenswert wie alles andere.

Wieder stellte sich eine Tür in seinen Weg. Er öffnete sie mit einem heftigen Stoß, so dass sie gegen die Wand krachte und in Schieflage zurückblieb.

Menschen und Werwölfe wichen erschrocken zur Seite.

Luc bahnte sich einen Weg durch die Menge, blieb mittendrin stehen, hob den Kopf und schnupperte.

»Wo ist Damian?«, grollte er. Sein irrer Blick fixierte jeden und niemanden zugleich. Er streifte über ihre Köpfe hinweg, bis er jemanden herauspickte, der die Antwort zu wissen schien.

Ein magerer, sommersprossiger Vampir. Luc packte ihn am Kragen, hob ihn vom Boden und bleckte die Zähne. Der Vampir zitterte. Er drohte ohnmächtig zu werden. Daher schüttelte der Wolf ihn ein wenig, um genau das zu vermeiden.

»Wo ist Damian?«, wiederholte er seine Frage mit Nachdruck.

»In … in …«, stotterte der Vampir.

»Wo?«

Luc ließ ihn hinunter. Er warf ihn nieder und baute sich über ihm auf.

»In seinem Büro«, brachte der Vampir endlich hervor. »Da entlang.« Nur zaghaft deutete er mit dem Zeigefinger in die entsprechende Richtung.

Im nächsten Moment war Luc auch schon verschwunden. Unterwegs riss er alle Türen, die er fand, aus den Angeln und schleuderte sie hinter sich. In den Räumen hielten sich Werwölfe mit ihren menschlichen Spielzeugen auf. Einige waren mitten im Liebesspiel. Der lustvolle Schrei einer Menschenfrau erstickte, als die Tür aufgerissen wurde.

Andere Werwölfe nährten sich gerade auf abscheuliche Weise. Luc schüttelte es bei diesem Anblick. Etwas in ihm wusste, dass dies nicht richtig war.

Letztendlich erreichte er das Büro von Damian Black. Auch die Tür zu diesem Raum zerstörte er. In seiner mächtigen Gestalt – halb Mensch, halb Werwolf – trat er ein, nahm den Geruch der Anwesenden wahr.

Kein Damian Black. Nur ein schwacher Hauch seiner Anwesenheit hing in der Luft. Entdecken konnte Luc ihn nicht.

Dafür nahm er zwei andere wahr – den Vampir und die Menschenfrau –, in denen er seine Zielobjekte erkannte. Damian hatte sie haben wollen, tot oder lebendig.

Damian hatte alle Mühe, seinen Zorn zurückzuhalten und in der Gestalt von Eliza zu verweilen. Er war so kurz davor gewesen, Cedric zu überlisten. Ihn zu packen, sich im richtigen Moment zurückzuverwandeln und zuzuschlagen – das hätte hervorragend funktioniert. Doch diese verrückte Vampirin musste aufspringen und Cedric warnen, woraufhin Damian beschloss, seinen Plan zu beschleunigen. Dann war er so darauf konzentriert, den Vampir zu erledigen, dass er nicht merkte, wie sich jemand anders seinem Büro näherte.

Ein junger Werwolf drang in den Raum ein. Für seine Entwicklung besaß er außergewöhnlich starke Kräfte. Damian erkannte ihn und wusste, dass er selbst es war, der ihm diese Fähigkeiten verpasst hatte. Er sollte ein weiteres Mittel zum Zweck sein, da er Eliza nicht vertraut hatte. Doch seine geniale Idee drohte ihm nun ernsthaft in die Quere zu kommen.

»Du unfähiges Tier«, schrie Damian. Er ließ die Stimme der Werwölfin hoch und schrill und merkwürdig verzerrt klingen.

Cedric hatte sich zurückgezogen. Er nutzte den Moment aus, um Libbas Fesseln zu lösen, und wurde sogleich von Damians vernichtendem Blick getroffen.

Im nächsten Moment sprang Luc auf die Gestalt der Werwölfin zu. Sie hatte ihn angefaucht und als unfähiges Tier bezeichnet. Das sollte niemand ungestraft überleben.

Der schlanke Körper der Wölfin konnte das massige Gewicht ihres Angreifers nicht tragen. Damian brach unter ihm zusammen. Er kannte das Gefühl der Hilflosigkeit nicht und war verwirrt. Sicher hatte Eliza ihre eigenen Fähigkeiten besessen und sich damit stets gut verteidigen können. Damian war jedoch andere – bessere – Körperfunktionen gewohnt.

Der Wolf hockte auf ihm und bohrte im nächsten Moment die Zähne in seine Schulter. Damian brüllte auf. Seine Stimmlage entwickelte sich von schrill in tiefdunkel. Der Frauenkörper wand sich unter der Last, wuchs in Höhe und Breite. Fell zog sich über die Haut, und eine grässliche Schnauze starrte zu Luc hinauf. Staunend beäugte Luc seinen Gegner, während er den letzten Tropfen Blut von seinen Lippen leckte. Er machte keine Anstalten, sich auch nur einen Zentimeter von Damian fortzubewegen.

»Geh runter von mir, du Tier.«

Er versetzte Luc einen Schlag, der ihn durch das Zimmer fliegen und gegen die nächste Wand krachen ließ.

Cedric sah auf. Unter dem ganzen Fell und der Schnauze konnte sich unmöglich die Werwölfin verbergen. Dieses Exemplar war eindeutig männlich.

Libbas Fesseln hatte er in der Zwischenzeit gelöst, so dass er sie vom Stuhl in seine Arme hob. In ihrem bewusstlosen Zustand sollte sie nicht hinabrutschen. Daher setzte er sie in einer Ecke des Zimmers ab.

Dann wandte er sich herum, um den beiden Werwölfen gegenüberzutreten. Die schienen ihren eigenen Kampf auszufechten. Überrascht sah Cedric zu, wie der junge Werwolf sich nach seinem Sturz aufrappelte und wieder auf sein Ebenbild zustürzte.

Der streckte die Hände in seine Richtung und brachte ihn damit zum Stehen. Ein unsichtbares Hindernis hatte sich in der Mitte des Raumes aufgebaut und wollte Luc nicht weiter vorankommen lassen.

»Fauler Zauber.« Er spuckte aus. »Ist das alles, was du kannst?«

Die Gestalt des anderen Werwolfs veränderte sich erneut. Damian Black kehrte in seinen eigenen Körper zurück, und sein vernarbtes Gesicht hatte sich nie erboster gezeigt. Strähnen seines verfilzten Haares fielen ihm in die Stirn. Unter ihnen leuchteten die Augen rot und gefährlich.

»Du Tier. Hast du vergessen, wer dein Meister ist? Wem du zu gehorchen hast?« Damian schien vor Zorn überzuschäumen. »Na los, mach schon. Bring deine Aufgabe zu Ende.« Er deutete auf Cedric und Libba.

»Meister?«

Zögernd drehte Luc den Kopf in Cedrics Richtung.

»Duuu …«, grollte er mit tiefer Stimme.

Cedric blieb ruhig. »O ja, Damian spielt sich vielleicht als dein Meister auf, aber hat er dich etwa gerettet?«

Der Jungwolf zeigte einen unglaublich einfältigen Gesichtsausdruck.

»Er war es nicht, der dir das Gift aus deinen Adern gesaugt hat, damit du nicht elendig zugrunde gehst.«

»Was meinst du?« Luc hob die Klauen, bereit, auf ihn einzuprügeln.

»Dein Meister hat dir eine Überdosis verpasst«, sagte Cedric. »Er wollte dich vielleicht verwandeln, aber das hat leider nicht funktioniert. Petes Leute haben dich auf der Straße gefunden und in die Höhlen gebracht. Wir haben dir das Leben geschenkt.«

Luc hielt inne. Mit jedem Wort des Gehörten kehrte sein Erinnerungsvermögen zurück.

»Glaubst du diesem verlogenen Vampir etwa?«, fragte Damian herausfordernd.

Im Käfig begann Asha, mit ihren Ketten zu rascheln. Sie mischte sich ein.

»Cedric sagt die Wahrheit. Ohne ihn wärst du längst tot. Jetzt tu endlich was und vernichte Black. Er allein ist schuld an diesem ganzen Übel.«

»Unsinn!« Damian sprang auf den Käfig zu und versetzte Asha einen Schlag ins Gesicht, der sie zu Boden gehen ließ. Sie fasste sich an die Schläfe, wollte sich heilen, doch Damian hinderte sie anscheinend mittels seiner Gedankenkraft.

»Du wärst nicht gestorben«, sagte er zu Luc. »Ich habe dir eine Gabe geschenkt, von der die Vampire keine Ahnung haben. Diese Gabe nennt sich Macht. Mit ihrer Hilfe bist du in der Lage, andere zu kontrollieren. Sie gefügig zu machen. Du kannst über sie herrschen. Und sind das etwa keine erstrebenswerten Aussichten?«

Luc dachte an die Nacht zurück, in der er sein menschliches Leben verloren hatte. Er erinnerte sich, wer er zuvor gewesen war und wie die Werwölfe ihn in einer dunklen Gasse überfallen hatten. Er war auf dem Heimweg von seiner Schicht als Kellner gewesen. Mit der Arbeit verdiente er sich das Geld für sein Studium. Das konnte er nun wohl aufgeben, ebenso wie seine Verlobte, die vermutlich schon viel zu lange auf seine Heimkehr wartete. Diese Gedanken machten ihn unsagbar wütend.

»Es war dir egal, ob ich draufgehe oder nicht. Hauptsache, ich wäre irgendwie an die Vampire herangekommen. Wenn ich nicht zurückgekehrt wäre, hättest du nur meine Spur verfolgen müssen, und schon wären die Vampire in deiner Falle gewesen. So oder so hättest du gewonnen.«

»Wie scharfsinnig«, spottete Damian. »Aber was nützt es dir? Was willst du tun – jetzt, da du einer von meinen Leuten bist? Ein Werwolf! Willst du dich auf die Verliererseite stellen, oder willst du lieber mit mir gemeinsam kämpfen?«

Damian ließ von Asha ab. Die sank kraftlos in ihrem Käfig zusammen. Sie litt unter dem heftigen Eindringen in ihren Geist.

»Entscheide dich!« Langsam ging Damian auf Luc und Cedric zu, die dicht beieinanderstanden und offensichtlich abwogen, wie die Situation ausgehen mochte.

Pete setzte vor dem Club in der River Street am Boden auf. Nacheinander folgten die anderen Vampire.

Die Eingangstür fehlte. Spuren am Rahmen zeugten davon, dass jemand sie mit brachialer Gewalt herausgerissen hatte. Dem nicht genug, kam ein Schwall junger Frauen schreiend aus dem Inneren herausgeströmt.

Pete sah genauer hin und entdeckte dunklen Rauch, der sich im Flur ausbreitete. Scheinbar brannte es im Club.

»Was geht da vor sich?«, fragte William, einer der Vampire. Er gehörte schon lange zu Petes Verbündeten. Nicht zum ersten Mal waren sie im Begriff, sich gemeinsam in einen Kampf zu stürzen.

»Das ist außer Kontrolle geraten« war die einzige Erklärung, die Pete fand. Er streckte seine geistigen Fühler aus. Im Clubraum herrschte Chaos, und weiter im Inneren ging es nicht weniger unruhig zu. Er spürte eine gewaltige Welle Hass, die nicht nur von Damian und Cedric ausging. Ein weiterer Werwolf war darin verstrickt – der junge Luc, der ihn erst kurz zuvor überrumpelt hatte und aus den Höhlen geflohen war.

»Folgt mir!« Ohne Umschweife durchbrach Pete jedes Raumverhältnis. Wie ein Funke des ausgebrochenen Feuers brannte er sich durch die Wände, bis er den Flur erreichte, der auf das Büro von Damian Black zuführte. Aus einem offenen Raum, ganz in der Nähe, drangen unzufriedene, schmatzende Geräusche.

Ein Werwolf mit blutverschmierter Fratze kam auf ihn zu. Mitten im Gehen streckte er den Rücken durch, warf den Kopf in den Nacken und heulte in einem erschreckend hohen Ton auf.

»Was ist das hier?«, grollte er. »Warum macht ihr so einen Lärm? Was wollt ihr?«

Hinter Pete tauchte William auf und mit ihm zwei weitere Vampire. Der Werwolf rümpfte die Nase. Er hatte ihren Geruch aufgenommen.

»Das seid ihr also.« Er wetzte seine Klauen. »Verdammte Vampire, ihr habt hier nichts zu suchen.« Mit jedem Wort war seine Stimme angeschwollen und ging in ein unverständliches Brüllen über. Seine Bewegungen wurden schneller. Er rannte auf ihn zu, streckte einen Arm aus und wollte Pete an der Kehle greifen. Doch William erwischte ihn von der Seite, trat zu, und der große Körper des Werwolfs bohrte sich im Flug in den Türrahmen. Schlaff blieb er hängen.

»Wir sollten ihn gleich töten. Dann kann er uns kein zweites Mal angreifen«, meinte William.

Doch Pete schüttelte den Kopf. »Nein«, sagte er leise, »wir sind nicht wie die.«

»Das ist ein Fehler. Glaub mir. Er würde nicht zögern, dich zu töten.«

»Ich weiß.«

Bevor sie eine Entscheidung treffen konnten, tauchten zwei weitere Werwölfe auf. Sie hatten sich ebenfalls in dem Zimmer aufgehalten. Das Gebrüll und der Geruch der Vampire waren bis zu ihnen vorgedrungen, und als sie ihren Freund leblos in den Türrahmen gepresst sahen, machte sie das ungeheuer wütend.

»Vampire«, zischte der eine. »Dreckige Kreaturen. Was machen die hier?«

»Sie müssen weg. Wir müssen sie töten«, stimmte der andere zu.

Sie machten den Eindruck, als hätten sie sich noch nicht oft in einer Vollmondnacht verwandelt, denn die Auswirkungen ihrer Körperverformungen bekamen sie nur schwer unter Kontrolle. Sie wuchsen nicht ausgeglichen in die Breite. An vielen Stellen hatten sie seltsame Beulen anstatt Muskeln, und selbst das Haar zog sich nicht durchgängig über ihre Haut. Es stand büschelweise von ihren Gliedern ab. Doch das störte die beiden nicht, vielmehr amüsierten sie sich über ihre halbfertigen Fratzen, aus denen der Geifer tropfte.

»Haltet euch bereit«, sagte Pete zu den anderen Vampiren.

Luc spürte, wie die Anspannung zu schmerzen begann. Er ertrug weder die Erinnerungen noch die Gewissheit, sein sterbliches Leben niemals fortführen zu können. Von nun an war er in einem Körper gefangen, den er verabscheute. Er war ein Werwolf, der sich in jeder Vollmondnacht – und vielleicht sogar öfter – verwandeln würde.

»Es war dir egal«, wiederholte er nach einer ganzen Weile. Sein funkelnder Blick galt Damian, der nach wie vor triumphierend dastand, als könne ihm nichts und niemand etwas anhaben.

»Du hättest mich verrecken lassen«, brüllte Luc. Ohne nachzudenken, stürzte er sich auf Damian. Er schlug mit seinen Klauen nach ihm, schnappte mit den Zähnen zu und erwischte ihn ein- oder zweimal. Ob er ihm eine tiefe Wunde zufügte, konnte er nicht erkennen, doch er schmeckte das Blut auf seiner Zunge. Das allein war ihm eine Genugtuung. Es machte ihm nichts, dass Damian es schaffte, ihn auf den Rücken zu werfen und mit einem einzigen Gedanken zur Bewegungslosigkeit verdammte. Innerlich lachte Luc.

Nun gab es nur noch Damian und Cedric. Sie standen sich gegenüber, beide mit leicht gebeugten Knien. Bereit für den Angriff.

Cedric spürte das Silberschwert an seiner Seite. Das Gewicht zog an ihm, rief danach, benutzt zu werden.

»Nimm mich«, flüsterte es seinem Träger zu. »Nimm mich in die Hand und führe mich zum Sieg.«

Die Versuchung war groß. Cedric musste sich zwingen, ihr nicht nachzugeben. Er wollte sich das Schwert bis zum allerletzten Moment aufheben. Damian musste überrascht sein, wenn es zum Vorschein kam und er seinen letzten Atemzug tun sollte.

»Was ist los? Hat der große, böse Vampir jetzt etwa Angst bekommen?«

»Ich habe keine Angst.«

»Nein? Nicht mal ein bisschen?« Damian wiegte abschätzend den Kopf.

»Ah!« Ein raues Lachen kam über seine Lippen. »Ich weiß, wovor du Angst hast.« Er stellte sich kerzengerade, mit einem Mal vollkommen entspannt, und drehte sich halb zu Libba. Seine Miene verhieß nichts Gutes.

»Deine Menschenfreundin könnte sterben. Das würde dich sehr treffen, wo du doch gerade erst wieder angefangen hast, in deiner Existenz einen Sinn zu sehen. Habe ich recht?«

»Du weißt gar nichts.« Cedric würde niemals zugeben, dass Damian mit seiner Vermutung gar nicht so falschlag.

Auf der Stelle wollte er es zu Ende bringen. Er war bereit, nach dem Schwert zu greifen, und bemerkte im nächsten Moment, wie sich seine Hand selbständig machte. Sie wanderte zu der Seite hin, wo die Waffe verborgen lag, befühlte den Griff.

Damian wirbelte herum, schneller, als Cedric die Klinge aus der Scheide ziehen konnte. Er sprang durch den Raum und landete neben der bewusstlosen Libba am Boden. Seine gierigen Pranken legten sich um ihren

Körper. Sie war keine zierliche Frau. Dennoch wirkte sie in diesem Moment in seinen Fängen unsagbar zerbrechlich.

Die langen Krallen des Werwolfs fuhren über Libbas Wange. Ganz leicht ritzte er ihre Haut an, so dass sie sich rötete, aber kein Blut hervortrat. Dann senkte er sich auf ihre Halsbeuge nieder, nahm ihren Geruch auf.

»Ahhh …«, gab er laut und gedehnt von sich. »Jetzt verstehe ich, was es ist, das dich so verrückt macht. Ihr Blut riecht köstlich, und sicher schmeckt es auch genauso.«

Cedric zog das Schwert nicht. Rasend vor Zorn stürzte er vorwärts. Er bekam Damian am Arm zu packen und zerrte ihn von Libba fort. Die wurde zuerst ein Stück mitgerissen und krachte unsanft mit dem Kopf gegen die Wand.

Die Schmerzen machten sie wahnsinnig. Libba versuchte, ihre geschwächten Glieder zu ordnen und herauszufinden, in welcher Situation sie sich befand. Ihre Augenlider fühlten sich schwer an. Sie waren wie verklebt. Oder waren sie verweint? Hatte sie denn geweint? Libba wusste es nicht.

Mit beiden Händen befühlte sie ihr Gesicht. Ihre linke Wange brannte höllisch, als sie mit den Fingerspitzen dagegenstieß.

Sie rieb sich die Augen. Nach einem Moment konnte sie wieder etwas sehen. Dicht vor ihr rangen zwei dunkle Gestalten miteinander. Sie wurden zu Schatten, die sich drehten und wendeten. Ein ums andere Mal hoben sie vom Boden ab, stießen gegen die Decke und fielen ineinander verkeilt herab, um das Spiel von vorne zu beginnen.

Plötzlich sah Libba in dem Strudel etwas Silbernes

aufblitzen. Es war lang und schmal und sauste mit einem schallenden Geräusch auf einen der Schatten zu.

Eine dunkle Gestalt stolperte rückwärts aus dem Strudel. Sie überschlug sich – zweimal, dreimal. Libba verfolgte den Sturz mit aufgerissenen Augen. Dann erkannte sie Damian Black. Sein Aufheulen traf sie unvorbereitet und drohte ihr Trommelfell zu zerreißen. Sie presste die Hände auf ihre Ohren. Alles andere registrierte sie nicht.

Ihr Blick blieb auf Damian haften. Er hatte eine tiefe Wunde auf der rechten Seite davongetragen, die nicht nur blutete, sondern sich auf furchterregende Weise in seinen Körper hineinfraß.

Erst blieb der Werwolf unbewegt liegen, streichelte über seine verletzte Seite und schien etwas zu flüstern.

Libba löste sich aus ihrer Anspannung, nahm die Hände von den Ohren, um die merkwürdigen Laute besser hören zu können. Die ganze Zeit über sah er zu ihr herüber.

Das Blut versiegte allmählich. Über seiner Wunde bildete sich ein blauer Film. Offenbar heilte er sich selbst. Libba hatte nicht für möglich gehalten, dass es so etwas gab, aber als er das nächste Mal aufstand, stürzte er sich mit vollständig hergestellter Kraft in ihre Richtung. Aus dem Augenwinkel erkannte sie eine zweite Gestalt, die Damian entgegensprang.

Cedric.

Die beiden trafen in der Luft zusammen. Ein Krachen und Knacken war zu hören, sie drehten sich und landeten am Boden. Das lange silberne Etwas wurde durch den Raum geschleudert. In dem Rahmen, wo sonst eine Tür gehangen hatte, blieb es liegen.

Fassungslos sah Libba mit an, wie Cedric dem Gegenstand im nächsten Moment folgte. Nach einem heftigen

Tritt von Damian schlitterte er ächzend über den dreckigen Teppich.

Eine Sekunde später befand sich die grauenhafte Werwolffratze vor ihrem Gesicht.

Pranken schlossen sich wie Eisenklauen um ihre Handgelenke und drückten so fest zu, dass sich ihr Blut staute. Hilflos zappelte Libba unter dem unverhofften Angriff. Widerwärtiger Atem schlug ihr entgegen. Er roch übel und verwest. Sie musste den Brechreiz unterdrücken.

»Lass mich los«, bettelte sie. Tränen schossen ihr in die Augen.

In dem Moment, in dem Cedric Damian die Wunde mit dem Silberschwert zugefügt hatte, fiel der Bann von Luc ab. Verwundert stellte er fest, dass seine Glieder schlaff zusammensackten und er sich wieder frei bewegen konnte.

Vorsichtig reckte er den Kopf, um seine Lage einzuschätzen. Damian lag verletzt auf einer Seite des Raumes. Der Vampir stand auf der anderen, in den Händen ein Silberschwert. Zwischen ihnen saß die Menschenfrau in einer Ecke am Boden. Ihr Gesicht war schmerzverzerrt.

Luc stützte sich auf alle viere. Er beobachtete das Zusammenprallen von Damian und dem Vampir, verfolgte den Flug des Schwertes und anschließend den des Vampirs. Als Damian sich der Menschenfrau widmete, hatte er sicherlich nichts Gutes im Sinn. Luc wusste nicht, ob er ihr zu Hilfe kommen sollte. Warum auch? Ihn interessierte die Frau nicht. Alles, was zählte, war seine Rache.

Er stand auf. Seine Bewegungen passten sich dem Anschwellen seiner Muskeln an. Diese wuchsen an

Armen und Beinen, bliesen sich auf wie Ballons. Auch seine Brust schwoll an, und sein Kreuz war mit einem Mal extrem breit. Haare hingen in langen Zotteln an ihm hinunter, und sein Mund deformierte sich in eine Schnauze.

In der Zwischenzeit hatte Damian die Frau auf die Füße gezerrt. Zwar machte sie Anstalten, sich zu wehren, gegen einen mächtigen Werwolf wie ihn hatte sie jedoch keine Chance. Damians Maul senkte sich auf ihre Halsbeuge. Wie in Zeitlupe biss er zu. Er fügte ihr eine tiefe Wunde zu, ließ von ihr ab, um das Fleisch unterhalb ihres Busens zu kosten.

Sie schrie wie am Spieß.

Gegen Gewalt empfand Luc keine Abneigung, die schrillen Laute gingen ihm allerdings auf die Nerven. Wie konnte eine Frau nur so erbärmlich sein. Es schüttelte ihn.

Nur wenige schnelle Schritte, schon stand er neben Damian und packte ihn am Kragen. Er zog ihn von der Frau und schleuderte ihn auf den Schreibtisch. Die Wucht, mit der Damian auf der Tischplatte aufschlug, brach das Holz. Es klappte in der Mitte zusammen, als handele es sich um ein Stück Pappe. Eingeklemmt blieb der Werwolf liegen, ehe er sich mit einem Donnergrollen wieder befreite.

Sie hatten sich lange im Flur aufgehalten. Nach und nach waren weitere Werwölfe aufmerksam geworden und hatten sich in den Kampf gestürzt. Einige von ihnen hatten sich in schreckliche Monster verwandelt. Zwei von Petes Freunden waren ihnen unterlegen. Sie hatten ihr Dasein ausgehaucht.

Doch am Ende triumphierten Pete und seine Gefolgsleute.

Das Feuer im Club tat sein Übriges. Mittlerweile hatte es sich so weit vorangefressen, dass der Innenraum mitsamt Bar in Flammen stand. Die Zungen erstreckten sich bis in den Flur, in dem sie sich aufhielten.

Die letzten Werwölfe ergriffen heulend die Flucht. Sie wollten weder von den Vampiren vernichtet noch von dem Feuer gefressen werden.

Von weit draußen hörte Pete die ersten Sirenen. Die Feuerwehr würde bald anrücken.

»Wir haben nicht mehr viel Zeit«, sagte William. Er drückte seine Hand in Petes Rücken und trieb ihn vorwärts. »Komm schon, jetzt erledigen wir Damian Black ein für alle Mal.«

Am Ende einer Vollmondnacht

Benommen rappelte Cedric sich auf. Sein Blick war verschwommen und seine Bewegungen unbeholfen. Ein unbekannter Zustand für ihn. Damian Black hatte ihm einen harten Schlag versetzt. Er betastete seinen Kopf, der sich geschwollen anfühlte, und stellte fest, dass ihm sein Blut die Schläfe hinabrann.

Dennoch schaffte er es auf die Füße.

Undeutlich machte er zwei Gestalten aus, die sich angriffslustig gegenüberstanden. Bei einem musste es sich um Black handeln. Den anderen erkannte Cedric nicht sofort.

Er blinzelte mehrmals, schüttelte sich und versank in stummer Konzentration mit dem Ziel, seine Sinne zurückzuerlangen. Nach zwei Anläufen klärte sich sein Blick.

Der junge Wolf schnellte in Damians Richtung. Seine Klauen schlossen sich um dessen Hals. Mit all seiner Kraft drückte er zu.

Damian röchelte unter dem Angriff. Er ging in die Knie, spielte den Geschwächten, nur um zu einem Gegenschlag auszuholen. Seine Arme schoben sich unter die des Jungwolfs, und mit einem Ruck befreite er sich aus dem Griff. Er attackierte den überraschten Luc, der seinem Meister wenig entgegenzusetzen hatte. Einem hilflosen Welpen gleich, suchte er Schutz.

Plötzlich tauchten die Vampire auf. Cedric bemerkte ihre Anwesenheit, ehe sie den Raum betraten. Pete stand im Rahmen, zu seinen Füßen lag das Silberschwert. Ungläubig wanderte sein Blick von der Waffe zu dem Kampf.

»Pete«, rief Cedric. Er machte einen Schritt zur Seite, um Damian die Sicht zu versperren und dem Vampir ein Zeichen zu geben.

»Das Schwert«, übermittelte er in Gedanken.

Pete begriff. In seiner Brust flammte der alte Hass auf. Seine tiefverborgenen Rachegelüste kamen zum Vorschein und legten sich wie ein alles verzehrender Schatten um seine Erscheinung.

Welch Schmerzen hatte er erlitten.

Wusste der verdammte Werwolf überhaupt, was er ihm angetan hatte? Vermutlich nicht, entschied Pete, während er das Schwert betrachtete.

Es musste schnell gehen.

»Eine glatte Angelegenheit«, sagte er zu sich selbst.

Er beugte sich nicht hinunter, seine Hand zog die Waffe an wie ein Magnet. Es sauste in dem Bruchteil einer Sekunde vom Boden herauf. Petes Finger umschlossen den Griff. Es fühlte sich perfekt an, als hätte es seit einer

Ewigkeit darauf gewartet, von ihm in den Sieg geführt zu werden.

Cedric war verblüfft über Petes Kräfte und seine Schnelligkeit. In Windeseile umrundete er Damian und Luc, der wimmernd unter den Schlägen litt.

Pete schob den Jungwolf beiseite. Er baute sich vor Damian auf, und beide verzerrten ihre Gesichter und ließen ihre Augen dunkelrot leuchten. Sie brüllten und grollten so sehr, dass der Boden unter ihren Füßen zu beben begann. Dann holte Pete aus.

Damian packte ihn am Arm, hielt ihn fest und glaubte bereits, er hätte den Schlag abgefangen. Seine Arroganz lenkte ihn von dem Offensichtlichen ab. Pete hatte die Schwerthand gewechselt und den Hieb mit seiner freien Linken ausgeführt.

Die silberne Klinge trennte den lachenden Kopf vom zuckenden Körper.

Mit einem Mal stand Pete über ihm und sah zu, wie sich der widerwärtige Geist von Damian Black aufzulösen begann.

»Das war für Samantha.« Er spuckte auf die stinkenden Überreste, ehe er sich Cedric zuwandte.

»Danke«, sagte der. »Ich schulde dir etwas.«

»Ich werde vielleicht darauf zurückkommen.«

Pete wirkte befreit. Derart losgelöst hatte Cedric ihn nie erlebt. Er wollte etwas erwidern, wurde jedoch im nächsten Moment von den grausamen Hinterlassenschaften des Kampfes eingeholt.

William hatte Libba in der Ecke liegend gefunden. Ihr Körper krampfte sich elendig zusammen. Noch wehrte sie sich gegen den Tod, der mit aller Macht seine Hände nach ihr ausstreckte. Aber es war unschwer zu erkennen, dass sie dem nicht lange standhalten würde. Jemand musste sie erlösen.

»Was machen wir mit der Frau hier? Soll ich sie erlösen?«, fragte William.

Er hatte offenbar nicht gewusst, um wen es sich handelte, bis er Cedrics schmerzverzerrtes Gesicht sah.

»Verzeih mir. Ich wusste nicht, dass du Gefühle für sie hast.«

Cedric blieb stumm. Er kam neben Libba auf die Knie, griff nach ihren Händen und presste sie gegen seine Lippen. In Gedanken flehte er sie an, nicht zu gehen. Sie sollte dem hellen Pfad nicht folgen, wenn er sich vor ihr auftat.

»Wenn du sie wirklich halten willst«, hörte er William sagen, »dann gibt es nur einen Weg. Du weißt, was ich meine.« Er war wirklich ein äußerst einfühlsamer Vertreter unter den Vampiren. Seine Haltung machte einen strengen und wohlwollenden Eindruck zugleich. Das braune, lockige Haar fiel ihm in die hohe Denkerstirn, und seine ebenso braunen Augen strahlten Trost aus.

»Ich bringe sie in ein Krankenhaus«, sagte Cedric. »Dort wird man sich um sie kümmern. Sie wird überleben. Als Mensch.«

William schüttelte den Kopf. »Du weißt, dass das nicht stimmt. Sie wird sterben, wenn du sie nicht zu einer von uns machst.«

»Gibt es wirklich keinen anderen Weg?«

»Dann lass sie gehen.«

»Wie kannst du so etwas von mir verlangen.«

»Hört auf«, brüllte Pete. Mit Leichtigkeit fing er den Schlag ab, den Cedric William hatte verpassen wollen. »Glaubst du, dein Zorn hilft dir bei einer Entscheidung? Was willst du nun? Soll sie leben oder sterben?«

Cedric betrachtete Libba. Sie war voll Blut und Dreck und zitterte am ganzen Leib. Ihr biederes Kleid hing in Fetzen an ihr. Es offenbarte ihre ausgeprägten Rundungen mehr als jemals zuvor. Das Atmen wurde ihr anscheinend schwer. Ihr Brustkorb hob und senkte sich unregelmäßig.

Lange würde sie nicht mehr durchhalten. Cedric spürte bereits die Aussetzer ihres Herzschlags.

Er malte sich ihr Erwachen als Vampirin aus. Wie würde sie reagieren? Wäre sie ihm dankbar, dass er sie gerettet und zu einer seinesgleichen gemacht hatte? Würde sie ihn lieben oder hassen?

Verdammt, er konnte nicht in die Zukunft sehen, und es war ihm auch egal. Sein geschundenes Herz drängte, diese Frau in seine Arme zu nehmen und sie zu halten – bis in alle Ewigkeit.

Langsam beugte er sich zu ihr nieder. Sein Mund berührte beinahe die Wunde in ihrer Halsbeuge. Der Duft ihres Blutes strömte ihm entgegen. Wie ein Nebel, der ihn blind für alles andere machte, lullte es ihn ein, schmeichelte seinen Geschmacksnerven und lockte sie so lange, bis es Cedric vor Verlangen peinigte.

Ja, gestand er sich ein, er hatte schon lange von ihrem Lebenssaft kosten wollen. Es drängte ihn, die süßen Perlen ihres Blutes über seine Zunge rollen zu lassen und seine Kehle hinab, bis es sein Inneres erwärmte.

Es war Leidenschaft, die ihn zu seinem nächsten Schritt veranlasste, nicht aber Vernunft. Sein Mund tat sich auf. Die Reißzähne schoben sich über die Lippen und blitzten auf. Gierig. Nach Blut lechzend.

Sein Biss würde ihr nicht weh tun. Sie würde nicht einmal etwas bemerken, sondern lediglich mit einem neuen Bewusstsein erwachen.

Er trank in großen Schlucken, jedoch nicht mehr als

unbedingt notwendig. Anschließend kümmerte er sich um ihre Verletzungen. Er benetzte sie mit seinem Speichel, so dass sie sich verschlossen und zu heilen begannen. Zum Schluss öffnete er eine Stelle an seinem Handgelenk und ließ sein Blut in Libbas Mund tröpfeln.

Sie hustete und spuckte. Sie wehrte sich gegen das Trinken, doch nach den ersten unfreiwilligen Schlucken entwickelte ihr Körper ein Eigenleben. Ihre Hände fassten nach Cedrics Arm. Sie hielt sich fest, zog sich mit dem Oberkörper an ihm hinauf. Nun pressten sich ihre Lippen auf seine Haut. Gierig trank sie von seinem Blut, bis er ihr mit einem Gedanken befahl aufzuhören.

Es war genug.

Sie würde ein oder zwei Tage schlafen, ehe die Verwandlung vollzogen war und sie zu neuem Leben erwachte.

Geliebte Vampirin

Dunkelheit.

Immer nur Dunkelheit.

Ein Paar rotglühende Augen leuchteten ihr entgegen. Sie kamen schnell näher. Gewaltige Pranken legten sich um ihren Hals. Die Krallen drückten sich in ihr Fleisch. Sie fühlte den Schmerz. Die Hilflosigkeit.

Schweißgebadet und schreiend fuhr Libba auf. Sie hechelte mehr, als dass sie atmete. Ihr Brustkorb fühlte sich eng und zerquetscht an. Ein imaginäres Gewicht lastete auf ihr. Sie legte eine Hand auf ihr Dekolleté, versuchte, sich zu einer ruhigen Atmung zu zwingen.

Dann flog ihr Blick wie irr durch den Raum, in dessen

Mittelpunkt sie auf einem Bett lag. Ihr Unterleib steckte unter einer hübschen roséfarbenen Decke mit Blumenmuster. Der einzige Farbklecks in dem ansonsten tristen Dunkel.

Sie nahm den Geruch von Erde wahr. Sehr intensiv schlich er sich in ihre Nase und heftete sich fest.

Jemand näherte sich. Sie hörte Schritte und ein Rascheln, doch alles war viel zu weit entfernt. Es brachte sie noch mehr durcheinander.

Anscheinend waren ihre Sinne durch die letzten Ereignisse besonders geschärft. Eine andere Erklärung hatte sie nicht.

Außerdem verspürte sie ein gewaltiges Verlangen nach etwas, das sie nicht näher lokalisieren konnte. Sie wusste nur, dass sie etwas trinken wollte. Etwas Belebendes. Frisches. Pulsierendes. Der Gedanke war so absurd, dass sie ihn auf der Stelle aus ihrem Kopf verbannen wollte.

Sie warf die Decke zurück und stand auf. Trotz der Dunkelheit hatte sie keine Schwierigkeiten, zu sehen. Auch das kam ihr eigenartig vor.

Sie steckte in einem schwarzen Trägernachthemd, dessen Spitzenborte bis in ihre Kniekehlen reichte. Neben dem Bett standen schwarze Plüschschuhe bereit. Sehr bequem, wie sie feststellte.

»Du bist wach«, hörte sie plötzlich eine vertraute Stimme hinter sich. Der Klang verursachte eine Gänsehaut in ihrem Nacken.

Libba scheute sich, ihm entgegenzutreten. In dem Nachthemd fühlte sie sich nackt. Nicht ohne die Hände vor dem Körper zu verschränken, drehte sie sich um und blickte ihm in die Augen.

»Wo bin ich? Was ist passiert?« Es gab noch viele weitere Fragen, nach deren Antworten sie strebte. Sie musste sich zurückhalten, damit nicht alle auf einmal aus ihr heraussprudelten.

Cedric schenkte ihr ein zärtliches Lächeln. Es schmeichelte ihr und blieb nicht wirkungslos. Röte schoss ihr in die Wangen. Verschämt presste sie die Lippen aufeinander, denn bei seiner Anwesenheit wurde sie von den erotischsten Vorstellungen überfallen.

»Black ist tot«, begann Cedric.

»Oh«, machte Libba. Sie war tatsächlich erstaunt. In ihren letzten wachen Momenten hatte es ganz und gar nicht danach ausgesehen, als könne er jemals besiegt werden.

»Das ist gut, denke ich«, fügte sie hinzu.

»Und sein Club ist Vergangenheit«, fuhr Cedric fort. »Er ist vollkommen ausgebrannt. Die Feuerwehr war noch Stunden nach unserem Verschwinden mit den Löscharbeiten beschäftigt. Wir sind wieder hierher – in die Höhlen – geflohen. Eine andere Bleibe haben wir im Moment nicht, aber wir werden uns eine schaffen.«

»Für euch Vampire.« Libba wirkte nachdenklich. »Ihr werdet jetzt einen eigenen Club eröffnen.«

»Ja, vermutlich.« Cedric lachte.

»Vielleicht können wir uns dort ab und zu mal treffen.« Libba näherte sich Cedric. Ihre Arme sanken aus ihrer Anspannung und fielen zu den Seiten hinab. Erwartungsvoll blieb sie vor ihm stehen. Er war so attraktiv. So überaus anziehend. Nun, da das Böse offensichtlich besiegt war, hatte sie die Befürchtung, Cedric in Zukunft nicht mehr wiederzusehen. Warum sollte er sich für sie interessieren? Sie war keine Schönheit – und letztlich gab es auch keinen Grund mehr, sie zu beschützen.

»Heißt das, du willst schon gehen?«, fragte er zu ihrer Überraschung.

»Nein, aber …«, stotterte Libba, »… ich dachte …«

Bevor sie einen zusammenhängenden Satz bilden konnte, zog Cedric sie in seine Arme. Seine Lippen legten sich auf die ihren. So gierig und sinnlich. Er schmeckte nach purer Versuchung. Seine Zunge schob sich in ihren Mund, massierte ihre Zunge in sanften Wellen.

In Libbas Bauch schienen Abertausende Schmetterlinge losgelassen und einen wilden Tanz aufzuführen. Sie konnte nicht glauben, was geschah. Das konnte unmöglich die Realität sein. Dafür fühlte es sich viel zu gut an. Wenn es ein Traum war – und davon war sie überzeugt –, wollte sie nie wieder aufwachen.

Cedrics Hände fuhren ihren Rücken entlang. Zuerst herauf, um dort für einen Moment ihren Nacken zu kraulen und mit Strähnen ihres Haars zu spielen. Dann glitt er hinab zu ihrem Hintern. Er befühlte die großen Rundungen, knetete sie vorsichtig, so dass es Libba heiß vor Verlangen wurde.

Eine unglaubliche Hitze machte sich in ihr breit. Sie vertrieb die Schmetterlinge in ihrem Bauch und machte einem lustvollen Ziehen Platz, das sich bis in ihren Unterleib und zwischen ihre Schenkel schlich. Sie konnte die verräterische Feuchte nicht vermeiden. Ebenso wenig wie das Pochen ihres Venushügels.

Noch immer erkundete Cedric mit seiner Zunge ihren Mundraum. Doch sie wünschte inständig, dass er sich ganz anderen Stellen ihres Körpers widmen würde.

Lächelnd fing Cedric diesen Gedanken auf. Er ließ seine Hände unter ihr Nachthemd gleiten, schob es über ihren Kopf und warf es hinter sich. Sie trug keine Unterwäsche und stand nackt vor ihm. Dieser Umstand war ihr unangenehm. Auch das bemerkte er. Daher zögerte er nicht lange. Er nahm ihre Hände in seine und leitete sie an, die Knöpfe seines Hemdes zu öffnen.

Zaghaft stießen ihre Fingerspitzen gegen die nackte Haut, die unter seinem Hemd zum Vorschein kam. Sie bestaunte seine ausgeprägten Muskeln, konnte nicht genug von diesem Anblick bekommen. Mit dem Zeigefinger fuhr sie die Konturen nach. Sie waren hart. Männlich. Verlockend.

Sein Oberkörper zog sie magisch an. Sie befreite ihn von dem Hemd, schlang die Arme um seine freigelegte Taille und verteilte kleine Küsse auf seiner Haut. Ihre Zungenspitze neckte seine Brustwarzen. Auch sie fühlten sich hart an. Sie fuhr mit dem Mund weiter hinauf, bis zu seinem Hals. Dort spürte sie seinen intensiven Pulsschlag. Er verleitete sie, ihr Ohr auf diese Stelle zu legen und dem Rauschen seines Blutes nachzulauschen. Bis zu diesem Augenblick war sie der festen Überzeugung, dass Vampire keinen Pulsschlag besaßen. Offensichtlich hatte sie sich getäuscht.

Sie roch seinen herben Duft. Er war köstlich. Wie sein Blut schmecken würde?

Libba erschrak über ihre Vorstellungen. Sichtlich verwirrt zuckte sie zurück. Sie presste ihre Handflächen gegen Cedrics Brustkorb, wollte sich von ihm wegschieben. Wie hatte sie nur über den Geschmack seines Blutes nachdenken können?

Aber Cedric hielt sie fest. Er nahm sie in die Arme und wiegte sie wie ein kleines Kind.

»Es ist alles in Ordnung«, flüsterte er. »Scheu dich nicht davor. Lass es einfach zu.«

Libba blieb verkrampfte, als er ihre Hände nahm und sie zu seinem Hosenbund führte.

Cedric schob ihre Finger unter den Stoff. Den Verschluss öffnete er mit Hilfe eines flüchtigen Gedankens. Nun bedeutete er ihr mit einem Blick, dass sie die Hose hinunterschieben sollte. Sie tat es. Zumindest ein Stück, bis sie den Ansatz seines Schamhaares zu sehen bekam.

Dann hielt sie inne.

Gleich würde Libba ihn nackt sehen und mit ihm einige sehr unanständige Dinge anstellen. Sie hatte geglaubt, bereit zu sein, doch die Situation überwältigte sie.

»Tu es einfach. Es wird dir gefallen«, hörte sie ihn sagen.

Er entledigte sich seiner Hose. Ungläubig starrte Libba hinab. Sein Glied reckte sich ihr steif und prall entgegen. Das Pochen in ihrem Unterleib verstärkte sich. Die Feuchte zwischen ihren Schenkeln zeugte von der leidenschaftlichen Ungeduld, die sie zu unterdrücken versuchte. Doch es gelang ihr nicht. Sie konnte nicht gegen ihre drängenden Empfindungen ankämpfen.

Der Reiz, den Cedric auslöste, war übermächtig. Sie wollte wissen, wie er sich anfühlte. Wie sich sein Penis in ihre Handfläche schmiegte.

Cedrics Hände legten sich abermals auf ihre Pobacken, um sie zu kneten und sie zu animieren, ihrem Verlangen nachzugehen.

Sie konnte es kaum glauben, doch sie fasste ihn an. Zuerst streichelte sie ihn langsam und bedächtig. Dann griff sie mit stärkerem Druck zu und bemerkte, dass es ihm gefiel. Er stöhnte an ihrem Ohr. Er heizte sie an.

Ihre Hand schloss sich hart um sein Glied und rieb ihn. Sie genoss die ekstatischen Laute, die er über die Lippen brachte. Es machte sie wild.

Noch mehr verzückte es sie, als sie spürte, wie Cedrics Finger zu wandern begannen. Sie schoben sich zwischen ihre Beine, spreizten sie so weit, dass sie an ihre Lustperle heranreichten. Mit kreisenden Bewegungen brachte er Libba beinahe um den Verstand. Sie konnte sich gegen das Zucken ihres Körpers nicht wehren. Atemlos taumelte sie unter seinen Berührungen, und automatisch lockerte sie den Griff um seinen Penis.

Im nächsten Moment hatte Cedric sie auf die Arme gehoben und trug sie durch den Raum.

»Was tust du?«, fragte sie verwundert. Ihre Stimme klang schwach. Die Lust quälte sie. Je länger es anhielt, umso mehr sehnte sie sich nach Erlösung.

Cedric schien genau zu wissen, was sie wollte. Er legte sie auf dem Bett mit der roséfarbenen Blümchendecke ab.

Plötzlich war er über ihr, zwischen ihren Beinen, die Hände überall auf ihrem Körper. Ihre Haut brannte unter seinen Berührungen. Das Feuer in ihrem Inneren drohte sie zu verzehren. Sie wollte Cedric anflehen, darum betteln, dass er sie endlich nahm.

Genussvoll lehnte er sich vor. Die Spitze seines Penis streifte ihre feuchten Schamlippen. Libba erzitterte. Voll Ungeduld krallten sich ihre Hände an seinem Rücken fest. Sie wollte ihn jetzt. Auf der Stelle!

Behutsam drang er in sie ein. Er ließ sich Zeit, ließ sie jeden lustvollen Moment auskosten. Sie drückte ächzend den Rücken durch und bot sich ihm dar. Sie war wie betäubt von ihrem Liebesspiel, ergab sich dem Rausch voll und ganz.

Cedric begann, sich mit bedächtigen Stößen in ihr zu bewegen. Sein Rhythmus war fordernd und nachdrücklich. Innerhalb weniger Augenblicke brachte er Libba zum Orgasmus.

Alles in ihr krampfte sich zusammen und löste sich sogleich in einem glückseligen Gefühl. Die Welt um sie herum verschwamm. Nichts hatte mehr eine Bedeutung. Da gab es nur noch Cedric, der sie in einer Art ausfüllte, wie sie es nie für möglich gehalten hatte. Sie wollte sterben, um sich diesen Moment bis in alle Ewigkeit zu bewahren.

Dann machte Cedric weiter. Seine Stöße wurden schneller. Libbas Busen wippte gegen seinen Oberkörper. Ihre Lust steigerte sich. Sie erreichte einen Pegel, der an den Rand einer Ohnmacht heranreichte.

Libba winkelte die Beine an, um Cedric noch tiefer in sich zu spüren. Ihr Unterleib war heiß und verlangend, und in ihm braute sich eine Welle zusammen, die alles fortspülen würde. Jauchzend bäumte sie sich auf, als sie von ihrem zweiten überwältigenden Höhepunkt ergriffen wurde.

Auch Cedric konnte sich nicht länger zurückhalten. Während er Libba fest an sich gedrückt hielt, verging er in seinem Orgasmus. Nie hatte er sich gelöster gefühlt. Und als Libbas Mund sich vorsichtig an seinem Hals entlangtastete, machte ihn das noch glücklicher. Die Vampirzähne schoben sich über ihre Lippen und drangen in das Fleisch seines Halses ein. Ohne es zu hinterfragen, trank sie von seinem Blut.

Minuten vergingen, in denen Cedric und Libba aneinandergekuschelt auf dem Bett lagen. Dann fuhr Libba mit einem Mal zusammen. Sie setzte sich auf, befühlte ihre Lippen, die noch feucht von Cedrics Blut waren.

»Nein!«, entfuhr es ihr. Erst jetzt begriff sie, was mit ihr geschah. Sie erinnerte sich, wie Damian Black sich auf sie gestürzt hatte. Die Schmerzen, die seine Bisse verursacht hatten, schienen wieder aufzuflammen. Doch an ihrem Körper fand sie keine Wunden. Keine Narben. Nicht einen winzigen Hauch, der einen Hinweis darauf gab.

Wie hatte sie diese Verletzungen überleben können?

Cedric setzte sich ebenfalls auf. Er legte einen Arm um ihre Schultern und zog sie zu sich heran. Er wünschte, er könnte ihr die Erkenntnis leichter machen, doch er fühlte sich grauenhaft schuldig.

»Ich habe es nicht überlebt.« Ihre Stimme war lediglich ein Flüstern. »Ich bin gestorben. Habe ich recht?«

»Nein.« Cedric schüttelte den Kopf. »Du bist nicht gestorben. Für einen toten Körper hätte ich nichts mehr tun können. Du hattest noch einen Funken Leben in dir. Er war sehr schwach, aber er hat ausgereicht.«

»Ausgereicht? Wofür?«

Cedric konnte ihr diese Antwort nicht geben. Er fürchtete sich vor ihrer Reaktion.

Libba verstand jedoch sehr schnell. Sie leckte mit der Zunge über ihre Lippen, schmeckte die Blutreste und spürte die Auswirkung, die es auf ihre Empfindungen hatte.

»Ich bin jetzt eine von euch«, stellte sie fest.

»Es tut mir leid. Ich hatte keine andere Wahl.«

»Deshalb wolltest du mich nicht gehen lassen. Deshalb hast du mich verführt.«

»Nein, das war nicht der Grund.« Cedric hielt sie davon ab, aus dem Bett zu springen. Er fasste sie an beiden Armen und zwang sie zur Ruhe.

»Ich …«, setzte er an. Es war so schwer, die Worte herauszubringen.

»Was?« Ihr Blick forderte ihn heraus.

»Ich habe mich in dich verliebt.« Ihm kam es vor, als hätte er sich soeben das Herz aus der Brust gerissen und ihr vor die Füße geworfen. Eine Ablehnung würde er nicht ertragen.

Sie betrachtete ihn schweigend. Ihr Gesicht zeigte eine Mischung aus Wut, Unverständnis und zumindest einer Andeutung von Freude.

»Ja«, sagte er, in der Hoffnung, sie würde reagieren. »Ich habe mich in dich verliebt. So einfach ist das.«

»So einfach?« Sie wog den Gedanken ab. Wie sehr hatte sie sich gewünscht, von ihm begehrt zu werden. Nun, da sich ihre geheimsten Träume erfüllten, konnte sie kaum glauben, dass es tatsächlich passierte.

»Du liebst mich also?«, neckte sie ihn. »Dann zeig mir, wie groß deine Liebe ist.«

Ihre Hand fuhr seine Bauchmuskeln hinab, bis sie sich erneut um sein enormes Glied schloss.

In dieser Nacht bescherte Cedric ihr noch drei weitere Orgasmen. Er liebte sie so innig, dass sie keine Träne über den Verlust ihrer Menschlichkeit verlor. Sie war nun eine Vampirin und bereit, ihr Dasein an Cedrics Seite voller Leidenschaft fortzuführen.

Epilog: Ein neuer Club

Drei Vampire standen in den späten Abendstunden in der River Street und betrachteten die heruntergekommene Häuserzeile. Das Feuer hatte den »Black Club« zerstört. Die Wände waren zum großen Teil eingefallen und begruben die kläglichen Reste der Inneneinrichtung unter sich.

Auch auf die angrenzenden Gebäude hatte das Feuer übergeschlagen. Doch allem Anschein nach war es rechtzeitig eingedämmt worden. Es hatte kaum weiteren Schaden angerichtet.

»Eigentlich schade«, sagte Pete scherzend. »Es hätte die Abrissarbeiten wesentlich beschleunigt.«

»Da hast du vermutlich recht«, stimmte Cedric zu.

Auf beiden Seiten der Straße standen die Bagger bereit. In den nächsten Tagen würden sie anfangen, die Häuserzeile dem Erdboden gleichzumachen. Aus den Trümmern sollte ein neues, modernes Einkaufszentrum in die Höhe schießen.

»Also hat Highfield nach dem Tod von Damian Black den Zuschlag bekommen?«, fragte Libba. In ihren Augen lag Verwunderung. Offenbar konnte sie immer noch nicht glauben, dass die Werwölfe vernichtet waren.

»Den Zuschlag bekommen ist nicht ganz richtig.« Pete konnte sich ein Schmunzeln nicht verkneifen. »Wir haben es als Brandstiftung ausgelegt. Wusstest du nicht, dass Damian Black einen Abschiedsbrief hinterlassen hat?«

Libba machte große Augen.

»Er hat die ganze Welt verflucht und natürlich noch ein paar andere verrückte Dinge geschrieben. Niemand wird je anzweifeln, dass der Brief von ihm kommt. Dafür haben wir gesorgt. Und da Damian Black keine Erben hat, war es für mich nicht schwierig, mir seinen Besitz anzueignen.« Pete erzählte das in einer Weise, als mache er sich über sie lustig.

»Das verstehe ich nicht.« Ungläubig betrachtete Libba ihn von der Seite. »Du hast dir den Club angeeignet, um ihn anschließend an Highfield zu verkaufen? Das ergibt doch keinen Sinn.«

»Das ergibt schon Sinn«, sagte Cedric. Er zog sie in seine Arme und küsste sie. Das tat er andauernd, seit sie sich zu ihrer Liebe bekannt hatten.

»Hey«, protestierte Libba. »Ihr veralbert mich doch nicht etwa?«

»Nein, das würden wir nie tun.« Cedric grinste wie

ein Schelm und versiegelte ihren Mund abermals mit einem Kuss.

Für den Bruchteil einer Sekunde flammte der Schmerz in Petes Miene auf. Doch er konnte sich gut verstellen. Er wartete ab, bis Cedric wieder das Wort ergriff.

»Unser Pete hat dir noch nicht die ganze Wahrheit über sich erzählt.«

»Das stimmt«, bestätigte Pete.

»Du handelst mit Immobilien?«, riet Libba.

»Etwas in der Art.« Er legte eine Hand ans Kinn und wirkte mit einem Mal nachdenklich. »Ich bin Peter Field.«

Libba blieb der Mund offen stehen. Sie starrte ihn an. »Du bist Peter Field? Aber wie ...?« Anscheinend wollten ihr die richtigen Worte einfach nicht in den Sinn kommen.

»Irgendwie müssen wir Vampire schließlich auch zu Geld kommen. Ich habe schon vor Jahren angefangen, Häuser zu kaufen, zu vermieten, an der Börse zu spekulieren ...«

»Und jetzt hast du den Club von Damian Black gekauft«, schlussfolgerte Libba. Seine Beweggründe warfen einige Fragen auf.

»Aber warum hast du eine Anwaltskanzlei beauftragt, um die Verhandlungen mit einem Werwolf zu führen? Du hast von vornherein gewusst, dass wir keine Chance haben.«

»Ich wollte Zeit schinden.« Er setzte eine ernste Miene auf. »Außerdem habe ich nicht damit gerechnet, dass Jason Roxburgh den Fall an eine junge Kollegin abschiebt. Er ist ein ebenso widerwärtiger Zeitgenosse, wie Damian es war. Es hätte mich nicht gestört, sie beide auf einen Schlag aus dem Weg zu räumen.«

Libba dachte an die abschätzenden Blicke, mit denen Jason Roxburgh sie gemustert hatte. An die Art, wie er sie behandelt – oder vielmehr herumgeschubst – hatte. Nein, sagte sie sich, eine Freude war es nicht gewesen, für ihn zu arbeiten. Er neigte dazu, andere seine Drecksarbeit erledigen zu lassen.

Glücklicherweise musste sie nicht mehr in die Anwaltskanzlei zurückkehren. Als Vampirin wäre ihr das auch kaum möglich. Wie sollte sie ihrem Chef erklären, dass sie nur nachts in der Lage war, zu arbeiten?

Allerdings fiel ihr etwas ganz anderes ein.

»Ich habe nicht gekündigt«, wurde ihr bewusst.

»Das ist unwichtig«, versuchte Cedric, sie zu beruhigen. »Du bist niemandem Rechenschaft schuldig.«

»Natürlich bin ich das. Was soll ich denn meinen Eltern erzählen?«

»Sei unbesorgt.« Pete stand gelassen da. Wie ein Fels in der Brandung, den offenbar nichts erschüttern konnte. »Ich habe dich abgeworben.«

»Wie?« Libba machte ein dummes Gesicht.

»Ich habe Russell Roxburgh mitgeteilt, dass ich mit deiner Arbeit sehr zufrieden war. Deshalb habe ich dir eine Anstellung in meinem Büro angeboten. Mit einer Bezahlung, die er sich nicht hätte leisten können. Was denkst du, wie du dich entschieden hast?«

»Hm.« Sie tat, als würde sie überlegen. Doch schließlich konnte sie ihr Grinsen nicht länger unterdrücken. »Ich schätze, ich habe dein Angebot angenommen.«

»Es wäre auch sehr unvernünftig gewesen, es abzuschlagen«, stimmte Pete ihr zu.

Seufzend streichelte Libba über Cedrics Oberkörper. Sie konnte nicht fassen, wie glücklich sie an der Seite dieses Mannes war. Er schenkte ihr so viel Liebe und Leidenschaft, füllte ihr Dasein vollkommen aus. Sie wünschte sich nichts sehnlicher, als dass dieser Zustand bis in alle Ewigkeit anhielt.

»Das wird er«, antwortete Cedric auf ihre stummen Sehnsüchte. Mit einer Hand glitt er über ihre Wange, strich eine verirrte Haarsträhne hinter ihr Ohr.

»Aber wo verbringen wir die Ewigkeit?« Sie setzte sich auf und blickte ihm fragend entgegen. Er sah perfekt aus. Die Pose, wie er dalag, wirkte verführerisch. Am liebsten wäre sie auf der Stelle erneut über ihn hergefallen. Doch sie hielt sich noch ein klein wenig zurück.

»Ich meine«, fuhr sie fort, »wir werden doch nicht bis in alle Ewigkeit in irgendwelchen Höhlen leben, oder? Hast du Häuser gekauft, so wie Pete, oder an der Börse spekuliert? Wenn ich tatsächlich aufhöre zu arbeiten, kann ich mir nicht mal mehr die Miete für meine kleine Wohnung leisten. Darüber sollten wir uns ernsthaft Gedanken machen.«

Cedric lachte laut auf.

Libba boxte ihn spielerisch in die Seite, denn sie fand es nicht fair, wie er sich über sie lustig machte.

Als er aufhörte, zog er sie in seine Arme und küsste sie auf die Stirn.

»Du musst dir keine Sorgen machen«, sagte er. »Du gehörst jetzt zu mir, und ich werde mich um dich kümmern.«

»Oh«, machte sie nur. Damit wusste sie immer noch nicht, wo genau sich ihr zukünftiges Heim befinden würde.

»Wir werden in dem neuen Gebäude wohnen, das Pete in der River Street bauen lässt.«

»In einem Einkaufszentrum?« Libba war entsetzt.

»Nein, in dem neuen Club.«

Cedric grinste. Diesen Teil des Plans hatte sie bislang nicht erraten. Sie hatte nicht gewusst, dass Pete einen neuen Nachtclub errichten wollte. Nicht genau an der Stelle wie zuvor »The Black Club«, aber dennoch in unmittelbarer Nähe. Bei den Vampiren sollte es stilvoller zugehen. Freundlicher.

Cedric erzählte in euphorischen Worten von dem Vorbild in Brüssel – dem »Club Noir«, den er einst gegründet hatte.

»Und wie soll der neue Club heißen?«, fragte Libba.

Doch Cedric zuckte mit den Schultern.

»Gibt es in London denn schon einen ›Club Noir‹?« Er stimmte in ihr Lachen mit ein. Diese Idee kam ihm gerade recht.

Ende